PECADO RADIANTE

CB017166

KATEE ROBERT

PECADO RADIANTE

Tradução Débora Isidoro

Copyright © 2023 by Katee Robert
Direitos de tradução cedidos por Taryn Fagerness Agency e Sandra Bruna Agencia Literaria, SL. Todos os direitos reservados.
Tradução para Língua Portuguesa © 2025 Débora Isidoro.
Todos os direitos reservados à Astral Cultural e protegidos pela Lei 9.610, de 19.2.1998. É proibida a reprodução total ou parcial sem a expressa anuência da editora.

Editora Natália Ortega
Editora de arte Tâmizi Ribeiro
Coordenação Editorial Brendha Rodrigues
Produção editorial Manu Lima e Thais Taldivo
Preparação de texto Letícia Nakamura
Revisão de texto Carlos César da Silva, Mariana C. Dias e Naiara Chiquetto
Design da capa Stephan Gafron/Sourcebooks
Imagem da capa © vectortatu/shutterstock, wragg/iStock
Adaptação de capa Tâmizi Ribeiro
Foto da autora Bethany Chamberlin

Dados Internacionais de Catalogação na Publicação (CIP)
Angélica Ilacqua CRB-8/7057

R546p

Robert, Katee
Pecado radiante / Katee Robert ; tradução de Débora Isidoro.
-- São Paulo, SP : Astral Cultural, 2025.
320 p. (Coleção Dark Olympus)

ISBN 978-65-5566-630-4
Título original: Radiant sin

1. Ficção norte-americana 2. Literatura erótica I. Título II. Isidoro, Débora III. Série

25-0984 CDD 813

Índice para catálogo sistemático:
1. Ficção norte-americana

BAURU
Joaquim Anacleto Bueno, 1-42
Jardim Contorno
CEP 17047-281
Telefone: (14) 3879-3877

SÃO PAULO
Rua Augusta, 101
Sala 1812, 18º andar
Consolação
CEP: 01305-000
Telefone: (11) 3048-2900

E-mail: contato@astralcultural.com.br

Para Tim. Te amo para sempre.

1

CASSANDRA

Odeio festas, o Olimpo e política... mas não necessariamente nessa ordem.

Nos dias bons, consigo evitar dois dos três, mas hoje promete ser tudo menos isso. Começou logo cedo, quando derrubei café na camisa de Apolo. Um erro de principiante, pelo qual eu poderia ser demitida, se meu chefe não fosse *Apolo*. Ele deu um sorrisinho, garantiu que a culpa foi dele, mesmo tendo sido claramente minha, e trocou a camisa suja pela que mantinha no escritório.

Ele devia ter gritado comigo.

Eu trabalhava para o homem há cinco anos, e nem todo esse tempo era suficiente para me fazer parar de esperar a bomba explodir. Ele está longe de ser perfeito — afinal, é um dos Treze no comando do Olimpo, e não há santos entre eles — mas é o melhor do grupo. Nunca abusou de seu poder sobre mim, nunca usou sua posição de chefe como desculpa para ser um tirano mesquinho e nunca levantou a voz, por mais que eu faça besteiras terríveis de tempos em tempos.

É de enlouquecer.

Jogo o cabelo para trás, odiando a sensação do suor escorrendo pelas costas quando subo o último lance de escada. Tem algo errado com o elevador do Dodona Tower e, por razões que parecem suspeitas, ele só sobe até a metade do caminho. Olho para a pasta na minha mão. Eu *devia* ter deixado para lá quando percebi que Apolo a havia esquecido depois de sair correndo para a reunião com Zeus. Ele é adulto e perfeitamente capaz de lidar com as consequências.

Mas... ele não gritou comigo.

Quem me conhece jamais diria que tenho o coração mole — é mais provável que digam que sou uma bruxa de coração gelado —, então, eu não tinha motivo algum para ter pegado um táxi até o centro da cidade superior, o elevador até a metade do caminho e depois subido pela escada o restante dos trinta andares.

Em cima de um salto quinze, para piorar.

Tem alguma coisa errada comigo. Deve ter. Talvez eu esteja com febre.

Toco a testa e me sinto ainda mais idiota, porque é claro que estou quente. Acabei de fazer mais exercício do que jamais teria feito intencionalmente, a menos que estivesse correndo para salvar minha vida. E, mesmo assim, eu teria lutado antes de correr.

Eu me xingo pela milionésima vez quando empurro a porta da escada para o corredor em que fica o escritório de Zeus. Dou uma olhada no espelho gigantesco ao lado do elevador.

— Ai, não.

Meu cabelo vermelho despencou, e tem uma *mancha de suor* marcando a linha embaixo dos meus seios — o que significa que há outra acompanhando a linha da coluna. Estou praticamente pingando. Sem pensar, enxugo a testa e me arrependo de imediato, porque agora minha blusa também exibe uma mancha de base. A maquiagem está derretendo. É como se eu tivesse enfrentado uma tempestade, mas não é chuva, e sim suor, e, para completar, meu rosto está da cor de um tomate.

— Foda-se. Ele nem precisa tanto dessa pasta. — Eu me viro para o elevador... e me lembro de que, para fugir, vou ter de descer quinze andares pela escada. Minhas coxas tremem ao pensar nisso. Ou tremem por causa do esforço da subida.

Será que é considerado acidente de trabalho se eu rolar da escada cumprindo uma tarefa que, parando para pensar, não me foi designada?

Apolo provavelmente encontraria um jeito de se culpar e pagar por minhas despesas médicas, mas me machucar desse jeito significaria ficar sem salário, e não receber salário significaria que minha irmã mais nova poderia não ter dinheiro para comprar livros, material escolar ou todas as outras merdas aleatórias exigidas de quem frequenta uma universidade. Não posso correr o risco de me machucar, mesmo que precise me humilhar por isso.

— Cassandra?

Eu me xingo mais uma vez antes de me virar a fim de encarar a bela mulher que vem em minha direção pelo corredor. O nome dela agora é Ares, mas antes ela era Helena Kasios. Eu não diria que somos amigas, mas frequentei as festas que ela organizava de vez em quando, antes de ser tornar uma dos Treze. Sempre me senti como se estivesse observando animais em um zoológico enquanto ficava encostada em uma parede vendo os poderosos das famílias herdeiras do Olimpo, os donos dos legados, trocarem provocações e ameaças. Aprendi muito me mantendo afastada, quase o suficiente para proteger minha irmã e eu dos lobos que nos cercavam.

Mas Helena não é das piores, honestamente. Nunca é cruel se a bondade pode favorecer seus objetivos e aperfeiçoou uma aparência luminosa que parece convencer todo mundo de que ela é uma cabeça-oca, mas que sempre interpretei como um sinal para não chegar muito perto. Ninguém surfa as ondas da política com a habilidade de Helena, não se não for do tipo de pessoa que é considerada a mais inteligente de um recinto.

Mas isso foi antes de ela se tornar Ares. Agora não posso ter certeza de nada em relação a ela. Não estamos no mesmo nível — somos duas mulheres de famílias herdeiras, mas a minha caiu em desgraça, ao passo que a dela comanda o Olimpo.

Agora ela é uma deles, e eu ainda sou eu.

— Helena. Ou melhor, Ares. — me esforço para manter um tom neutro, mas o nome dela ainda carrega uma entonação dura demais. — O que faz aqui?

— Vim encontrar meu adorável irmão. — Ela dá de ombros. É esguia como a mãe, mas tem braços definidos e fortes que o vestido tubinho preto não cobre. Elegante, profissional e intocável, ela mantém o cabelo castanho-claro perfeitamente penteado.

Eu me sinto horrível ao lado dela. Já faz mais de uma década que não desejo ter um corpo magro. Adoro minhas curvas, apesar de todos se comportarem como se elas devessem fazer parte apenas do *antes* de uma foto de "antes e depois". No entanto, é difícil evitar comparações em situações como esta.

Sufoco de maneira implacável o impulso de mudar de posição e me esconder. Não tem como melhorar minha aparência agora, e tentar me ajeitar só vai transmitir a mensagem de quanto me sinto desconfortável neste momento. Elevo o queixo e me concentro em outra coisa além da minha aparência.

— Entendo.

Ares me encara por um longo instante.

— Apolo está com ele. Acho que ele não sabia que você viria, ou teria esperado.

Não tenho como sair desta. É melhor enfrentar de uma vez. Seguro a pasta entre nós como um escudo.

— Ele esqueceu isto aqui.

— Ah. — Ela olha para trás, para o corredor. — Bem, eu te acompanho até lá.

— Não é necessário.

— É claro que é. — Ares gira sobre os saltos. — As coisas estão um pouco conturbadas, a segurança foi reforçada. Não sei nem como você conseguiu subir até aqui. Meu pessoal deveria ter mantido os andares superiores trancados.

Isso explica o "mau funcionamento" do elevador e a atitude grosseira do sujeito lá embaixo. Balanço um ombro só.

— Sou convincente.

— É mais provável que seja assustadora. — Ela ri, e é um som tão feliz que sinto a inveja como uma fisgada no peito. Não quero o que Ares tem (o título, o poder, as responsabilidades), mas deve ser bom estar tão à vontade enquanto se movimenta pelo mundo, tão certa de que ele vai se curvar à sua vontade impressionante.

Não sou ingênua o bastante para pensar que tudo é tão fácil para ela quanto parece, mas tive de lutar e abrir caminho na vida à força, pelos últimos dez anos. As pessoas olham para mim e não presumem inocência automaticamente. Sou coberta pela mesma vergonha que cobriu meus pais, mesmo sem merecer.

Não que isso tenha importância. Não dou a mínima para o que esses pavões pensam sobre mim.

Nem mesmo Ares.

— Seu pessoal é muito bem treinado — comento. — Se não conseguiram me deter, acho que o problema é *seu*.

— Com toda a certeza — ela concorda com muita facilidade. — Aliás, Orfeu ainda está te incomodando?

A menção ao nome do irmão de Apolo me faz franzir a testa. O que Orfeu tem a ver com isso? Damos alguns passos antes de eu compreender a pergunta. Ela está falando sobre aquela festa em que ele foi arrogante e cretino, mas isso aconteceu meses atrás. É surpreendente que ela ainda se lembre disso.

— Sei lidar com Orfeu. — Ele pode ser maior do que eu, mas é fraco. Consigo acabar com ele sem levantar um dedo.

— Se tem certeza... Sei que o assunto é delicado, porque ele é irmão mais novo de Apolo.

Deixo escapar uma risadinha. Não consigo evitar.

— Apolo lavou as mãos com relação a Orfeu. — Tanto quanto ele pode lavar as mãos com relação a qualquer pessoa da família. A verdade é que ele parou de abafar os escândalos de Orfeu e cortou a mesada dele. Considerando como a mãe dos dois paparica o pirralhinho mimado, isso nunca teria funcionado se Apolo não fosse, bem, Apolo. — Quando entrar na linha, Orfeu vai poder bancar o filho pródigo e ter toda a atenção de que é privado agora. Ele tem coisas mais importantes com que se preocupar, em vez de correr atrás de uma mulher que não o quer.

— Se as coisas mudarem, não deixe de me informar.

— É claro — minto. Sei que não devo confiar em ninguém nesta cidade abandonada pelos deuses. Afinal, Ares vai cuidar de si mesma e dos próprios interesses antes de ajudar quem quer que seja. Esperar algo diferente é como esperar que um peixe crie asas e voe. — Eu aviso.

— Avisa nada. — Ares sorri. — Mas a oferta está feita. Chegamos. — Ela para diante de uma grande porta escura com uma placa dourada com o nome ZEUS gravado. O Zeus atual é irmão de Ares. O último era pai dela. Prefiro roer meu braço a ter de lidar com qualquer um dos homens que deteve o título desde que nasci, mas estou aqui. É tarde demais para voltar atrás.

Faço o possível para não prender a respiração — não com Ares olhando — e bato à porta.

É Apolo quem a abre, e fico ainda mais tensa por um motivo totalmente diferente.

Odeio olhar para Apolo. Ele é perfeito demais, produto da mistura entre o pai sueco e a mãe, uma modelo coreana. Alto, com ombros largos, cabelo preto de corte perfeito e olhos escuros e bondosos. São os olhos que sempre me atingem como um soco no peito.

Eu deveria ter desistido muito tempo atrás.

Como sua secretária executiva, tenho acesso a uma rede de informações que abrange todo o Olimpo e além. Sou quem elabora relatórios ao mesclar conteúdo de várias fontes e os enriquece com opiniões, antes de Apolo recebê-los. O trabalho é desafiador, mas gosto disso.

Não que pretenda admitir isso em voz alta algum dia.

Entretanto, por mais que goste do que faço, esta atração está intensa demais. É melhor arrumar um emprego comum que odeio do que ter... sentimentos... por meu chefe. Mesmo que os sentimentos em questão sejam só tesão. Isso complica as coisas.

Sei o que acontece com quem se mete com os Treze.

Essas pessoas morrem.

Ofereço a pasta a ele.

— Você se esqueceu disto. — Minha voz é muito incisiva, hostil. Ele não me pediu para trazer nada, mas estou constrangida, e é mais fácil rosnar e morder do que admitir tal vergonha. — Não sou sua garota de recados, e agora ultrapassei minha carga horária semanal.

Apolo levanta uma sobrancelha.

— Não precisava ter vindo até aqui, Cassandra. Eu teria resolvido tudo sem a pasta.

Sem dúvida. Apolo é habilidoso em um nível aterrorizante, e tem uma memória quase perfeita de tudo que já leu. Teria usado o conteúdo da pasta sem tê-la em mãos. Provavelmente, só a criou para facilitar as coisas para Zeus.

Mas ele foi gentil comigo hoje de manhã.

Sou uma *idiota*.

— Não tem de quê. — Dou meia-volta em cima dos saltos. — Até amanhã.

— Cassandra.

Eu o ignoro e continuo andando. Se o motivo para os elevadores não subirem além do décimo quinto andar é a segurança, aposto que descem a partir daqui. A intenção é impedir a entrada de pessoas, não a saída. Não preciso correr o risco de ter de me sentar na escada para recuperar o fôlego enquanto rezo para ninguém tropeçar em mim. Meu orgulho não suportaria esse golpe.

— Cassandra. — Ele está mais perto. Droga, eu devia saber que ele não ia deixar isso acabar assim.

Suspiro e paro. Deixar que Apolo me persiga pelo corredor sob o olhar atento de Ares não seria favorável à dignidade de nenhum dos dois: nem a minha nem a dele.

Apolo para ao meu lado, percorrendo a distância com facilidade com seus passos largos.

— Obrigado por ter vindo trazer a pasta. Se esperar alguns minutos, já estamos terminando. Eu te dou uma carona para casa.

A tentação de aceitar quase faz meus joelhos dobrarem. Ao longo dos anos, peguei muitas caronas com ele entre uma reunião e outra. Sei exatamente como vai ser. Ele vai se largar no assento e afrouxar a gravata preta e perfeita. Não muito. Só o suficiente para me distrair. Depois, vai pegar o celular e me deixar sozinha com meus pensamentos.

Apolo nunca fica tagarelando, como algumas pessoas fazem. Ele não é do tipo silencioso e denso, mas também não sente necessidade de preencher momentos de silêncio com conversa-fiada. A carona seria confortável e prazerosa, e é claro que não posso aceitar. Uma coisa é ter esses momentos durante o expediente, quando me convenço de que não tenho como evitá-los. Mas depois do expediente?

Não. De jeito nenhum.

— Não precisa se incomodar.

Ele estuda meu rosto como se pudesse ver que estou recusando só por teimosia, mas Apolo é um homem que respeita limites, por isso só assente.

— Guarde o recibo do táxi para o reembolso.

Odeio como fico fraca a cada demonstração simples de consideração. Apolo é atento demais para não saber como dinheiro é um dos meus grandes problemas — todo o trabalho dele tem a ver com informação — e me conhece bem o suficiente para saber que não vou aceitar caridade. Não dele. Nem de ninguém. Não quando não é caridade, porque sempre vem acompanhada de alguma condição.

Mas reembolso de uma despesa de trabalho?

Meu orgulho pode lidar com isso.

— Tudo bem.

— Até amanhã, Cassandra. — O afeto em sua voz quase me faz mudar de ideia, antes de eu me lembrar que ele fala assim com todo mundo. Soa tenso de vez em quando, mas Apolo leva a sério aquela história de que é mais fácil conquistar pelo amor do que pela dor. Especialmente comigo, como se pudesse suavizar minha rispidez com puro charme.

Não é nada pessoal. Certamente não é *interesse.*

Minha atração infeliz é unilateral e, por mim, tudo bem.

É só questão de tempo até eu sair de uma vez por todas desta cidade amaldiçoada. A última coisa de que preciso é me envolver com um dos Treze — *mais um* dos Treze — antes de partir.

2

APOLO

Preciso me esforçar muito para não ficar encarando a bunda grande e perfeita de Cassandra à medida que ela se afasta pelo corredor. O fato de ela preferir saias justas e sapatos de salto alto só complica, porque são escolhas que acentuam ainda mais suas curvas generosas. Não posso pedir que mude de estilo só porque a quero. O problema é meu, não dela. Se passei a tomar mais banhos frios desde que a contratei há cinco anos? Bem, é um preço pequeno a pagar quando se tem tesão pela funcionária.

Esse é o xis da questão.

Eu a contratei.

Ela trabalha para mim.

Deixar que Cassandra perceba meu interesse seria altamente impróprio. Mesmo excluindo a dinâmica de poder entre patrão e empregada, sou um dos Treze, e isso me favorece ainda mais. Se eu a convidasse para sair e ela se sentisse constrangida a aceitar...

Balanço a cabeça e viro para retornar à sala. E é nesse exato momento que percebo que estava secando Cassandra na frente da nova Ares. Ela me encara com um olhar inocente em que não acredito.

— Ela não engole desaforo nenhum, não é?

Sei que ela está jogando verde para colher maduro, mas não consigo evitar e saio em defesa de Cassandra.

— E você agiria diferente, depois de tudo pelo que ela passou? As pessoas nesta cidade a tratam como se tivessem medo de ser envenenadas caso a deixem se aproximar. — O pior é que não estão inteiramente erradas, mesmo que por razões diferentes daquelas em que todos acreditam.

Doze anos atrás, a família de Cassandra era uma das mais poderosas da cidade... até que, quase da noite para o dia, deixou de ser. Do ponto de vista da população em geral, os pais dela fizeram alguma coisa que enfureceu Zeus, foram exilados e, então morreram em um desastre de automóvel antes de serem punidos.

A verdade é muito mais sinistra. Os pais dela tentaram explorar uma cláusula antiga e bárbara nas leis do Olimpo e, por isso, foram removidos.

A cláusula estabelece que, se alguém conseguir assassinar um membro dos Treze — com exceção dos títulos herdados de Zeus, Hades e Poseidon —, essa pessoa assume o título. Nossa história é repleta de buracos onde deveria haver informação, mas o melhor que posso dizer é que essa cláusula imutável foi acrescentada para proteger a cidade, caso um dos Treze se corrompesse além do razoável.

Por razões óbvias, a existência dela é mantida em sigilo. A cláusula desenha um alvo nas costas de dez dos Treze e causaria o mais completo caos se fosse conhecida. No entanto, se os pais de Cassandra tivessem conseguido pôr o plano em prática, o papel dela no Olimpo seria muito diferente. Ela seria filha de um dos Treze, não herdeira de uma casa desgraçada.

Os pais ainda estariam vivos.

Ares dá de ombros.

— O Olimpo é o que é.

É uma declaração vaga e insatisfatória. Essa cidade pode ser nosso lar, mas poucas pessoas chegariam ao ponto de afirmar que ela é boa e justa. Não com o poder tão concentrado em um lugar só. Talvez isso mude com a nova liderança...

Devolvo minha atenção à porta de Zeus quando Ares se despede com um aceno de cabeça e me deixa trabalhar. Zeus entrou mesmo em uma prova de fogo quando assumiu o título de maneira inesperada. Com a irmã conquistando o título de Ares e o exílio da antiga Afrodite, a transferência de poder não foi nada fácil. Observo a pasta em minhas mãos. A informação que ela contém é preocupante, embora não seja desastrosa por completo.

O Olimpo está encrencado.

Mas, mesmo com todos os recursos à minha disposição, não sei avaliar *o tamanho* da encrenca.

Até aqui, o Olimpo existiu no próprio globo de neve, na maior parte do tempo. O mundo como um todo nos excluiu há muito tempo como um troféu inatingível. Aceitamos como certo que seria sempre assim, que a barreira que mantinha o Olimpo isolado do restante do mundo resistiria para sempre.

Agora ela está ruindo. E ninguém consegue entender por quê.

É um problema para outro dia. Temos preocupações suficientes neste instante.

Volto ao escritório de Zeus e fecho a porta.

— Peço desculpas pela interrupção.

Ele está sentado atrás da grande mesa no centro da sala — um homem branco de cabelo loiro, vestido com um terno de caimento perfeito. É a imagem de seu falecido pai, mas ele não me agradeceria por apontar a semelhança. E ela acaba aí. Este Zeus não tem o mesmo carisma instantâneo que o outro ligava num piscar de olhos, e esse foi um motivo para o título ser um desafio tão grande para ele.

Honestamente, prefiro assim. Às vezes, é difícil trabalhar com ele, mas não preciso me preocupar com surpresas desagradáveis. É um alívio, depois de lidar com o pai dele.

Zeus assente, e eu me sento novamente à mesa, de frente para ele. E só então fala:

— Você estava dizendo...

Deixo a pasta de lado. Não preciso dela, embora seja grato por Cassandra ter vindo até aqui trazê-la. A mulher é arisca como um gato molhado, mas é muito generosa quando se esquece de rosnar para todo mundo à sua volta.

— Apesar de ter esgotado minha rede de informações, ainda não sei de onde Minos veio. Ele e seu povo são como fantasmas. Para todos os efeitos, apareceram do nada semanas atrás para participar do torneio de Ares. Não conseguimos determinar nem como eles sabiam como chegar até aqui, em primeiro lugar.

Zeus une as mãos na frente do rosto.

— Eles pagaram caro para entrar na cidade. Esse tipo de dinheiro não aparece do nada só porque alguém quer.

— Eu sei, mas Poseidon deveria ter feito mais perguntas antes de fornecer o passaporte.

— Isso é assunto dele. — Zeus se encosta na cadeira. — Se eu começar a fazer perguntas de mais, ele vai começar a resmungar e me acusar de ingerência.

Zeus não está errado. Poseidon não participa da maioria das tensões políticas, mas também não se deixa manipular.

— Isso é importante. Ele deve saber, certamente.

— É possível. — Zeus dá de ombros. — Mas isso é menos importante para ele do que proteger seu território e a base de seu poder. Sabemos que ele trouxe Minos e seu povo. É o suficiente. Ele tinha essa prerrogativa, graças ao torneio. A disputa é aberta a todos.

Não concordo com esse papo de ser *suficiente*, mas aceito que ele conduza o assunto. Em última análise, tudo que importa é que Minos e seu povo continuam aqui, apesar de o torneio já ter acabado.

— Não é por acaso que Minos entrou na cidade e, para garantir sua permanência, está negociando informações secretas sobre inimigos do Olimpo.

— Eu sei. — Zeus suspira. — Ele planejou tudo isso desde o início. Se alguém de seu povo se tornasse Ares, teríamos menos poder de manobra do que dispomos agora, mas ainda não estamos em posição confortável para ignorar a informação que ele afirma ter, seja ela qual for.

Se existe um inimigo capaz de tomar a cidade, precisamos saber disso antes de perdermos nossa principal medida defensiva — e, até agora, Minos revelou bem pouco do que supostamente sabe.

— Passei as últimas semanas pesquisando, e não tem nada. Ou Minos está blefando, ou esse grupo que pretende atacar o Olimpo é tão bom que se mantém invisível.

— Porra. — Zeus massageia as têmporas. — Não podemos correr o risco se ele não estiver blefando. A informação que ele já compartilhou é suficiente para me fazer pensar que existe mesmo uma ameaça.

— Concordo. — Eu, mais que todo mundo, sei que conhecimento é poder. Não há como descobrir quanto esse inimigo obscuro sabe sobre nós. O Olimpo não divulga todos os seus segredos, mas sempre há os exilados, e imagino que alguns deles se disporiam a falar por um preço. Ou por ressentimento. — Temos de presumir o pior cenário: que eles sabem muito sobre nós.

— E nós não sabemos nada sobre eles. Não sem Minos.

Minos tem plena consciência da posição em que nos colocou e está tirando todo proveito possível disso. Por isso nos reunimos hoje. Ele se ofereceu para nos contar *tudo* que sabe sobre nosso suposto inimigo. Em troca quer dinheiro, uma casa e cidadania olímpica para todos os membros de sua família.

Os dois primeiros são fáceis. O último é complicado, porque o fato de Zeus conceder cidadania equivale a elevar a família ao mais alto nível da sociedade olímpica. Isso vai alterar o equilíbrio na roda mais alta da cidade, e o resultado pode ser uma revolta.

Se tem uma coisa que o Olimpo odeia, é mudança, e tivemos mais do que desejávamos nesse quesito no último ano.

— Precisamos dar a Minos o que ele quer — Zeus resmunga. — E é bom que isso valha a pena, porque não podemos pegar nada de volta caso gere uma confusão ainda maior.

É disso que tenho medo. As medidas que tomarmos hoje terão consequências muito abrangentes.

— Se você me der mais tempo...

— Não posso. — Zeus se levanta devagar. — Cada dia conta, e já passamos tempo demais em busca de uma solução diferente. Mais uma ou duas semanas farão diferença.

Impossível não sentir o ardor da declaração franca. É meu dever, como Apolo, estar antenado a correntes de informação inacessíveis aos outros. Sou, essencialmente, o mestre espião do Olimpo, e, mesmo com minha equipe e todos os recursos ao meu dispor, falhei. Com isso e minha incapacidade de descobrir *por que* a fronteira está caindo, a irritação é inevitável.

— Tem de haver outro jeito.

— Já procuramos. Não tem.

— Não pode negar que isso tem cara de uma armadilha. Ele tem o mundo inteiro. Por que se instalar aqui?

Zeus suspira e, de repente, parece uma década mais velho — se assemelhando ainda mais ao pai. Às vezes, penso em como deve ter sido crescer sabendo que um dia esse papel seria dele. Zeus é um Kasios desde a fundação da cidade. Meus parentes distantes foram Ártemis, Apolo, Hefesto e até Atena, mas não houve garantia para ninguém, exceto para os três títulos herdados. Não houve membros dos Treze na geração de meu pai, por isso ficaram especialmente satisfeitos quando fui nomeado Apolo, treze anos atrás.

Cada posição no grupo dos Treze é preenchida de um jeito um pouco diferente. Deméter é eleita pela cidade. Afrodite nomeia quem a sucede quando deixa o posto. Como Apolo, fui escolhido pelo voto dos Treze.

Desde então, tento corresponder às expectativas da indicação. Suponho que, nesse aspecto, Zeus e eu compartilhamos o mesmo sentimento.

— Tem de haver outro jeito — insisto.

— Não importa de que ângulo olhamos, a situação é ruim. Precisamos da informação que ele tem e não a teremos sem atender às exigências. Minos não fez nada para justificar medidas mais... extremas.

— Não fez. — Tenho feito um trabalho conjunto com Atena para garantir que Minos e seu povo sejam observados o tempo todo. Com os agentes disfarçados e meu acesso a vários canais de informação, temos um panorama tão completo dessa gente quanto é possível.

E esse é o problema. Eles não nos forneceram informação alguma. Nenhum deles fez nada digno de nota desde o fim da competição pelo posto de Ares. Deveria ser um alívio, mas isso só me deixa mais desconfiado.

— É uma armadilha — repito.

— Uma armadilha em que vamos entrar. Não temos alternativa. Vamos ter de torcer para sermos capazes de lidar com as consequências quando ele atacar.

Não gosto nada de ser obrigado a seguir por um caminho que não escolhi. O Olimpo não é exatamente um segredo, mas é intencionalmente difícil obter informações sobre os ritos e rituais que mantêm a cidade em funcionamento. Minos tem mais conhecimento sobre nossos costumes do que é confortável.

É quase como se alguém estivesse lhe passando informações.

Mas, mesmo que eu não consiga rastrear a história de Minos, *sempre* fico de olho em todos os exilados do Olimpo. Até onde posso dizer, Minos não teve contato com nenhum deles. Infelizmente, não dá para confiar em tal informação. Não dá para confiar em nada.

— Se você só...

— Apolo. — Ele não se irrita, mas a rispidez do tom é suficiente para me fazer parar. Zeus me encara. — Precisamos atender ao pedido de cidadania. Não sei o que mais ele está esperando, mas essa é sua primeira necessidade. Vou dar início ao processo para podermos chegar à raiz do problema, finalmente.

Eu me levanto e ajeito o terno.

— Tudo bem. Nesse meio-tempo, vou continuar investigando. — Vou convocar minha equipe e ver o que podemos descobrir. Até agora, as reuniões foram improdutivas, mas as pessoas que trabalham comigo são as melhores. Vamos pensar em alguma coisa. Temos de pensar.

Pensar em minha equipe me faz pensar em uma integrante em particular. Queria que Cassandra tivesse me esperado. Ela é perfeitamente capaz de cuidar de si mesma, mas mora no limite do distrito dos galpões, na cidade superior. Não é uma área segura, mesmo que ela chegue de táxi. Se eu a tivesse acompanhado, poderia levá-la até a porta...

Imaginar a resposta dela a isso quase me faz sorrir. Ela não ficaria nada satisfeita. Bem, limites existem por um motivo, e está bom assim. Cassandra não me agradeceria pela preocupação. Poderia até me empurrar na frente de um veículo em movimento. Ela deixa bastante clara sua opinião sobre os Treze e as pessoas que aspiravam a um posto no grupo — e, para ser honesto, quem poderia criticá-la, depois do que fizeram com seus pais tantos anos atrás?

A única razão para ela aceitar o emprego comigo foi o salário, quase o dobro do que receberia em qualquer outro lugar. Não vou mentir e negar o papel que a caridade teve nisso. Eu a vi ser rejeitada por um emprego atrás do outro durante semanas, até, por fim, bater à minha porta. Sem os pais, ela estivera sustentando a irmã durante todo aquele tempo. Eu não podia deixar as duas passarem fome.

É irônico o fato de ela ter se tornado importante para as minhas operações. Ela é inteligente e enxerga coisas que eu não vejo. Seus relatórios são impecáveis há anos. Na verdade, eu deveria lhe dar outro aumento.

— Apolo. — Pelo tom de voz de Zeus, não é a primeira vez que ele me chama.

Infelizmente, meu fascínio por Cassandra tende a produzir esse efeito colateral. É por isso que, em geral, não me permito pensar nela durante o expediente.

— Sim?

— Fique perto de Minos. Precisamos saber o que ele está tramando.

Só uma vida inteira de prática impede que o desgosto provocado pela ordem apareça em meu rosto. É uma determinação lógica, mas isso não significa que gosto da ideia de ficar tão próximo de Minos. O homem é um pilantra e não gosto do brilho em seus olhos. É o tipo de pessoa que se acha mais esperta que todo o restante.

Minha intenção é provar que ele está errado.

3

CASSANDRA

DUAS SEMANAS DEPOIS

— Está atrasada. Tudo bem?

Caio na cadeira na frente da minha irmã e relaxo contra o espaldar.

— Desculpa, me enrolei com um relatório e perdi a noção do tempo. — Apolo está me soterrando com pilhas de relatórios vindos da cidade inferior. Hades é o governante e não gosta dos outros Treze xeretando seu território, por isso a informação pode ser escassa, contudo, desde que ele se casou com Perséfone, tem havido um pouco mais de comunicação. E isso significa mais informação.

Na verdade, a cidade inferior não parece tão ruim. Se eu não estivesse tão determinada a vazar do Olimpo na primeira oportunidade, consideraria a ideia de atravessar o Rio Estige e descobrir se a cidade inferior acolhia a cultura tóxica e os jogos de poder, assim como a cidade superior o faz.

Minha irmã, Alexandra, sorri com ternura. Tudo nela é doce. Ninguém pode olhar para nós e pensar que não somos parentes — temos cabelo vermelho, uma pele contra a qual o sol parece guardar um rancor pessoal e corpos que as pessoas chamam de *curvilíneos* quando estão tentando ser sutis —, mas os lábios dela se voltam naturalmente para cima nos cantos, não para baixo. Nosso pai sempre brincava dizendo que cheguei ao mundo rugindo um grito de guerra, e Alexandra, com uma risadinha solar. Ela se inclina para a frente, e seus olhos escuros cintilam.

— Isso tem acontecido muito desde que começou a trabalhar para Apolo. Fico feliz por você gostar do emprego.

— "Gostar" é um pouco de exagero. — Minha voz é incisiva demais, mas sinto um calor se espalhar por minha pele. — É interessante. Apolo não tem nada a ver com isso.

— É claro que não.

Abro a boca para protestar, mas me esforcei muito para proteger Alexandra do pior que o Olimpo tem a oferecer. Ela é sete anos mais nova que eu e ainda era menor de idade quando meus pais tentaram o malfadado golpe. Tive medo de que ela conhecesse o mesmo desprezo e a mesma desconfiança que enfrentei desde que o exílio de nossos pais foi anunciado... e estabeleci um propósito para mim. Foi fácil. Já que sou propensa a rosnados e alfinetadas. Não precisei me esforçar muito para garantir que focassem em *mim*, não em Alexandra.

Na maior parte do tempo.

Bebo um gole de água.

— Chega de falar de mim. Como vão as aulas?

— Cass, nunca falamos sobre você.

— Porque não tem o que falar. Eu trabalho e volto para casa. A coisa mais empolgante na minha semana são estes almoços com você. — É melhor assim. Na maior parte do tempo, as pessoas esquecem que existo, o que significa que não ficam me encarando, cobrindo a boca com a mão e cochichando sobre Cassandra, a mentirosa, que um dia proclamou em voz alta que os Treze mataram seus pais.

Apesar de ser verdade.

Não que alguém acredite em mim.

Alexandra sorri, sem tomar conhecimento dos meus pensamentos sombrios.

— As aulas vão muito bem. Terminamos o trimestre de verão em duas semanas e estamos nos preparando para o outono.

Com um pouco de incentivo, ela me conta o que seu grupo de amigos tem feito. Fiquei preocupada quando ela insistiu em se candidatar a uma universidade, em vez de aproveitar uma das faculdades gratuitas que o Olimpo oferece. Isso a colocava diretamente no caminho dos filhos das famílias herdeiras, e sei bem como pode ser lidar com eles.

Mas Alexandra não é como eu. Trabalhei muito para garantir que ela não precisasse brigar para sobreviver. Nossos pais agiram com um egoísmo inacreditável quando puseram as próprias ambições e vontades acima da segurança das filhas.

Nunca vou cometer o mesmo erro.

É um milagre que Alexandra tenha conseguido preservar a doçura ao longo dos anos. Tenho receio de que não sobreviva à realidade da formatura. Não importa que tenha conseguido evitar o pior do bullying e das bobagens até esta altura. Assim que começar a procurar o emprego dos seus sonhos, vai dar de cara com o fato de que todos os detentores de uma gota de poder na cidade superior odeiam nossa família e sonham em testemunhar nossa destruição.

Tenho de encontrar um jeito de nos tirar daqui antes que isso aconteça.

A garçonete traz a conta e dou uma espiada no celular.

— Preciso ir ou vou chegar atrasada. — Normalmente, Apolo não se importa com meus almoços um pouco mais longos com Alexandra uma vez por semana, mas ele tem agido estranho desde a reunião com Zeus.

— Eu pago desta vez.

Sorrio e puxo a conta.

— Guarde as moedinhas para a escola.

— *Você* paga meus estudos.

Deixo meu cartão de crédito junto à conta.

— Vou te dar uma ideia maluca. Por que não faz alguma coisa divertida?

Minha irmã franze a testa.

— Sou adulta, Cass. Não precisa ficar bancando a minha mãe. Somos iguais.

— É claro que somos iguais. — Mas isso não muda a responsabilidade que sinto por ela. Doze anos atrás, fui nomeada sua guardiã e ainda tenho a dolorosa consciência de que minha irmã precisa de proteção.

Mesmo que ela não perceba.

Assino o recibo do cartão e me levanto.

— Mesmo horário na semana que vem?

— Você tem um lugar permanente na minha agenda. — Ela me abraça com força. — Faça alguma coisa legal por você, Cass. Prometa para mim.

— Prometo. — E é verdade, mas duvido que Alexandra ache *legal* passar a noite com um livro, um banho de espuma e uma taça gigante de vinho. É que minha irmã gosta de gente. Eu não.

— Até a semana que vem.

Eu a acompanho até o ponto de ônibus que a levará de volta ao distrito da universidade e espero com ela. Só então vejo que horas são e, praguejando, volto correndo para o escritório.

Vários minutos depois de me sentar à minha mesa, percebo que alguma coisa está errada e levo mais alguns segundos para decifrar a fonte dessa sensação.

A porta da sala de Apolo está fechada.

Olho para ela. A porta nunca está fechada. Jamais. Honestamente, preferia que fosse diferente, porque ele tem o péssimo hábito de cantar baixinho, mas, assim como tudo nele, a voz de barítono é deliciosa. Altamente distrativa. Às vezes, tenho de ler os relatórios duas ou três vezes, porque me distraio tentando entender qual é a canção da vez.

Uma porta fechada deveria significar trabalho sem interrupções. Uma porta fechada *deveria* me deixar feliz.

Encaro a porta e cruzo os braços. Não posso bater e investigar. Isso não só daria a ele uma ideia errada, como, francamente, o assunto não é da minha conta.

Talvez Apolo nem esteja lá. Talvez tenha saído e deixado o escritório fechado. Isso faz mais sentido do que ele estar lá dentro trancado para ter privacidade.

Para um mestre espião, ele é péssimo nessa coisa de sigilo. Se eu fosse uma romântica, acreditaria que a porta sempre aberta significa que ele confia em mim, mas a verdade é que Apolo é estranhamente distraído quando não está focado em alguma coisa. E quando *está* focado em alguma coisa, às vezes resmunga. Quando não está cantando, pelo menos.

Deuses, que confusão dominou minha cabeça. Por que estou obcecada por esse homem? Tenho trabalho a fazer.

Começo a abaixar a cabeça para me concentrar na minha mesa, o único outro móvel no pequeno escritório ocupado por Apolo. Ele é dono do prédio inteiro, é claro, mas alega que não lida bem com pessoas — mentira, as pessoas o adoram —, por isso prefere que eu cuide de suas comunicações com as pessoas que não integram o grupo dos Treze. Tecnicamente, acho que isso faz de mim uma espécie de gerente, mas meu título oficial é secretária executiva.

Meu trabalho é desafiador, e não existe nada como a adrenalina de juntar duas peças aparentemente desconexas de informação e ver o quebra-cabeça completo se formar.

A porta é aberta com força suficiente para bater na parede e voltar. Dou um pulinho, mas me esforço para manter a expressão de desinteresse frio. Bem a tempo.

O homem que manca para fora da sala de Apolo é uma fera. Deve ter quase um metro e noventa de altura e a estrutura de um tanque, com ombros largos, peito forte e um corpo *poderoso.* Pele marrom médio, cabelo avermelhado bem curto, barba aparada e olhos escuros e vazios. Ele me vê e olha para o meu corpo de um jeito que não deveria ser ameaçador... mas acaba sendo.

Sei quem ele é. Eu o vi competir — e perder — no torneio para ser Ares. A própria Helena o eliminou, arrebentou seu joelho na segunda prova, antes de vencer a terceira e se tornar a nova Ares. A luta entre os dois foi brutal, e eu não tinha certeza de que ela venceria. Tive a impressão de que o homem queria matá-la. E, se Helena não tivesse vencido, acho que ele teria tentado.

Teseu.

— O que está fazendo aqui? — Eu não pretendia falar, mas as palavras saíram pela boca mesmo assim, incisivas e duras. O Olimpo está cheio de predadores (sei disso melhor que ninguém), mas normalmente eles fingem que são como nós. Mais ricos, mais glamorosos, mais bonitos, talvez, mas, mesmo assim, medianos e sujeitos a serem subestimados.

Não há como subestimar esse homem.

Teseu não responde. Ele me ignora com a mesma rapidez com que registra minha aparência e passa por mim a caminho da saída, transmitindo violência a cada passo descompassado.

Não paro para pensar. Corro ao escritório de Apolo, quase certa de que vou encontrar seu cadáver, em vez *dele*.

Mas... Apolo está bem.

Sentado à mesa, olha para alguma coisa a mil quilômetros de distância, e parece totalmente intacto. Paro no lugar, mas é tarde demais. Ele me encara.

— Cassandra. Entre e feche a porta.

Irritada comigo mesma por ter me preocupado, e pior, por ter-lhe *revelado* essa preocupação, fecho a porta com cuidado e me sento na cadeira diante da mesa. A sala de Apolo é a essência de um homem rico e elegante, com a mesa enorme de madeira escura, uma parede cheia de prateleiras contendo livros e outros objetos que valem mais de seis meses de aluguel do meu apartamento de merda, e uma janela grande com vista para a rua lá embaixo. Estamos só no terceiro andar, o que proporciona muitas oportunidades de observar pessoas; nos quarteirões em torno do Dodona Tower, todo mundo anda pelas calçadas com a intenção de ver e ser visto.

Ele se encosta na cadeira com um suspiro cansado.

— Você sabe que agora Minos e sua gente são cidadãos do Olimpo.

— É meio difícil não saber.

Os sites de fofoca enlouqueceram com a notícia. Tenho certeza de que a reação está relacionada ao fato de que todos cobrem as mesmas pessoas e as mesmas famílias desde a fundação da cidade. Sangue novo é raro, especialmente uma família inteira. A última vez que isso aconteceu foi quando a família Dimitriou se mudou para a cidade e a matriarca se tornou Deméter, mas, ainda assim, eram olimpianos, mesmo que da área rural.

Minos e seu povo definitivamente *não* são.

— Fui convidado para uma festa que ele vai dar. — Apolo comprime os lábios. — Para comemorar.

— Pelo jeito, vai ser divertido para caramba. — O sarcasmo é inevitável. O que eu poderia dizer? Ele é *Apolo*. Parte do trabalho consiste em interagir com babacas poderosos e estar próximo de pessoas que ele odeia porque são detentoras de informações de que precisa. Informações de que *Zeus* precisa.

Ele escolheu aceitar o título. Ninguém o obrigou a isso. Não vou ter pena do cara, por mais que agora ele pareça infeliz. Sempre há a possibilidade de recusar um convite. Ele não o fez, mas *poderia*, o que é mais que a maioria nessa cidade pode fazer se os Treze começam a interferir em sua vida.

— Preciso pedir um favor.

— Não.

Ele me encara por um longo instante.

— Dá para me ouvir antes de recusar?

— Vou pensar. — Olho para o teto, depois de novo para ele. — Não. Você está com aquela cara de quem tem um plano, e não quero participar dele.

— Cassandra. — Sua voz tem uma dureza que não é comum. Teseu deve ter mexido com ele de verdade. — Escute. Por favor.

Eu poderia sair. Poderia me recusar a ouvi-lo. Poderia... mas não. É o meu segundo erro do dia, e tenho certeza de que vou me arrepender dele.

E não demora muito para meu chefe provar que eu estava certa.

— Minos tem motivos escusos para estar aqui, mas não consigo descobrir quais são.

— Eu sei. — Apolo tem falado sobre isso há semanas, desde que o grupo de Minos apareceu e dois deles entraram na competição pelo título de Ares.

— Ele negociou com Zeus para trocar informação por cidadania, mas até agora só ofereceu coisas vagas demais para terem alguma utilidade. Tenho certeza de que é intencional.

— Provavelmente. — Se informações são sua única moeda de troca, ele vai querer extrair dela o maior valor possível. Acho idiotice querer atrair a atenção dos Treze, mas quem sou eu para opinar?

— A festa vai ser minha melhor oportunidade para encontrar essas respostas. Vai durar uma semana, o que, teoricamente, vai me dar tempo suficiente para ir atrás de evidências. Alguém patrocinou a viagem dele até aqui, e, se eu conseguir descobrir quem foi, não vamos precisar de Minos.

Quando se trata de obter informações, Apolo é uma espécie de pau para toda obra. Seu título é de Guardião do Conhecimento, tecnicamente, e ele exerce essa função ao preservar os registros da história do Olimpo. Mas também é um mestre da espionagem, obtendo informações para os Treze e para os próprios fins constantemente. Mesmo depois de trabalhar para ele por cinco anos, ainda não tenho certeza de como consegue certas informações. Mas são sempre precisas.

Uma semana na casa de Minos vai ser tempo mais que suficiente para chegar ao fundo desse mistério. Franzo a testa.

— Por que tenho a sensação de que vem um "mas" por aí?

— Mas... — Ele suspira de novo. — Você trabalha para mim há tempo suficiente para conhecer meus pontos fortes. Fico mais à vontade com dados e arquivos do que investigando os motivos das pessoas.

É verdade. Se Apolo tem um ponto fraco — e hesito em atribuir esse rótulo —, é ser honesto demais. Seu cérebro não funciona da maneira distorcida e enganosa necessária para entender as camadas e mais camadas das tramas que se desenrolam na cidade. Ele não é ingênuo; sabe que as tramas existem — só não consegue adivinhar por instinto como acontecem.

— Você sobreviveu até aqui. Tenho certeza de que vai ficar bem.

— Cassandra. — Seu sorriso pesaroso aperta meu peito. — Você sabe que não é assim. Minha força é a mesma da minha equipe, e não vou conseguir levar todos vocês para lá. Se eu puder levar só uma pessoa, quero você.

Quero você.

Não vou pensar em como essas palavras me fazem sentir. Nem um pouquinho.

— Bem, não pode me ter. Convide Hermes. Ela é boa nesse tipo de coisa.

— Hermes faz os próprios jogos, e você sabe disso. — Ele balança a cabeça. — E não estou no mesmo nível dela. Não consigo entrar e sair de salas como se por magia.

O que Hermes faz não é magia, embora qualquer um que entre em um aposento trancado e a encontre vasculhando suas coisas possa pensar diferente. Muita gente não para por tempo suficiente para perceber que arrombar e invadir são basicamente a linguagem do amor dela, e que Hermes só faz isso com pessoas de quem gosta, no entanto, se eu fizer *esse* comentário, vou ter de explicar como sei disso, e não vou discutir meus relacionamentos anteriores com ninguém, muito menos com Apolo.

— Você é muito bom no que faz, mas *ninguém* está no mesmo nível de Hermes — respondo, por fim. — Vai ter de encontrar outro jeito.

— Concordo. E *tenho* outro jeito. — Ele olha para mim. — Você me acompanha. Faz o papel de minha acompanhante. Você enxerga coisas que eu não enxergo, e preciso dessa perspectiva para passar por isso com sucesso.

Você me acompanha.

Faz o papel de minha acompanhante.

Em uma festa que vai durar uma semana.

Meu cérebro entra em curto-circuito, e eu me levanto.

— Não. De jeito nenhum. — Já é horrível passar tanto tempo perto dele, trabalhando juntos. Para ir a uma festa como essa... vamos ter de ficar no mesmo *quarto*. Na mesma *cama*. Ele vai precisar me tocar. Apolo namorou algumas pessoas desde que assumiu o título. O soldado Hyakinthos. A modelo Coronis. O suficiente para todo mundo saber que ele não economiza contato físico com seus parceiros. O suficiente para levantar suspeitas se *não* me tratar do mesmo jeito.

Não posso fazer isso.

Não vou.

— Você perdeu a porra do juízo, Apolo. Não acredito que está me pedindo isso — continuo falando com um tom muito duro, palavras cortantes produzidas pelo pânico. — Sabe o que isso significaria para mim e o que todo mundo já pensa. Você provaria que as pessoas estão certas, e *eu* teria de lidar com as consequências. — Ninguém no Olimpo acredita que não me interesso pelo poder. Olham para mim e veem os pecados de meus pais.

A amarga ironia é que, se meus pais tivessem se contentado com seus privilégios e poder, ninguém estranharia Apolo e eu juntos. Eu era parte de uma família herdeira, o que fazia de mim uma opção aceitável para casar com um dos Treze.

Todo mundo espera que eu tente recuperar o que perdemos. Faz doze anos que me observam como se eu fosse um inseto sob uma lente de aumento, e o que Apolo está me pedindo significa me expor ao olhar público de um jeito que convida ataques.

Nem Hermes alguma vez me pediu *isso.*

Pensei que Apolo entendesse por que evito qualquer coisa parecida com estar no centro das atenções, pelo menos em teoria. Ele é o único que me ofereceu esse emprego, que me paga um salário alto e parece constantemente preocupado com meu bem-estar. Pedir para eu ser o sacrifício... Isso dói. E não deveria doer tanto.

— Não — repito. — Não vou fazer isso.

— Tudo bem. — Apolo levanta as mãos e parece culpado. — Desculpe. Achei que era a solução mais inteligente, e acredito que você é capaz de se portar bem nessa situação. Entendo por que não quer ir. — Sua voz suaviza de um jeito que ameaça me enfraquecer. — Cassandra, me desculpe. Eu devia ter considerado as implicações.

Não posso permitir que ele seja delicado comigo. Se Apolo ceder, eu cedo, e aí vou acabar concordando com uma coisa que contraria meus interesses. Tenho de fazer um esforço enorme para endireitar a coluna e tratá-lo com frieza, quando ele só me ofereceu ternura.

— É, devia ter pensado nisso. Mais alguma coisa?

Seu suspiro é quase inaudível.

— Não, era só isso.

Saio do escritório. Pena que não consigo fugir também da culpa que me segue.

4

APOLO

Estraguei tudo.

Fiquei agitado demais com a chegada inesperada de Teseu e a ordem para que eu comparecesse à festa de Minos. E *foi* uma ordem. Minos não é um dos Treze, mas sabe que tem poder e o está usando sem moderação. Não vai durar para sempre, mas é muito inconveniente enquanto dura.

Mesmo assim, isso não é justificativa. Eu não deveria ter feito uma proposta tão imprópria para Cassandra. Se ela fosse outra pessoa, poderia ter se sentido compelida a aceitar, mesmo sem querer...

Pensar nisso me enoja.

Não tenho ilusões sobre o tipo de lugar que é o Olimpo. A única lei que importa é o poder e, como membro dos Treze, eu o tenho aos montes. Vi a corrupção que impera, como alguns que detêm títulos e abusam de sua influência para alcançar os próprios objetivos e saciar vícios. Não posso fingir que sou diferente. Usei minha influência para tirar membros da família de situações complicadas mais vezes do que posso contar. Especialmente meu irmão mais novo.

Se eu pressionasse Cassandra, que já sofreu nas mãos do Olimpo...

Porra.

Passo as mãos pelo rosto. Parecia um bom plano, pelo menos, mas vou ter de recorrer a outra pessoa. Não estava mentindo quando disse que ela era a única que poderia me acompanhar. Cassandra é uma das pessoas mais inteligentes que conheço. Talvez pense que a contratei por piedade, mas a verdade é que ela se tornou um bem insubstituível. Alguém em quem confio, mesmo que ela jamais vá acreditar se eu contar.

Tem Heitor, é claro, mas ele está tão feliz no casamento dele que me acompanhar a esse tipo de evento provocaria comentários. Ele não aceitaria. Seu casamento pode ser forte o bastante para atravessar qualquer tempestade da mídia, mas ele não submeteria a família a isso. Nem pelo Olimpo e o bem maior.

O restante de minha equipe é bom, mas não está no nível de Cassandra e Heitor.

— Apolo.

Endireito as costas tão depressa que empurro a cadeira para longe da mesa.

— Sim?

O rosto bonito de Cassandra é pura tensão. Seus lábios são naturalmente curvados para baixo nos cantos, mas, agora, transmitem contrariedade. Ela olha para o lado.

— Zeus está aqui para falar com você.

Porra de novo.

Eu devia ter imaginado. Mandei mensagem para ele quando Teseu chegou, mas esperava um telefonema pedindo atualizações. Não achei que ele apareceria aqui pessoalmente. Controlo minha expressão.

— Mande-o entrar.

Zeus não espera Cassandra transmitir o convite, é claro. Ela mal sai da frente da porta, e ele entra em minha sala, ordenando:

— Fale.

Contenho um suspiro e o atualizo. Nem penso em manter em segredo a proposta rejeitada por Cassandra, até ver sua expressão pensativa. Zeus se reclina na cadeira.

— Levar Cassandra é uma boa ideia.

— Não importa. Ela recusou, e não me sinto à vontade para pressioná-la a encarar uma situação do tipo.

Seus lábios se contraem, formando um sorriso amargo.

— Não precisa bancar o homem mau, Apolo. Essa função é minha. — Antes que eu possa responder, ele ergue a voz. — Cassandra.

Ela demora alguns instantes para aparecer na porta, e parece justificadamente desconfiada.

— Sim?

Zeus muda a cadeira de posição para enxergar nós dois. Ele a estuda por um longo momento.

— Você quer sair do Olimpo com sua irmã.

Ela cruza os braços e estreita os olhos.

— Isso não é novidade.

— Não tem dinheiro para isso.

— Também não é novidade — irrita-se ela.

Mais tarde, fico um pouco admirado por ela ser a única pessoa na cidade que não parece se importar com a presença do governante do Olimpo diante de si. No momento, estou ocupado demais combatendo um profundo desconforto. Sei aonde ele quer chegar, e não gosto disso de várias maneiras.

— Zeus...

Ele me ignora.

— Faça isso por nós, e lhe dou o dinheiro suficiente para recomeçar em outro lugar. Com conforto. Setecentos mil.

Cassandra olha para mim, e mesmo a conhecendo bem a esta altura, não consigo ler sua expressão. Ela olha novamente para Zeus.

— Está falando sério?

— Estou. — Ele sustenta seu olhar. — Essa festa é uma oportunidade única. Você trabalha para Apolo. Sabe que estamos enfrentando uma possível ameaça. Precisamos dessas informações. Não vou medir esforços para proteger o Olimpo. — O homem não se move. — Estipule seu preço. Se cumprir sua parte do acordo e estiver ao meu alcance atender ao seu pedido, vou atendê-lo.

Cassandra se mantém em silêncio por um bom tempo, fitando alguma coisa à meia distância. Nós dois esperamos em silêncio, embora eu tenha de morder a língua para não protestar. Zeus está correto em sua argumentação, mas Cassandra acabou de me dizer não. Não é certo submetê-la a esse tipo de pressão. Ela não é uma dos Treze. Não assumiu esse tipo de responsabilidade.

Por fim, ela assente e volta a olhar para Zeus.

— Qualquer preço? Dobre a oferta e garanta uma saída segura do Olimpo para mim e Alexandra. Se concordar com esses termos, faço o que está pedindo.

Ele não hesita.

— Negócio fechado.

Não consigo evitar uma exclamação estrangulada. Um milhão e quatrocentos mil dólares. Esse é o preço dela. Não a condeno por isso, mas, *deuses*, que audácia. Cassandra é incrível. De qualquer maneira, não posso lhe pedir isso. Sei que ela não quer, e mesmo com todo esse dinheiro em jogo, ainda vai se sentir muito incomodada por desempenhar o papel de minha namorada.

— Tenho certeza de que podemos encontrar...

— Você vai receber depois da conclusão da tarefa. — O tom firme de Zeus não se altera. — Ninguém vai pedir para se relacionar sexualmente com Apolo, mas você precisa vender o relacionamento, e para isso vai ter de se comportar em público como alguém apaixonada. — Ele faz uma pausa. — Não vou pedir para você ser gentil com as pessoas.

— Eu não seria nem que me pedisse. — Cassandra não olha para mim. — Serei uma boa namorada e espiã, e isso resume nosso acordo.

Zeus sorri com frieza.

— Certo. — Ele fica em pé e olha para mim. — Atualize-a sobre tudo que Cassandra precisa saber. Comece a vender a história agora, de forma que não seja surpresa quando aparecer com ela na semana que vem. — Em seguida, olha para Cassandra de um jeito que faz meu sangue ferver. Zeus franze a testa. — Você tem estilo, mas essas roupas são de lojas de departamento, é evidente. As aparências importam, e não podemos permitir que você apareça vestida como se...

— Como se Apolo estivesse comendo alguém que arranjou no trabalho — ela conclui com tom seco.

— Isso. Minha esposa vai entrar em contato com você para dar um jeito no seu guarda-roupa. — Zeus olha para mim. — Traga respostas para mim, Apolo. Não podemos correr o risco de mais um fracasso.

— Eu sei — respondo, por fim. Ainda estou tentando processar o que acabou de acontecer quando o homem sai da minha sala e me deixa com a tarefa de resolver a confusão que criou. É uma das vantagens de ser Zeus, acho. Pigarreio. — Não precisa fazer isso.

— Eu sei. — Cassandra fecha a porta e se senta à minha frente. Sua expressão está fechada, mas há uma nova tensão em sua linguagem corporal, algo que nunca esteve ali antes. — Não vou fazer isso pelo bem do Olimpo. Essa cidade pode pegar fogo, não ligo. Acharia até merecido. Mas uma possibilidade de ir embora sem perder tudo? — Cassandra dá de ombros. — É um preço que estou disposta a pagar para tirar Alexandra daqui, antes que ela sufoque sua inocência.

— Se precisava de dinheiro...

— Pode parar por aí. — Ela levanta uma das mãos. — Nós dois sabemos que me dar esse emprego foi um gesto de caridade, e você me paga quase o dobro do que outras profissionais no mesmo cargo recebem. Já está me dando dinheiro, Apolo. Não vou pedir mais nada a você. — Seus olhos escuros suavizam por um momento. — Pode não parecer, mas sou grata pelo que fez por mim.

— Você vai aceitar dinheiro de Zeus. — Meu tom é de acusação, mas não posso evitar. Não entendo sua lógica. Às vezes sinto como se conhecesse Cassandra melhor que qualquer outra pessoa na cidade, mas às vezes é como discutir com uma desconhecida.

Sua risada é amarga.

— Ah, sim, eu vou. Aquele filho da mãe tem mais do que pode gastar em uma vida inteira. Se for me obrigar a encarar essa, vai ter de pagar caro.

— Cassandra... — Muitas coisas que não posso dizer dançam na ponta da minha língua. *Deixe eu te ajudar. Deixe eu te proteger. Deixe eu cuidar de você.* Engulo as palavras, tal como fiz em todas as outras vezes que senti a tentação de pressioná-la.

Sempre soube que ela encontraria um jeito de sair da cidade em algum momento. Penso que as únicas coisas que a seguram aqui são esse emprego bem remunerado e a irmã. O povo de Poseidon não é imune a suborno para tirar os cidadãos da cidade, mas isso custa caro. Ela não vai tentar enquanto não tiver o suficiente para saber que pode chegar ao outro lado em segurança, e com a irmã. Depois da próxima semana, vai ter mais que o suficiente e não precisará gastar nada com subornos.

Resta bem pouco tempo. Pensar a respeito disso me deixa pouco à vontade. Não sei o que vou fazer quando ela for embora.

Cassandra balança a cabeça lentamente.

— Está feito, Apolo. Eu concordei. Pode continuar se sentindo culpado por isso, mas seria melhor usar esse tempo para me atualizar sobre o que preciso saber a fim de me preparar para a festa.

Ela tem razão. Sei que tem. Mas sinto dificuldade para seguir nessa direção sem aviso prévio. Fecho os olhos, inspiro devagar e acalmo meus pensamentos. Quando volto a abri-los, estou quase centrado.

— Minos trouxe informações sobre uma ameaça contra o Olimpo.

— Sim, você mencionou, mas não entendo por que estamos dançando a música dele, em vez de só tirar *toda* informação dele. Não pode fingir que coisas piores não foram feitas em nome da segurança da cidade. — Cassandra estreita os olhos. — Além do mais, temos que considerar a fronteira. O que esse inimigo vai fazer? Acampar a alguns metros dos limites da cidade e gritar com a gente?

Olho para a porta fechada. A chance de alguém estar ouvindo do outro lado é pequena, mas... Suspiro.

— A fronteira está caindo.

— *O quê?*

— Está caindo. Ainda não está evidente, mas há pontos fracos. Poseidon chamou nossa atenção para isso meses atrás. — Meses de buscas infrutíferas por respostas. Nunca me senti tão frustrado em toda minha vida. A história inteira do Olimpo está ao alcance dos meus dedos, mas existe um enorme ponto de interrogação em relação a tudo relacionado à barreira. Tentei conversar com o último Zeus sobre isso quando assumi o título, mas ele não estava interessado em dedicar mais recursos à busca de respostas... e me proibiu de abordar o assunto com qualquer pessoa, ou causaria pânico. Agora ele está morto, e nós temos de lidar com as consequências sem o benefício de anos de informações.

Cassandra me encara.

— Você não sabe como resolver isso, sabe?

— Não. — Admitir é como confessar meu pecado mais sombrio, mais profundo. — Pesquisei, mas alguém apagou os registros em algum momento. — Um Apolo anterior, sem dúvida. Meu título é o único com autoridade para acessar os registros e tomar a decisão de apagar alguma coisa. Mas não entendo *por quê.*

A fronteira é o maior mistério do Olimpo. Os cidadãos comuns simplesmente a aceitam como um fato, atribuindo sua existência à magia ou a uma tecnologia avançada que bem poderia também ser magia. Presumem que aqueles que estão no poder, pelo menos, conhecem os detalhes.

Só que não conhecemos.

Se conhecêssemos, saberíamos como resolver o problema, agora que a barreira está quebrando.

— Porra. — Cassandra suspira. — Mas qual é a probabilidade de uma guerra por território ou algo semelhante? A maior parte do mundo nos excluiu de tudo. Por que agora?

— Não sei. — Outra confissão de culpa. Passo as mãos pelo rosto. — É por isso que não podemos expulsar Minos, e mesmo que alguém estivesse disposto a recorrer à tortura, não seria garantia de obter informações precisas. Estamos mais vulneráveis do que jamais estivemos, e Minos dispõe de mais informações do que está nos contando.

— Entendo. — Cassandra bate com a ponta de uma unha preta na coxa. — Bem, Zeus está me pagando o suficiente. Acho que posso te ajudar a salvar o Olimpo. — Ela levanta a cabeça e me encara. — Vamos resolver isso.

5

CASSANDRA

Não conto para Alexandra sobre meu novo "namorado", adio esse momento o máximo possível, mas, no fim, não posso evitá-lo para sempre. A última coisa que quero é que minha irmã veja notícias sobre nós nos sites de fofocas.

Mesmo assim, espero até o fim do nosso almoço para dizer:

— Tenho uma coisa para contar, e você não deve alimentar muitas esperanças.

Alexandra ri e dobra o guardanapo.

— Com uma introdução como essa, estou quase esperando você dizer que eu estava certa na semana passada, e você se apaixonou loucamente pelo seu chefe.

Seria muito mais fácil se eu pudesse contar a verdade, mas se eu revelar o que está de fato acontecendo, Alexandra vai se preocupar. Mais ainda, tomo muito cuidado para esconder a quantidade de coisas de que me privo para garantir que ela tenha tudo de que precisa. Minha irmã tem obstáculos suficientes, depois do que nossos pais fizeram. A última coisa que quero é aumentar esse fardo. Alexandra começaria a se sacrificar para *me* ajudar, e isso é algo que não posso permitir.

Se ela souber que fechei um acordo com Zeus para ajudá-la, vai se sentir mal e dizer que não preciso fazer isso. Não, melhor sustentar a mentira que Apolo e eu vamos contar para a cidade inteira.

Mais tarde falo a verdade, quando puder explicar por que tudo valeu a pena.

Respiro fundo.

— É, mais ou menos isso.

Ela arregala os olhos.

— Está brincando.

— Não estou. — Sinto a pele esquentar. — Queria contar para você primeiro. Sabe como esta cidade é. Vamos ser fotografados e vão dizer coisas terríveis sobre mim. Só quero, hum, que se previna.

O sorriso de Alexandra desaparece.

— Queria que não fosse assim. Você não é nossos pais. Depois de todo esse tempo, era de se esperar que já tivessem percebido.

— Ninguém liga, Alex. A morte deles não foi suficiente. Eles precisam de alguém para punir, e ainda estamos aqui. — Não que tenhamos escolha. Não sei se nossos pais teriam tentado deixar a cidade depois do fracasso do plano. Nunca tiveram a chance de tentar. Morreram na mesma noite que tentaram acionar a cláusula do assassinato. E nós duas ficamos aqui, recolhendo os cacos. — Vão continuar nos pressionando enquanto estivermos aqui.

— Sinto muito. — Ela segura minha mão sobre a mesa. — Não devia ter que aturar *essas pessoas* apagando o brilho de uma coisa tão boa. Estou feliz por você, Cass. Apolo parece ser um cara muito legal.

Engulo o nó que surge de repente em minha garganta. Odeio mentir para minha irmã, mas é melhor assim.

— Ele é.

Durante a caminhada de volta ao escritório, fico pensando se fiz bem em não contar a verdade para Alexandra. Fui guardiã dela por quase um terço da minha vida; a esta altura, esconder os detalhes menos agradáveis da minha vida é uma coisa quase automática.

Fiz o que é certo. Tenho certeza disso. Ela vai ficar feliz quando eu explicar toda a situação e tiver uma solução para os problemas que nos atormentam há doze anos. Uma verdadeira fuga.

No fim, fingir que namoro Apolo para investigar Minos é um preço pequeno a se pagar.

Voltar à minha mesa é particularmente surreal. Nada mudou, e, ao mesmo tempo, tudo mudou. Não sei como explicar. Apolo ainda é meu chefe, pelo menos até o pagamento de Zeus cair na minha conta. Esse seria o fim, mas não posso deixar de pensar em como vamos ter de fingir para todo o Olimpo. Não só em ocasiões públicas construídas com todo o cuidado, mas em uma festa em *casa*. A intimidade que isso vai criar me deixa sem fôlego e um pouco nauseada.

Não sei o que estou fazendo.

Levanto a cabeça e vejo Apolo parado na porta de sua sala, adoravelmente agitado e mais ou menos desconfortável.

— Cassandra. — Ele pigarreia. — Temos menos de uma semana até o começo da festa. Precisamos, hã, construir uma imagem nesse fim de semana. — Ele ainda evita me encarar. — Tomei a liberdade de reservar uma mesa para nós no Dryad.

É claro que sim.

É aonde ele vai em todo primeiro encontro, e eu deveria ter imaginado a possibilidade do relacionamento falso seguir o mesmo roteiro. Só tem um problema.

O Dryad é um dos restaurantes mais exclusivos em toda a cidade superior. Há uma lista de espera para a lista de espera. Conseguir uma reserva tão depressa é um pequeno milagre, mas ainda tem a questão do *dress code* rígido, e não tenho uma peça de roupa adequada para isso.

Passei cinco anos construindo, com todo o cuidado do mundo, um guarda-roupa cápsula que não me causasse vergonha enquanto trabalhasse para Apolo. Meu trabalho me põe em contato com vários membros dos Treze e diversas famílias do círculo de poder, e eles podem até me odiar por princípio, podem fazer comentários maldosos sobre meu corpo perto o bastante de mim para serem ouvidos, mas não podem criticar meu estilo. Isso se tornou motivo de orgulho para mim.

A vergonha aquece minha pele, e sentir vergonha de uma coisa tão distante do meu controle traz à tona minha raiva sempre presente.

— É, não vai funcionar para mim.

A surpresa ilumina seus olhos escuros.

— Não vai?

Se fosse outra pessoa, eu daria uma resposta grosseira e fria, mas é Apolo, e nem eu sou cruel o suficiente para seguir por essa linha. Desvio o olhar, consciente de que minha pele pálida deve estar vermelha.

— Não tenho nada adequado ao *dress code*.

— Ah. É só isso?

Eu me viro para encará-lo.

— "Só isso"? Que porra você quer dizer com "só isso?" Se eu aparecer com um dos vestidos que já tenho, vão me barrar na porta, e você vai virar motivo de piada. Como isso pode ser bom para alguém? Talvez você tenha um fetiche de humilhação, mas eu não tenho.

— Fetiche de humilhação, Cassandra? É sério?

Sinto a pele esquentar ainda mais, e não sei dizer se é constrangimento ou se estou morrendo lentamente depois de ouvir a palavra "fetiche" da boca de Apolo.

— O quê? Não. Não foi isso que eu quis dizer.

— Sei o que quis dizer. — Ele me estuda. — Você concordou com o plano.

A mudança repentina de assunto me confunde.

— Hum, sim?

— Então entende que tudo que eu fizer para garantir o sucesso do plano é necessário e razoável, e não caridade?

Entendo no mesmo instante aonde ele quer chegar.

— Isso é lógico, mas não me agrada.

— Eu sei. — Apolo sorri, e meu coração dispara. — Você vai receber as horas extras, é claro, mas preciso fazer um telefonema.

— Mas... — É tarde demais. Ele entra no escritório e fecha a porta.

Espio o relógio. Já são três horas. Não sei a que ele vai recorrer para criar um novo guarda-roupa para mim em vinte e quatro horas, mas é evidente que esse é o plano. Engulo o orgulho que tenta me sufocar. Apolo está certo: é uma medida que vai garantir a implementação do plano, não é caridade. Pensando bem, Zeus fez um comentário passageiro sobre minhas roupas naquela última reunião, mas eu estava perturbada demais para pensar nisso.

Não importa. Sei o que o Olimpo vai pensar quando eu for vista com Apolo e com roupas novas. Vão me chamar de interesseira e cochichar que estou usando a cama como trampolim para recuperar o poder que meus pais perderam.

Não é verdade, mas o Olimpo nunca se importou com a verdade. Não quando surge uma história suculenta. Não quando uma mentira conveniente encobre uma realidade feia.

Está tudo bem. Eu sabia que isso ia acontecer. Por isso preveni Alexandra.

Apoio as mãos na mesa e me concentro em respirar para controlar a raiva. Não importa o que os predadores da cidade superior pensam. Esse relacionamento com Apolo não é real; é uma coisa temporária. Já lidei com os comentários cruéis e os olhares de acusação durante doze anos. Posso aguentar mais algumas semanas.

Quando isso acabar, Alexandra e eu vamos embora.

Suporto qualquer coisa para chegar a essa conclusão. Desde que eu não tente seguir os passos de meus pais, o pior que os cretinos do Olimpo vão jogar em cima de mim são palavras. Não sou tão frágil a ponto de deixar que isso me impeça de alcançar meu objetivo. O dinheiro de Zeus vai nos levar para longe, e minhas ações não vão dar motivo para ele dizer que não cumpri minha parte na barganha.

Exatamente às cinco horas, duas mulheres brancas de cabelo escuro passam pela porta. Reconheço imediatamente Psiquê Dimitriou e sua irmã mais velha, Hera. Ah, o nome de Hera antes era Calisto, porém, desde que se casou com Zeus, ela conquistou a posição de nova Hera entre os Treze. As irmãs não poderiam ser mais diferentes. Hera é alta e esguia, uma lâmina ambulante com uma atitude que combina com a aparência. *Ela* pode usar à vontade aqueles olhos frios e rosnar para qualquer pessoa que se aproxime. Não consigo nem imaginar como deve ser ter tanta liberdade assim.

Psiquê é alguns centímetros mais baixa e da minha altura, com curvas abundantes cobertas por um vestido leve e fofo em um estilo *pin-up* com estampas de cereja no tecido. Encontrei-a algumas vezes desde que ela apareceu em uma festa de braços dados com Eros, recém-casada e navegando pelas águas profundas do Olimpo com aparente facilidade. Ela é um amor, mas deve ter dentes afiados por trás da aparência mansa, ou a cidade superior já a teria devorado viva.

Psiquê olha para mim.

— Cassandra. É muito bom te rever. Você está linda, como sempre.

— Psiquê. — Faço uma pausa antes de fitar a esposa de Zeus. — Hera.

Hera me analisa.

— Bem, pelo menos você tem estilo. É melhor que a última.

— Calisto — Psiquê murmura. — Seja gentil.

— Vai dizer para *ela* ser gentil? — Hera rebate.

Levanto as sobrancelhas.

— Estou ouvindo vocês.

— Eu sei. — Hera joga o cabelo por cima do ombro. — Mas você é uma mulher rara que aprecia honestidade, então tenho certeza de que não vai se importar.

— *Calisto.*

Hera ignora a irmã e se aproxima da porta da sala de Apolo, à qual bate duas vezes antes de entrar. Psiquê respira fundo, uma reação que reconheço em um nível celular. Isso me faz sorrir, embora com relutância.

— Irmãs, né?

— O melhor e o pior ao mesmo tempo. — Ela se aproxima de mim. — Isso tudo é muito confidencial, mas entendi que você precisa de um guarda-roupa novo.

Tenho de me concentrar para impedir um rubor. Funciona melhor na presença de Psiquê do que na de Apolo. Pensei que estivesse preparada para ser julgada, mas isso está acontecendo depressa demais.

— É para o trabalho.

— Não precisa se defender. Você me conhece. Na minha opinião, ninguém precisa de uma desculpa para ter roupas novas. — Ela olha para o meu corpo sem pressa. Diferente de muita gente nessa cidade, não é um olhar de julgamento. O mais provável é que esteja calculando meu tamanho. — Tem uma designer que passou a se dedicar mais recentemente à moda *plus size*, alguém em quem confio completamente. Ela tem uma boa quantidade de peças em estoque, roupas que correspondem ao critério estabelecido por Apolo. Zeus vai pagar a conta, então, sugiro que tire proveito disso, porque a marca é muito cara.

Psiquê Dimitriou é uma das filhas de Deméter. Foi criada fora dos limites da cidade, mas, mesmo antes de a mãe se tornar Deméter, a família era mais rica que a maioria das pessoas no Olimpo. E, se *ela* diz que essa marca é cara?

Preciso me controlar para não tremer quando penso em gastar todo esse dinheiro em roupas.

— Como você disse, Zeus está pagando a conta. É melhor eu aumentar o limite do cartão ou coisa do tipo. — Apolo foi inteligente, antecipou que eu poderia resistir se ele fosse pagar por tudo isso. Ele sabe que não dou a mínima se tiver de estourar os cartões de crédito de Zeus, se é que isso é possível.

— Perfeito.

Hera volta à minha sala, e parece bem satisfeita.

— Vamos.

É assim que vou parar no banco de trás de um carro com as duas irmãs, atravessando uma das três pontes que conectam a cidade superior à inferior. Nunca passei por cima do rio antes. Existe uma barreira parecida com aquela que cerca a grande cidade, embora muito mais fraca. Quando estamos mais ou menos na metade da ponte, a barreira vibra em minha pele. Supostamente, é necessário ter a permissão de Hades para concluir a travessia, mas acho que deve ser mais complicado que isso. As duas mulheres devem ter convites vitalícios, considerando que a irmã delas é casada com o homem. E isso deve ter sido suficiente para garantir um convite para mim também.

Pelo menos desta vez.

Resisto a um arrepio quando seguimos para o sul na cidade baixa e continuamos em frente até os edifícios se transformarem em galpões. O estacionamento na frente de um deles tem uma placa estilizada com o nome Juliette's. Eu o reconheço. Já ouvi falar dessa mulher. Ela foi banida da cidade superior pelo último Zeus por ter sido um pouco franca demais ao expressar suas suspeitas sobre ele ter matado a segunda esposa, uma suspeita compartilhada pela maioria do Olimpo, embora nunca tenha havido uma investigação. Desde então, vejo todo mundo usando as roupas feitas por Juliette, de Psiquê a Helena — agora Ares —, e até a esposa de Hades, Perséfone.

Mudar-se para a cidade inferior não prejudicou em nada a carreira dela. Pelo contrário, conferiu-lhe notoriedade e aumentou o valor de seu trabalho. Há poucas coisas que os cretinos gananciosos da cidade superior amem mais que novidade, e ela é seletiva em sua clientela, o que só os faz espumar de raiva ainda mais. Se eu aparecer nos eventos vestindo suas peças, isso certamente vai passar um recado.

Não importa. É tudo temporário. Não me interessa o que aqueles idiotas pensam de mim, não vou permitir que as percepções deles me façam mudar de ideia sobre isso.

Psiquê nos leva à porta da frente. Lá dentro, o galpão parece que foi reformado, com o teto baixo e uma cortina brilhante que esconde o espaço dos fundos. Araras de roupas são organizadas de acordo com um sistema que não consigo identificar à primeira vista. Não é por cor nem por estilo. Tamanho, talvez? Juliette faz peças sob medida, e a maioria dos estilistas que oferece peças de acordo com esses parâmetros não produz tamanhos maiores. Certamente, nada que caiba em mim.

Por outro lado, Psiquê é cliente dela, o que significa que posso estar enganada nesse aspecto. Devo estar, se elas me trouxeram para fazer compras aqui. As irmãs Dimitriou não têm fama de ser desnecessariamente cruéis. Mais que isso, Apolo aprovou o que estão fazendo. Ele não permitiria que as duas me expusessem.

É sério, Cassandra? Agora confia nele? Mesmo que seja gentil, Apolo ainda é um membro dos Treze. Devia saber melhor do que ninguém do que ele é capaz.

Talvez com os outros. Não *comigo*.

Ou sou uma tonta prestes a levar uma torta na cara.

Endireito as costas e sigo Psiquê e Hera até uma área encantadora em que há poltronas distribuídas em torno de uma plataforma com um meio círculo de espelhos. A porta lateral deve ser do provador.

Psiquê observa ao redor.

— Juliette?

— Aqui. — O barulho de uma arara arrastada pelo chão de cimento queimado anuncia a mulher negra que aparece do meio de outras araras. Ela já foi modelo, e dá para perceber essa experiência em como ela se movimenta, na roupa preta e simples, mas elegante, e nos cachos curtos e escuros que realçam os traços atraentes. Não consigo nem imaginar quantos anos ela tem, mas já deve ter passado dos quarenta, pelo menos, já que conheceu a segunda Hera. Talvez tenha até chegado aos cinquenta, considerando que a maioria dos designers não conquista um nome de peso antes dos trinta, em especial se atuou como modelo antes. Certas modelos perdem o brilho e desaparecem com a chegada da idade, mas o tempo parece ter apenas aperfeiçoado essa mulher com algo mais que beleza. Força.

Ela arruma a arara ao lado do provador e move os dedos longos em minha direção.

— Bem, vamos dar uma olhada em você.

Levanto o queixo ao me aproximar dela e giro com lentidão. Quando a encaro de novo, vejo a aprovação iluminando seu rosto.

— Gosto do seu estilo. Posso trabalhar com isso. — Ela inclina a cabeça de lado. — Mas, antes, o que pode me contar sobre esse evento?

Eu não havia pensado muito nisso, mas falo sem resalvas:

— Vão falar de mim, independentemente do que eu faça. Quero lhes dar um bom motivo para falar.

O sorriso de Juliette é cortante.

— Então, veio ao lugar certo. Vamos começar.

6

APOLO

Chego ao Dryad com quinze minutos de antecedência. Cassandra não admite, mas deve estar nervosa com esse jantar por várias razões. Vai ser empurrada justamente para o grupo de pessoas que passou doze anos evitando. Sem mencionar que é aqui que nosso relacionamento falso começa... ou termina em desastre.

Devíamos ter feito um ensaio privado. Mas isso também não tem lógica, porque, apesar de trabalharmos juntos há cinco anos, nunca estivemos realmente sozinhos. Embora não tenha ninguém trabalhando perto de nós — o mais próximo é Heitor, cujo escritório fica no fim do corredor —, não estamos isolados de fato. Cassandra evita todas as festas e todos os eventos fora do horário de expediente. Não a condeno por isso, mas não consigo deixar de procurá-la naqueles a que sou obrigado a comparecer.

Agora estamos supostamente namorando.

Não acredito que sugeri esse plano, muito menos que deixei Zeus forçar a barra para garantir que fosse posto em prática, mesmo depois da recusa inicial de Cassandra. Minha reputação é mais intocada que a de alguns de meus pares, mas isso acabará sendo uma mácula, com certeza. Ou melhor: será a confirmação de que não sou melhor do que os outros. Namorar a secretária? Que coisa mais clichê. As revistas de fofoca vão salivar diante da menor sugestão de escândalo.

E ainda é um preço menor do que estou cobrando de Cassandra.

— Apolo?

Eu me viro... e congelo.

Ela está a meros passos de mim. O cabelo é o de sempre, uma cascata cintilante de vermelho profundo. É o cabelo que sempre atrai meu olhar primeiro. Ainda não sei se é natural ou não. Suponho que isso não seja importante.

Tento continuar olhando para o rosto dela, para os olhos esfumaçados com maestria e os lábios pintados de vermelho. Eu tento, de verdade. Mas, mesmo dizendo a mim mesmo para parar, não consigo impedir que meu olhar viaje por seu corpo.

Em todo o tempo que trabalhamos juntos, me acostumei a ver Cassandra com um tipo específico de roupa. Sim, ela usa saias justas que envolvem o quadril largo e a bunda grande de um jeito que inspirou em mim mais fantasias do que me atrevo a admitir. Mas também é adepta de blusas de decote alto e detalhes que podem sugerir seios generosos, mas nunca fazem *mais* do que sugerir.

O vestido de hoje é muito diferente. Cinza-escuro, quase preto, ele destaca sua pele clara e realça o cabelo. O decote em V exibe mais que uma sugestão de colo. *Muito mais que uma sugestão.* Não consigo evitar: deixo o olhar acompanhar a linha do corte até a cintura, onde o vestido se abre em dobras que parecem ampliar ainda mais o quadril antes de afunilar até abraçar as panturrilhas. Há uma fenda discreta na frente, provavelmente para facilitar o caminhar. Sapatos vermelhos de salto alto completam o visual. Em cima desse salto, Cassandra passa da altura dos meus ombros. Pensar nisso faz meu peito pulsar dolorosamente.

— Apolo. — Tem alguma coisa na voz dela. Não é o rosnado normal ou o tom seco de sempre. Não, é quase pânico.

Porque estou aqui parado, encarando-a como se visse um animal enjaulado. Sou seu chefe, e estou secando a mulher a ponto de deixá-la desconfortável. Estou agindo como um canalha imperdoável. Eu me chacoalho mentalmente.

— Você está adequada.

— Adequada. — Ela hesita. — Não deixe de transmitir sua opinião a Zeus quando ele receber a fatura.

Adequada. O que estou dizendo? O vestido é uma obra de arte. Quero deslizar as mãos nele e sentir a textura. Quero me ajoelhar aos pés dela e começar essa viagem de baixo para cima. Ou, melhor ainda, começar de cima. Quero tirar essa coisa dela e...

Fecho os olhos na tentativa de recuperar o foco.

— Você está linda. Desculpe. É que me pegou desprevenido.

— Não sei se isso é um elogio, mas obrigada.

Abro os olhos e a vejo estudando o restaurante atrás de mim. Não está mordendo o lábio como costuma fazer quando está nervosa, mas falta pouco.

— Bom, acho que vamos mesmo levar isso adiante — ela diz.

— Não é tarde para mudar de ideia.

Cassandra arqueia uma sobrancelha.

— Tenho certeza de que Zeus teria alguma coisa a dizer sobre isso.

Sem dúvida, mas prefiro enfrentar o descontentamento de Zeus a colocá-la em uma posição em que ela se sinta insegura.

— Deixe que eu cuido dele.

Cassandra me analisa por um longo momento e balança a cabeça, depois a boca se estende em um sorriso contido.

— Não, Apolo. Aceitei a proposta e agora pretendo ir até o fim do acordo. Não vou dar motivo para Zeus dizer que não fiz o que prometi. Vamos dar motivo para esse pessoal fofocar.

Quero continuar a discussão, mas já estamos atraindo olhares. É tarde demais. Cassandra não vai mudar de ideia, então, o mínimo que posso fazer é tornar tudo isso o menos doloroso possível para ela. Eu me viro lentamente e ofereço o braço.

— Vamos?

— É claro. — Ela apoia a mão em meu braço de um jeito hesitante.

Eu devia deixar as coisas como estão, mas ela tem razão. Se vamos seguir em frente com isso, temos de ser convincentes.

— Cassandra — falo baixinho. Espero que olhe para mim antes de continuar. De perto, seu perfume cítrico ameaça embaralhar meus pensamentos, mas me esforço para seguir adiante. — Você já me viu com outras pessoas.

Ela é inteligente. Liga os pontos quase de imediato. Primeiro, comprime os lábios, depois, relaxa e oferece um sorriso convincente.

— É claro. Desculpe.

Ela respira fundo e se inclina para mim, movendo a mão para segurar meu bíceps enquanto apoia a outra em meu antebraço. A nova posição põe seus seios em contato com meu braço, e minha mão se aproxima demais da união entre suas coxas e...

Quase me afasto. Na verdade, fito-a, tenso, e penso em colocar um pouco de distância entre nós antes de me lembrar de que esse é o objetivo. Não toco minha funcionária desse jeito, mas certamente tocaria alguém com quem estivesse namorando. Sou conhecido por isso. Não por efusivas demonstrações públicas de afeto, mas por uma intimidade casual que demonstra para todos na sala quem tal pessoa é para mim.

— Apolo?

A leve preocupação em seu tom de voz me traz de volta à realidade. Consigo sorrir, me sacudir mentalmente pela última vez e me forçar a adotar a persona pública. Sou Apolo há tempo suficiente para não ter de me forçar a fazer jogos quando não quero, mas é difícil eliminar velhos hábitos. Antes de ser o detentor do título, tive de jogar mais que qualquer outro. Posso fazer isso de novo.

Olho para Cassandra com um sorriso encantador, e não consigo evitar o sentimento de vingança quando a vejo derreter antes de se controlar. Se eu tentasse seduzir essa mulher... Será que ela seria tão doce quanto desconfio por trás da aparência ríspida? Baixaria as defesas, se derreteria por mim e me deixaria cuidar dela?

Jamais saberei.

Isso não é real. Isso *nunca* vai ser real, porque quando a festa de Minos acabar, Cassandra e a irmã dela vão sair do Olimpo de uma vez por todas. Nunca mais a verei.

Entramos no Dryad, trocando a noite morna de agosto pelo ar-condicionado. Sempre gostei do lugar. Transmite uma atmosfera teatral desde o momento em que o cliente chega, quando as portas se abrem para um pequeno espaço de recepção que conduz a uma ponte em arco sobre um lago ornamental. Há pedras dos dois lados, com água correndo por elas, e o som é bem agradável. É como entrar em uma gruta, e o resto do restaurante só alimenta essa fantasia.

É o lugar para ver e ser visto depois do horário comercial, mas o proprietário impede que o espaço se torne absolutamente insuportável ao oferecer um tipo particular de entretenimento e a melhor comida e bebida que o Olimpo tem a oferecer.

Falando no diabo...

O próprio Pan está atrás do balcão de recepção, falando em voz baixa com a hostess. Ele é o que minha avó chamaria de *figura*. É uma das poucas histórias de sucesso sem relação com uma linhagem que remonta à concepção da cidade. Não sei bem de onde Pan veio — desconfio que da cidade inferior —, mas um dia apareceu e comprou o velho restaurante que funcionava aqui. Pagou em dinheiro vivo. Em cinco anos, construiu uma reputação que atraía as famílias da elite do Olimpo como um ímã. Agora ele é quase intocável. Ninguém quer correr o risco de enfurecê-lo e entrar na lista de desafetos do restaurante, em especial depois de como as coisas terminaram para a última Afrodite.

Pan é um homem baixo com pele marrom-clara e uma nuvem de cachos escuros. Ele tem um senso de humor ferino e um sorriso contagioso, que agora dirige a nós.

— Apolo. — Ele pede licença à hostess e dá a volta no balcão com os braços estendidos. — Há quanto tempo.

— Pan. Você está ótimo. — Deixo que ele me abrace rapidamente. Não sei se Pan e eu somos o que se pode chamar de amigos. Gosto da companhia dele e já compartilhamos várias garrafas de bebidas exclusivas depois do horário de funcionamento do lugar, mas não nos vemos fora do Dryad. Olho para Cassandra. Este é nosso primeiro teste. — Quero que conheça minha namorada, Cassandra.

Ela não se abala, mas estuda Pan de um jeito desinteressado.

— Belo lugar.

O homem gargalha, e o som alegre preenche o hall de entrada.

— Você parece adequadamente impressionada. Nunca te vi aqui antes. — Ele segura a mão dela, a qual beija com elegância.

Devia ser um movimento ridículo, mas um rubor tinge as faces de Cassandra, e sinto um impulso completamente irracional de jogar Pan no lago ornamental.

O dono do restaurante me observa com um brilho de humor nos olhos escuros.

— Ela parece ser divertida.

— *Ela* está bem aqui.

— De fato. — Seu sorriso se alarga. — Reservei a melhor mesa da casa para vocês. Divirtam-se, crianças. — Ele dá um tapinha nas minhas costas e desaparece por um corredor lateral que leva ao escritório e à cozinha.

A hostess, uma mulher delicada, branca e loira, sorri para nós com simpatia.

— Por aqui, por favor.

O Dryad tem uma disposição interessante, e estou curioso para ver a reação de Cassandra. Eu a observo com atenção enquanto a funcionária nos conduz pela escada rumo ao salão principal. De cima, o espaço é impressionante, composto por três círculos descendentes em torno de um palco redondo. Quanto mais baixo o círculo, melhor a mesa.

Pessoalmente, prefiro o círculo superior. Gosto de ver as pessoas, e passar um tempo no Dryad é uma boa maneira de ver como estão as alianças entre os diversos participantes do jogo de poder da cidade. Naturalmente, hoje somos levados ao círculo mais baixo. Mantenho a mão na parte inferior das costas de Cassandra ao descermos, e o contato casual provoca uma euforia estranha em mim. Ela é tão macia que preciso me concentrar para manter o toque leve e não deixar a mão escorregar.

Deuses, estou me comportando como um cafajeste.

Puxo a cadeira para Cassandra com um movimento rápido e duro demais. Ela levanta as sobrancelhas, mas se senta. Sinto os olhares quando me acomodo ao seu lado. Talvez não seja o que ela havia esperado, mas nos permite conversar em voz baixa. As paredes têm ouvidos por aqui.

Sim, é só isso. Sem dúvida, não é porque quero estar perto dela, sentir sua coxa contra a minha e inspirar seu perfume cítrico, deixar sua presença me distrair...

Percebo meu erro no momento em que me ajeito, mas é tarde demais. Se eu mudar de lugar, a plateia pode interpretar o gesto como falta de consideração ou usá-lo como desculpa para comentários que prefiro evitar. Estou realmente me comportando como um idiota completo.

Pela primeira vez, Cassandra parece não notar. Ela estuda o palco com uma expressão estranha.

— Como suporta isto aqui? Não se sente como um urso na jaula?

— Prefiro o círculo superior. — Pego o cardápio, principalmente para ter com que me ocupar. — As mesas são menos procuradas em comparação com as inferiores, mas a experiência de comer lá em cima é mais... relaxante.

Ela olha para cima.

— É, dá para entender. — Ela suspira e pega o cardápio. — Vou ser bem franca: estou morrendo de fome, e quem vai pagar é você. Portanto, vou pedir o prato mais delicioso que encontrar, e não vai ser uma salada. Se você for uma dessas pessoas que sente necessidade de criticar minhas escolhas alimentares porque sou gorda, vou jogar vinho na sua cabeça e sair daqui.

Fico em silêncio, tentando processar a enxurrada de informações — e as implicações. Uma raiva lenta ganha vida dentro de mim.

— Você tem o hábito de sair com pessoas que comentam sobre seus hábitos alimentares?

— Não mais. — Cassandra não olha para mim, mas suas mãos tremem um pouco enquanto segura o cardápio. — Mas acho mais fácil esclarecer minhas intenções logo de cara e evitar qualquer complicação. Ou, mais precisamente, encarar logo a complicação, antes que ela tenha a chance de estragar minha refeição.

— Cassandra. — Seguro seu pulso e abaixo o cardápio. — Peça o que quiser. — Eu deveria encerrar o assunto aqui, mas a raiva estranha rouba minhas melhores intenções. — E, para ser perfeitamente franco, foda-se quem pensa que você tem de mudar seu corpo para se adequar a qualquer porra de padrão de beleza. Você é linda.

Ela me encara com aqueles grandes olhos escuros.

— Apolo.

Acabei de ultrapassar um limite, não foi? Abro a boca para me desculpar, mas sua risada mansa me faz parar. Cassandra não ri com frequência, e nunca desse jeito, com uma espécie de admiração no rosto. Ela comprime os lábios e olha de novo para o cardápio.

— Nunca ouvi você falar palavrão antes, e, de repente, você solta dois na mesma frase para me defender. Que honra.

Ela está debochando de mim, mas não consigo conter um sorrisinho.

— Falo muitos palavrões.

— Não fala, não. Você é muito apropriado e educado. — Ela balança a cabeça. — Mas obrigada pelo elogio.

Elogio. Como se dizer que ela é linda não fosse pura verdade. Cassandra pode não ter o tipo físico mais procurado na cidade, mas não sei como isso é importante. Beleza é beleza em qualquer forma.

E Cassandra é tão bonita que me deixa sem fôlego.

7

CASSANDRA

É muito fácil estar com Apolo. Não sei por que isso me surpreende, mas acho que me convenci de que ele era uma pessoa diferente fora do escritório. *Precisava* ser. Encontrei a família dele algumas vezes ao longo dos anos — primeiro os pais, antes de os meus serem assassinados, e, mais recentemente, o desastre do irmão mais novo, Orfeu. Eles não são boas pessoas. Ah, Orfeu pode até vir a ser um dia, se parar de olhar para o próprio umbigo, se olhar em volta e perceber que, no Olimpo, belos artistas torturados são encontrados às baciadas. A única razão para ele escapar impune das consequências de seu mau comportamento é o homem de quem é irmão.

E recentemente Apolo parou de atender os telefonemas dele.

Mas o homem sentado ao meu lado, me distraindo com o peso de sua coxa encostando na minha? Ele deveria ser o pior dos piores. Chegou ao pico do poder dentro da cidade. Deveria abusar disso a torto e a direito, acompanhando o padrão dos outros Treze. Se ele fosse um dos Treze quando meus pais tentaram matar Atena, teria participado do assassinato deles e das medidas tomadas para encobrir o crime.

Em vez disso, Apolo está aqui me espiando de soslaio durante todo o jantar, como se *ele* tivesse a sorte de compartilhar uma refeição *comigo.*

É falso. Sei que é falso. Ninguém cresce nessa cidade sem desenvolver um monte de mecanismos de defesa, e o principal deles é criar uma persona pública. Esta é a de Apolo. Ele não perde tempo com isso no escritório, a menos que tenha reuniões com certas pessoas, e eu nunca estive em público com ele antes. É só isso.

Mesmo assim, suas atitudes fazem eu me sentir estranha.

O jantar é uma obra-prima da arte gastronômica. A refeição é quase melhor que sexo — bem, pelo menos o sexo que fiz nos últimos anos. Não consigo conter gemidinhos abafados a cada garfada. E o vinho caro que ele escolheu harmoniza muito bem...

É assim que poderia ter sido.

Ignoro o pensamento. É um pouco mais difícil que de costume, provavelmente por causa da comida incrível. Quase compensa os olhares diretos de todos ao redor, e a maioria dessas pessoas nem tenta ser sutil. A mulher no círculo acima do nosso tirou uma foto com o celular. *Que elegância.* Nenhuma comida, por melhor que seja, vale uma vida como essa. Mesmo assim, a noite não é terrível.

E então o show começa.

A iluminação diminui, mas é tão sutil que quase nem percebo. Não até estar escuro o suficiente para quase não enxergar o prato.

— A comida vai acabar caindo no meu vestido.

A risadinha de Apolo me deixa tensa. O som me faz lembrar com nitidez de como ele me encarou fora do restaurante, com aqueles olhos lindos. Era... desejo. Tenho quase certeza disso. Mas, mesmo quando me lembro da expressão em seu rosto, meu cérebro oferece meia dúzia de alternativas que fazem mais sentido do que Apolo *me* desejando.

Não sou nenhuma desleixada, mas não chego nem perto de Ares ou Afrodite.

— Cassandra. — Ele se inclina para mim e baixa a voz para um tom íntimo. — Está pensando tanto que vai perder o espetáculo.

Volto-me para o palco central, agora iluminado com uma mistura aquosa de azul e verde em uma luz amena e agradável. O palco deve ser uns quinze centímetros mais alto que nossa mesa, mas está vazio. Olho para Apolo e descubro o rosto dele *muito* perto do meu. Não recuo, mas quase o faço. Ele sorri e levanta o queixo.

Acompanho o movimento... e me espanto.

Acima de nós, uma náiade nada no ar. Ah, meu cérebro já está destruindo a magia do momento, identificando os cabos presos a um aparato discreto em seu quadril e cauda. Mas isso não altera o fato de que, com a luz e os movimentos sinuosos, ela parece nadar enquanto desce lentamente da escuridão do teto para a plataforma.

Uma segunda náiade se junta e ela no ar. As duas se movem em espiral e dançam juntas, e não consigo entender como não se enroscam nos cabos uma da outra, mas é tão bonito que desisto de analisar a logística. O espetáculo termina depressa demais, e pressiono as mãos contra as coxas à procura de me controlar, sufocando uma reação instintiva de fitar Apolo e perguntar quando podemos fazer isso de novo.

Não teremos essa chance. Este é nosso encontro público falso para convencer as pessoas de que não é estranho irmos juntos a uma festa que vai durar uma semana inteira. Não vai haver segundo encontro nem outra visita ao Dryad.

Acho melhor não querer coisas que não são para mim, mas essa ainda é uma verdade estranhamente amarga. Respiro fundo uma vez, depois outra. Quando me volto para Apolo, ele está olhando para *mim*, em vez de acompanhar a saída das náiades.

— Que foi? — Levo a mão ao rosto. — Tenho alguma coisa nos dentes?

— Não. — Mas ele não desenvolve. Só pega um cardápio menor que não estava na nossa mesa no começo do show. — Quer sobremesa?

Hesito, depois me condeno por ter hesitado. Fiz o maior espetáculo para colocá-lo no lugar dele no começo do encontro, e agora vou deixar minha insegurança me privar do bolo de chocolate que vi na mesa ao lado mais cedo? Não. De jeito nenhum.

Levanto o queixo.

— Sim, por favor.

— Apolo! — A voz estrondosa vem da escada, onde um homem grande de pele marrom-clara e cabelo grisalho e abundante desce os degraus em nossa direção. Mesmo sem Apolo cochichar no meu ouvido, reconheço Minos. Ele esteve em todos os sites de fofoca nas últimas duas semanas. É atraente de um jeito brutal. Vi como o Minotauro empunhou aquela espada gigantesca na competição para tentar atingir Ares. Aposto que ele aprendeu a habilidade com o pai adotivo. Minos se movimenta como Atena, Ares e Zeus: como se tivesse sido treinado para o combate.

Finalmente alcança nossa mesa e sorri com simpatia.

— Que belo show, não é?

— Pan oferece entretenimento de primeira — Apolo responde com tom neutro. — Você gostou?

— Gostei muito. — Minos mira a escuridão do teto. -- Eu pagaria caro para saber como elas conseguem flutuar sem colidir.

Não é nada além do que eu já havia pensado, e ele não tinha feito nada errado durante essa breve interação, mas alguma coisa no homem arrepiava os pelos na minha nuca. Até onde sei, não o confirmamos como inimigo do Olimpo, então pode ser só pelo fato de ele me lembrar um pouco do último Zeus, com esse charme espalhafatoso e atitude de rolo compressor. Pode ser... mas sobrevivi até aqui confiando nos meus instintos, que dizem que esse homem é perigoso.

É claro que é. Todos no Olimpo que têm uma fagulha de poder são perigosos. Minos reuniu mais que uma *fagulha* desde que chegou e começou a chamar atenção.

Ele nos encara com uma risada fluida.

— Fiquei sabendo que vai levar alguém à festa na semana que vem. — E olha para mim como se fosse a primeira vez que faz isso desde que se aproximou da mesa. Não é um olhar lascivo, mas o interesse em seus olhos escuros me deixa alerta. — Bonitinha, né? Não sabia que estava envolvido com alguém, Apolo.

— Minos. — Apolo não fica tenso, mas apoia a mão em minha coxa. De repente, não estou mais pensando em Minos. Meu cérebro meio que... apita. Apolo continua a falar como se não estivesse revindicando a minha posse por cima do tecido fino do vestido. — Esta é minha namorada, Cassandra. Nosso relacionamento é recente, e preferimos ser discretos por razões óbvias. Você sabe como os sites de fofoca podem ser nesta cidade.

Minos sorri.

— Incansáveis.

— Exatamente. Cassandra, este é nosso mais novo olimpiano, Minos. Ele... não é daqui.

Minos dá uma gargalhada.

— Nem de perto daqui. — Ele estende a mão larga. — É um prazer, Cassandra.

Aperto a mão dele, hesitante, tentando não ficar tensa quando ele beija meus dedos com elegância. Pan também o fez quando chegamos ao restaurante, mas não tive a mesma reação. Com ele, o flerte era inofensivo.

Não tem nada de inofensivo em Minos.

O homem solta minha mão e direciona aquele sorriso encantador para Apolo.

— Estou ansioso para te ver na festa.

— O sentimento é recíproco.

Minos sobe a escada até o terceiro círculo e se senta à cadeira vazia em uma grande mesa. De onde estou, só preciso levantar a cabeça e enxergo tudo. Reconheço Teseu e o Minotauro — aliás, que tipo de nome é esse? — Tem mais três pessoas na mesa, mas estão sentadas mais para o fundo, na parte mais escura, e não consigo vê-las direito.

— Minos tem esposa? Outros filhos?

Não creio que seus filhos adotivos tenham esposas. Se tiverem, mantêm as mulheres longe dos olhos do público desde que chegaram, porque, embora os homens tenham sido fotografados muitas vezes nas últimas semanas, nunca são vistos com ninguém.

— Não tem esposa. Uma filha e um filho. Eles também têm outra mulher no grupo, mas não sei bem qual é a relação. Só sei que não é outra filha.

— Entendo. — Olho para Apolo, que continua relaxado e sorrindo, mas exibe uma nova tensão em seus olhos escuros. — Não gosta dele de verdade, gosta?

— Não sei o suficiente sobre ele, nem perto disso.

Vindo de Apolo, é uma afirmação significativa. Ele sabe tudo sobre todo mundo. É literalmente o trabalho dele. O fato de não ter encontrado nada sobre Minos é revelador. Tenho certeza de que ele se sente um fracasso, e Apolo não é do tipo que tolera isso. Não em relação a si mesmo, pelo menos.

Ele é muito mais generoso quando é alguém de sua equipe quem deixa a desejar.

Abro a boca para oferecer algum tipo de conforto, mas então me dou conta de que a mão dele permanece na minha coxa. É... uma bela mão. Tudo em Apolo é bonito. Ele não é grandalhão, mas já o vi arrastar caixas enormes como se não fossem nada, o que significa que se mantém em forma. Sua mão é elegante, com dedos longos e unhas mantidas com perfeição.

Mesmo me censurando por ser ridícula, sei que vou sentir a marca desses dedos na pele por horas mais tarde. É muito fácil deixar a imaginação assumir o controle, preencher as lacunas de como seria se ele deslizasse a mão mais para cima, se apertasse a parte interna da minha coxa, se...

— Cassandra.

Elevo o olhar da mão para o rosto dele. Não sei o que minha expressão demonstra, mas ele estreita os olhos e a tensão desaparece, substituída por... desejo? Os dedos pulsam em minha coxa. Sinto o latejar no meio das pernas, como se ele me tocasse lá. Estremeço. O que ele disse? Meu nome? Lambo os lábios, percebendo como os olhos dele acompanham o movimento.

— Sim?

— Eles estão olhando?

Prendo o cabelo atrás da orelha, usando o movimento para verificar. Tenho a impressão de que *todo mundo* está olhando.

— Sim.

Apolo suspira.

— É claro que estão. — De novo, seus dedos pulsam em minha coxa. — Vou te beijar.

Sua resignação quase me faz rir. Ou melhor, faria, se um buraco não tivesse sido aberto em meu estômago. É claro que ele não vai me beijar porque quer; tudo isso é parte dos papéis que estamos representando.

— Assim, do nada.

— Assim, do nada. — Mas Apolo não se move. Ainda está estudando meu rosto em busca de respostas que não sei se tenho. Tudo é encenação. Vai continuar sendo uma encenação por uma semana, mais ou menos. Já beijei pessoas de quem gostava menos que de Apolo. Não sei se já beijei alguém de quem gostasse mais.

Ainda estou processando *esse* pensamento quando ele se inclina para a frente.

— Se não se sente confortável...

Meu corpo atropela a mente acelerada. Agarro sua gravata e o puxo para mim enquanto levanto o rosto para encontrar o dele. Tenho de admitir: a surpresa de Apolo não dura muito. Ele desliza a mão livre por meu rosto e segura minha cabeça. No início, quase nem é um beijo. Os lábios tocam os meus, um contato perfeitamente gentil e quase indigno de nota. Mas é *Apolo*, e ele está me *beijando*.

Os dedos apertam levemente minha coxa, e um suspiro trêmulo acaricia meus lábios. Por um momento, acho que é isso. Ele me beijou. Todos que estavam olhando viram o beijo. Objetivo alcançado.

Mas não para por aí.

Ele se afasta apenas o suficiente para ajustar o ângulo, depois, a boca se apodera da minha. Não tenho a intenção de afastar os lábios... Não penso. Tudo é meio nebuloso, meu cérebro trava porque *Apolo está me beijando*. Então, sua língua encontra a minha, e não consigo pensar em mais nada. Ele mantém o toque suave, beijos provocantes que fazem minha cabeça girar e o corpo pulsar, mas nada tão profundo que eu perca o controle.

Eu deveria saber. Apolo é focado e intencional em tudo que faz. É claro que traria essas duas características ao beijo — e a outras coisas. Tento manter os pensamentos em ordem, mas sou envolvida quando ele solta minha coxa, segura a cadeira e me puxa para mais perto. Isso nos une do joelho até o quadril, e sinto um arrepio. Estamos inteiramente vestidos, no meio de um restaurante lotado, mas tenho dificuldades para lembrar por que não posso me sentar no colo dele.

Quando estou prestes a me entregar por completo, ele levanta a cabeça e encerra o beijo com toda suavidade. Chego a me inclinar para a frente antes de a realidade me atropelar.

É encenação. Estamos fazendo um espetáculo. Mesmo que fosse diferente, seria melhor me jogar embaixo de um carro a dar a todos esses cretinos mais motivo para fofocarem.

Um sorriso muito satisfeito estica os lábios de Apolo.

— É isso. Acho que é hora da sobremesa.

8

APOLO

No dia em que partimos para a festa na casa de Minos, busco Cassandra na porta de seu prédio. Quando saio do carro, não consigo evitar um olhar descontente para o ambiente à minha volta. Estamos alguns blocos distantes do distrito dos galpões da cidade superior, e, embora a criminalidade no Olimpo não seja motivo de muita preocupação, Cassandra mora sozinha em um prédio que não parece muito seguro. Franzo a testa quando ela se aproxima puxando duas malas grandes.

— É possível derrubar essa porta com um chute.

— Se fizer isso, vou perder o dinheiro do depósito, então, por favor, não faça. — Ela empurra uma das malas para mim. — Ajude aqui.

— Não vou chutar sua porta. — Estendo o braço e puxo a porta até ouvir o clique da fechadura. Depois a chacoalho. — Nem seria necessário. Deuses, Cassandra, devia ter me deixado encontrar um lugar mais seguro para você morar.

— Não precisa.

Porque ela está de partida. Certo. Eu a observo. Não tinha percebido que estávamos tão próximos, mas quase a prendi entre mim e a porta. A lembrança do beijo me invade. Ainda consigo sentir seu gosto em minha boca, mesmo depois de dias. Não chegou nem perto de ser suficiente. Eu a quero colada em mim. Quero minhas mãos em seu corpo. Chego um pouco mais perto, antes de sentir a mala que ela segura entre nós como um escudo... e me sacudir mentalmente.

— Desculpe.

— A porta é ótima. — Ela passa por mim a caminho do carro parado na frente do prédio. — Moro aqui há anos e nunca ninguém a derrubou com um chute, então isso não deve acontecer na próxima semana. — Cassandra joga o cabelo por cima do ombro. — Nem todo mundo pode morar em uma torre dourada, Apolo.

— Se você me deixasse...

— Você não paga as despesas da casa de Heitor. — Ela começa a ajeitar a mala no porta-malas, e abandono a que estou segurando para ajudá-la. Cassandra bufa. — Francamente, Heitor trabalha com você há mais tempo e ganha quase a mesma coisa que eu.

Alguma coisa semelhante a constrangimento esquenta minha nuca, mas mantenho a expressão inalterada.

— Como sabe quanto Heitor ganha?

— Perguntei para ele.

Não é proibido os empregados falarem sobre seus salários entre si, mas queria que Heitor tivesse sido um pouco menos sincero.

— Você vale o salário que recebe. — Na verdade, vale mais. Sua percepção não tem preço quando se trata de antecipar as intenções das pessoas. Ela é muito melhor que eu para ler pessoas e situações.

— *Eu* não vou desmentir essa afirmação. — O jeito como fala me faz pensar que alguém questionou esse aspecto em algum momento, mas ela continua antes que eu tenha chance de fazer perguntas. — Só que tem muita gente que já pensa que estou dormindo com você para pagar minhas contas, o que significa que aceitar a oferta de me mudar para um lugar melhor na cidade tornaria tudo isso insuportável.

Entendo o que ela diz. De verdade. Mas não consigo deixar de argumentar quando acomodo a segunda mala no carro:

— Você não se importa com o que todo mundo no Olimpo pensa a seu respeito. Por que se privaria de um lugar seguro para morar só porque as pessoas vão comentar? Já estão falando mesmo.

— Não espero que entenda.

Fecho o porta-malas e vou abrir a porta do passageiro para ela entrar no carro. Está linda hoje, com um vestido leve cheio de flores estampadas. Nunca gostei tanto de flores em toda a minha vida. Cassandra entra no carro e suspira.

— Amo ar-condicionado. Está me dando mais calor que Hades lá fora.

— Hades nem dá tanto calor assim. — Mentira. Ele é sexy de um jeito carrancudo, e parece ter se tornado ainda mais, agora que está casado e feliz. A cada vez que contempla a esposa, praticamente ilumina o ambiente, o que só aumenta seu poder de atração. Não que Hades tenha consciência disso.

— Ele dá, sim, mas não foi isso que eu quis dizer, e você sabe disso.

Eu sei. Mas não vou deixar que Cassandra me desvie da conversa anterior.

— Explique o que quiser dizer antes. O que você espera que eu não entenda?

Cassandra encosta no banco.

— Você não é um cuzão.

A declaração me surpreende.

— Obrigado?

— É um elogio. — Ela parece meio furiosa. — Se fosse outra pessoa, eu aceitaria tudo que quer me dar, mas você é a razão para eu conseguir pagar os estudos de Alexandra no momento. Pedir mais do que isso seria ridículo.

Tento assimilar tudo. A lógica é distorcida de um jeito estranho, mas Cassandra está certa. É um elogio. Mesmo assim, existe uma questão que não posso ignorar. Contenho o impulso de segurar sua mão — não tem ninguém aqui para ver — e me encosto no banco. Vamos demorar pouco menos de duas horas para chegar à casa de campo de Minos. Temos tempo.

— Cassandra.

— Apolo. — Ela imita meu tom. — Você vai dizer alguma coisa irracionalmente lógica, e isso vai me deixar furiosa.

— Sem dúvida. — Sorrio. — Você é uma das pessoas mais inteligentes que conheço. Valorizo muito suas contribuições. Não estou te levando a essa festa para ser uma distração bonita. Você enxerga coisas que eu não vejo. Por isso seu salário é mais alto, e por isso seria um prazer aumentá-lo. Se o único critério para essa tarefa fosse um rosto bonito e um corpo lindo, eu teria muitas outras opções. Preciso da sua mente aguçada ao meu lado.

Ela olha para mim como se, de repente, eu tivesse duas cabeças.

— Não sei como lidar com o que você acabou de dizer, então vou só ignorar.

— Cassandra...

Ela levanta a mão.

— Não temos muito tempo até chegarmos à casa de Minos. E presumo que conversas sinceras na propriedade serão bem mais difíceis.

— Sim. — Ela tem razão, precisamos amarrar algumas pontas soltas antes de chegarmos lá, mas não consigo superar a sensação de que ela só mudou de assunto porque não se sente confortável com o elogio. Mas isso não faz sentido. Cassandra é uma das pessoas mais confiantes que conheço. Por que ficaria incomodada com meu reconhecimento honesto?

Preciso de mais esforço do que deveria para me concentrar.

— Temos de presumir que ele instalou escutas e câmeras na casa.

Cassandra estreita os olhos.

— Minos sabe que você vai fazer uma varredura no quarto e remover tudo que encontrar.

— Sim. — Sou o mestre espião do Olimpo. Minos é astuto o suficiente para saber disso, e é claro que espera que eu tome precauções. Esse é o ponto crucial. Ele sabe que vou a essa festa para obter informações e, mesmo assim, me convidou. É um desafio. — Tenho uma solução para as câmeras. É grosseira, e normalmente eu só participaria do jogo e fingiria não perceber que estavam lá, mas não vou permitir que nada que aconteça nessa festa te prejudique.

Cassandra acena com desdém.

— Minha reputação está em frangalhos desde antes de você me conhecer. Além do mais, esse relacionamento é falso, então não corremos nenhum risco de ele gravar e vazar um vídeo íntimo. Se manter as câmeras no lugar for útil ao seu propósito, não desista disso por mim.

Vídeo íntimo.

Uma imagem invade minha cabeça, rápida demais para resistir. Eu deitado de costas, segurando o celular. Cassandra montada em mim e...

De súbito, olho pela janela. A cidade deu lugar à paisagem rural. Eu me concentro nas árvores, conto cada uma delas até recuperar o controle sobre minha resposta física. Quando enfim me controlo, Cassandra me observa de um jeito estranho.

— Não vou deixar nada te prejudicar. As câmeras vão ser removidas. — A declaração soa ríspida, hostil.

— Tudo bem. Confio em você. — Sua confiança fácil em mim é desconcertante, mas ela continua antes que eu possa processar minha resposta: — Imagino que não tenha plantas da casa.

— Não. — A admissão me irrita.

A casa pertencia a Hermes, que é um dos poucos membros dos Treze sobre os quais quase não tenho informações. Ela assumiu o posto mais ou menos um ano depois de mim. O título de Hermes é transferido por competência: por roubar um objeto impossível de ser surrupiado ou por obter uma informação exclusiva sobre um dos Treze. Essa Hermes cumpriu os dois requisitos.

Ela apareceu do nada. Sem passado, sem conexão ativa com qualquer família herdeira, sem interesses que eu tenha identificado. Colocou-se diante de nós e recitou coisas que nem eu sabia sobre os outros, ao mesmo tempo que segurava um vaso tirado de um cofre e que era parte da herança da *minha* família. Ninguém contestou a veracidade das informações, e ela foi empossada imediatamente como Hermes.

Desde então, é uma verdadeira agente do caos, mas parece querer realmente proteger o Olimpo. Eu não a chamaria de aliada, mas não é uma inimiga.

Acho.

De qualquer maneira, apesar de sua aparente falta de limites e do amor profundo por arrombar e invadir lugares, Hermes é muito discreta em relação à própria casa. Francamente, fiquei chocado por ela ter vendido esse imóvel para Minos. O campo pode não ser seu ambiente ideal, mas ela era dona da casa desde que assumira o título.

— Ah, que merda. — Cassandra suspira. — A casa deve ser cheia de surpresas, então. O senso de humor de Hermes é distorcido demais para não ter passagens secretas e coisas desse tipo. Seria bem a cara dela.

Não posso discordar, mas o tom familiar com que Cassandra fala sobre Hermes desperta minha curiosidade.

— É bem provável.

Ela hesita.

— Ainda estou surpresa por você não ter conseguido as plantas. A casa não brotou do nada. Alguém a construiu. Se não conseguiu pelas vias normais e com todas as autorizações, pressionar um dos operários teria sido a segunda melhor opção.

Adoro ver que ela já deu o salto lógico. Balanço a cabeça.

— Eu tentei. Hermes não contratou empreiteiros conhecidos na cidade superior.

— Recorreu à cidade inferior.

Sorrio, relutante.

— É a minha teoria. E eles não têm nenhum amor por mim, um membro dos Treze, então, esse caminho acabou aí. — Sem mencionar que Hades não teria me agradecido por invadir seu domínio. Em dadas circunstâncias, testá-lo até me favoreceria, mas não em relação a um assunto tão corriqueiro. Não saber o que Hermes fez com o imóvel depois de comprá-lo provoca minha curiosidade de um jeito quase incontrolável, mas, em última análise, é uma casa de campo em que eu jamais poria os pés.

Pelo menos era o que eu pensava.

Cassandra examina as unhas compridas e vermelhas.

— Hermes vai estar na festa?

— Não sei. — A lista de convidados é outro segredo. Minos não manteve uma lista acessível, não digitalmente pelo menos.

— Pobre Apolo — ela murmura. Seus olhos têm um brilho de humor. — Deve ser irritante encontrar tantos becos sem saída. Bem, temos de mapear a casa o quanto antes, descobrir onde Minos guarda as chaves do reino e usá-las para destrancar seus mistérios.

— Bela metáfora.

— Eu me esforço.

Compartilhamos um sorriso que rapidamente se transforma em... outra coisa. A culpa é minha. Olho para sua boca e, apesar de todo o esforço, não consigo deixar de pensar novamente naquele beijo de noites atrás. Senti o sabor do vinho em sua boca, e Cassandra praticamente derreteu quando aprofundei o contato.

Nem os banhos frios foram suficientes para combater a lembrança durante o fim de semana. Não era dominado tão intensamente por meu corpo desde a adolescência, mas, na época, eu me masturbava com tudo que conseguisse encontrar na internet e atendesse aos meus gostos.

Hoje em dia, minhas fantasias giram em torno de uma mulher.

Cassandra franze a testa.

— Mas não entendo por que isso é necessário. Se Minos negociou informações em troca de cidadania, por que não deu essa informação específica?

— Ele deu. Ou diz que deu. Minos foi recrutado por um grupo militante há quinze anos, porém, de acordo com o que disse, era parte de uma célula que só relatava sobre o torneio para Ares. E já sabíamos disso, porque ele apareceu aqui para o evento. Não sabemos nada sobre o líder do grupo em questão, suas motivações ou seus planos.

— Acha que Minos ainda trabalha para esse grupo?

— É o que vou descobrir. Ele diz que desertou. Não somos ingênuos o bastante para acreditar. Preciso de evidências de correspondência, de um rastro de dinheiro ou alguma coisa que prove que ele ainda responde ao inimigo.

— Certo. Faz sentido. Você precisa ter acesso ao computador de Minos, porque duvido que ele mantenha arquivos físicos com evidências que o incriminem. — Cassandra passa a língua nos lábios. — Eu, hum, suponho que vamos trocar mais beijos esta semana.

— Sim. — Minha resposta é lenta. Uma ordem que praticamente a desafio a contestar. E se contestasse...

Bem, não importa, porque ela assente.

— Tudo pela causa, certo? Já beijei gente pior por razões mais cretinas.

Não gosto de pensar nela beijando gente pior por razões mais cretinas. Deliberadamente, não pesquisei sobre a vida particular de Cassandra. Ah, todo mundo na cidade sabe que os pais dela morreram em um acidente de carro depois de desagradarem a Zeus — e conheço a verdade por trás da história apresentada ao público — e que ela e a irmã foram publicamente execradas depois disso.

Isso era uma coisa, sua vida pessoal, outra.

Não invado esse espaço. Não fico perguntando onde ela está. Não pergunto com quem ela está saindo, por que mudou o perfume ou por que começou a usar batom vermelho mais ou menos um ano depois de ter ido trabalhar para mim. Pensei que pudesse estar saindo com alguém, mas, neste caso, ela não teria concordado com a proposta de Zeus. Não abandonaria o parceiro quando saísse do Olimpo de uma vez por todas.

Mas tudo isso é uma desculpa, não é?

Não me importa se ela *está* saindo com alguém. Vou respeitar minhas prioridades e encontrar as respostas que Minos quer manter escondidas. Mas não vou mentir: estou ansioso por cada minuto com Cassandra. Depois dessa semana, tudo que terei serão as lembranças dela.

Só tenho sete dias para fazer um estoque que dure para sempre.

Não sei se vai ser suficiente.

9

CASSANDRA

Quando chegamos à casa, estou pronta para pular do carro. Não é bem que as coisas tenham ficado estranhas com Apolo. Ele continua me encarando com aquela expressão esquisita, mas mantém um fluxo constante de conversa.

De qualquer maneira, percebo que ele fica incomodado com o fato de não ter todas as informações. Não sobre Minos nem mesmo sobre a casa onde vamos passar cinco dias. Isso me faz sentir um impulso irracional de confortá-lo. *Que impulso ridículo.* Apolo não precisa do meu conforto. Quaisquer que sejam os obstáculos, ele vai chegar ao fundo disso e encontrar respostas. É o que ele faz. Pode até gostar do desafio.

A casa é ampla e bonita, obviamente. Forma um U de cabeça para baixo que contorna o espaço da entrada circular para carros. Não somos os únicos chegando, e vejo Hermes saltar do automóvel na nossa frente, seguida por um Dionísio de aparência exausta. Eles formam uma dupla incrível. Ela é uma mulher preta e baixa com pele escura e cabelos pretos e crespos, veste uma calça cor-de-rosa —

que cintila à luz do sol — e uma camiseta verde com uma inscrição que não consigo ler daqui. Dionísio, por outro lado, é um homem branco com cabelo escuro e um bigode realmente impressionante, com tendência a se vestir como se tivesse saído de outra época. Hoje veste calça social, suspensório e camisa social escura e estampada por baixo de um colete.

Ainda gosto de Hermes. Primeiro, porque ela é uma das poucas pessoas na cidade superior que sabe o que meus pais fizeram e não me trata como se eu carregasse uma faca por aí, esperando para terminar o serviço que eles começaram, e, segundo, porque gosto mesmo de estar perto dela. Nosso relacionamento começou vibrante e excitante, mas percebemos rapidamente que não era para ser. Nunca vou me associar por vontade própria a um membro dos Treze, e desconfio de que Hermes havia entregado seu coração a alguém muito tempo atrás, alguém a quem ninguém mais poderia se comparar. Hoje em dia, somos amigas e isso faz sentido para nós duas.

Antes de abrir a porta e sair do carro, Apolo espera até Hermes dar o braço a Dionísio e levá-lo em direção à casa. Ele percebe meu olhar curioso.

— Vamos ter de lidar com ela em algum momento, mas não precisamos apressar as coisas.

Eu provavelmente deveria contar a Apolo que ela é minha ex, mas as palavras continuam presas na garganta. É claro que não tem importância, certo? Aceito a mão dele, embora seja mais que capaz de sair do carro sem ajuda. Aceito pela encenação, é óbvio. Não por gostar de como os dedos dele envolvem os meus. Para me distrair, eu digo:

— Não gosta mesmo de Hermes, né?

— Ela é ok.

O tom duro o delata. Eu o observo com a testa franzida.

— A questão é que não gosta dela? Ou que se sente furioso por Hermes ter frustrado todas as suas tentativas de conseguir mais informações sobre ela?

Apolo me encara diretamente.

— Não gosto de mistérios.

É claro que não.

— Ela invadiu sua casa?

Vejo o maxilar se contrair.

— Várias vezes. Ainda não consigo entender como ela faz.

Isso deve irritá-lo profundamente. Apolo odeia mesmo mistérios. Sem pensar, dou um tapinha no peito dele.

— Pobre Apolo. Isso deve te incomodar muito.

Ele fita meus dedos, que ainda descansam em seu peito. Quando fala, sua voz é mais profunda que antes:

— Vou superar.

— Bem-vindos!

Abaixo a mão e olho para a mulher que caminha em nossa direção. Ela tem mais ou menos minha idade, acho. E mais ou menos o meu tamanho também. Veste uma blusa e shorts de caimento perfeitos. A desconhecida se movimenta como uma elegância natural que sugere algum tipo de escola de etiqueta exclusiva; ninguém caminha naturalmente desse jeito, como se flutuasse.

A mulher deve ser filha de Minos, mas não tem semelhança alguma com ele, exceto a cor da pele. A pele marrom-clara é do mesmo tom que a dele, mas o cabelo é preto e desce liso e reto abaixo dos ombros.

Ela sorri para nós, e o sorriso confere leveza aos olhos escuros. Merecer esse sorriso me faz endireitar as costas por instinto. Não tenho um tipo. Não costumo limitar minhas opções, mesmo que não namore muito, de maneira geral. Mas essa mulher é *bonita.* Muito, muito bonita.

Volto-me para Apolo a fim de analisar sua reação. Ao que parece, ele pensou a mesma coisa, porque nossos olhares se encontram por um momento, antes de voltarem à moça. Ele dá um passo à frente e estende a mão.

— Sou Apolo. Esta é Cassandra, minha namorada.

— Eu sei. — O sorriso dela se alarga. Parece muito *feliz.* Certamente está fingindo, mas não detecto nela qualquer sinal de artifício.

— Eu sou Ariadne. Meu irmão Ícaro e eu estamos cuidando das acomodações. O quarto de vocês está pronto.

Minos deixou os filhos recebendo os convidados. Não é chocante. Depois do encontro com Teseu no escritório de Apolo e de ver o Minotauro na competição por Ares, não espero que nenhum dos dois seja um modelo de gentileza. Não como Ariadne. Queria saber se Ícaro é mais parecido com a irmã ou com os irmãos de criação.

Apolo sorri para a garota.

— Que maravilha.

Ela se vira e nos leva pela porta da frente até um hall de entrada muito amplo, no qual o som ecoa. Parece um ambiente extraído de um filme, com duas escadas contornando o espaço na frente da porta e se encontrando no andar de cima. Eu sabia que Hermes tinha um quê meio teatral, mas isso parece uma mistura de mansão gótica e casarão sulista ridiculamente caro.

Ariadne se dirige à escada, e nós a seguimos. Lá em cima, um arco marca o início de um corredor largo. Ela indica as portas enquanto avançamos pelo caminho.

— Estes são os quartos convertidos. São essencialmente salas de estar, e vão ficar abertos para quem quiser usá-los durante o dia.

Levanto as sobrancelhas.

— Quantas pessoas virão à festa, para precisarem de uma dúzia de salas de estar?

Ela ajeita o cabelo atrás da orelha.

— Eram usados para um... propósito diferente de entretenimento da última proprietária, e meu pai decidiu que transformar os cômodos em salas de estar seria mais adequado.

Um propósito diferente de entretenimento.

Fito as portas com um interesse renovado. Os gostos sexuais de Hermes são tão ecléticos quanto seu estilo de moda. Ela é excêntrica demais e frequenta regularmente a cidade inferior, onde correm boatos sobre Hades manter um clube de sexo. Ela nunca me levou lá quando estávamos namorando, o que é compreensível, considerando que Hades era supostamente uma lenda àquela altura. Outro segredo que ela guardou a sete chaves.

Mesmo assim... *seis quartos?*

— Entendo — Apolo fala em voz baixa. Não consigo descobrir se ele está surpreso, escandalizado ou se é uma informação já arquivada naquele cérebro impressionante.

— O jantar será servido às sete esta noite. Meu pai tem um jogo planejado para depois da refeição. — Ariadne nos brinda com um sorriso doce. — Há uma agenda no quarto de vocês com detalhes da semana. Jantar e almoço têm horários determinados, mas sintam-se à vontade para pedir o café da manhã no quarto. Se preferirem comer lá embaixo, vai haver um pequeno bufê disponível.

Faço ceninha ao espiar ao redor quando chegamos a um T no corredor e viramos à direita.

— Será que vem um mapa com essa agenda?

— Não é necessário. — Outro sorriso doce. Essa mulher é real? — Basta seguir pelo corredor de volta ao arco da escada, descer e seguir em linha reta para a área principal lá embaixo.

Seguir em linha reta não tem muito a cara de *Hermes*. Esta casa tem alguns truques na manga. Tenho certeza disso. A única pergunta é se Minos e sua gente já sabem disso ou se Hermes guardou esses segredos. Aposto um bom dinheiro na segunda opção.

Ariadne abre uma porta na metade do corredor.

— Este é o quarto de vocês. Por favor, fiquem à vontade para se acomodar e dar uma olhada pelo lugar antes do jantar se quiserem. Os jardins são lindos.

Entro primeiro. Tenho uma vaga consciência de que Apolo me segue quarto adentro e fecha a porta, mas a única coisa em que consigo me concentrar é a cama gigantesca. Cheguei a ter a esperança boba de que fosse uma suíte completa, mas, embora haja um banheiro além da porta aberta, visível de onde estou, os únicos outros móveis ali são uma cômoda de aparência antiga e as mesas de cabeceira idênticas dos dois lados da cama.

Porra.

Eu sabia que seria assim, é claro. Só não esperava me sentir paralisada diante da realidade.

— Hum. — Droga, eu consigo fazer melhor que isso. Pigarreio. — Sobre hoje à noite, quando formos para a cama...

— Espere um pouco. — Apolo se aproxima da cama com um olhar atento. — Sente-se e faça silêncio. Por favor.

Eu me viro com uma resposta afiada nos lábios, mas meu cérebro entra em ação e entende o que está acontecendo. Apolo não me mandou ficar quieta. Quer fazer uma varredura no quarto em busca de aparelhos de vigilância. Eu me sento na beirada da cama e o vejo abrir a valise e pegar um aparato eletrônico que não reconheço. É estranhamente difícil ficar em silêncio durante a verificação de cada centímetro do quarto. O equipamento apita quatro vezes. Uma no espelho sobre a cômoda; outra no abajur sobre uma das mesas de cabeceira; a terceira junto de um batente; e a quarta ecoa no banheiro.

Faço uma careta.

— Fala sério.

— Não acabou. Vou verificar se tem câmeras.

Sinto um arrepio. É claro que sermos observados e escutados foi algo que discutimos antes. Não fico surpresa quando ele tira uma pequena câmera da moldura no alto do espelho, mas, ainda assim, me sinto vagamente violada.

— *Que nojo.*

— Sim. — Ele a deposita na pequena pilha sobre a cômoda e limpa as mãos. — Isso é tudo. Mais ou menos o que esperávamos. Tenho um equipamento que Heitor pode usar para hackear o sistema, mas preciso estar mais perto da sala de controle, o que significa que nossa prioridade é encontrá-la.

— Prioridade anotada.

Apolo assente.

— Sobre as acomodações para dormir... Eu durmo no chão. — Apolo arrasta minhas malas para um lugar perto da cômoda e deixa a dele do outro lado.

— Mas...

— Não discuta. — Ele não olha para mim. — Sei que não vai me insultar ao sugerir que eu deixe *você* dormir no chão e eu mesmo fique com a cama. E não, não vamos revezar. Não ligo para esse papo de justiça, portanto, esse argumento não vai funcionar.

Um arrepio proibido percorre minha pele quando ouço seu tom firme. Apolo quase nunca é brusco comigo, e nunca é autoritário. Posso contar nos dedos de uma das mãos quantas vezes aconteceu nos últimos cinco anos, e ainda sobram dedos. Mesmo contando a situação de agora.

Apolo finalmente me encara, e vejo uma linha proibitiva em sua testa. O arrepio agora é mais forte. Ele olha para mim.

— Estamos de acordo?

— Eu ia sugerir a banheira da suíte. Deve ser enorme, em uma casa como esta.

— De jeito nenhum. Você *não* vai dormir em nenhum outro lugar que não seja essa cama, Cassandra. Fui claro?

Sim, senhor.

Fecho a boca tão depressa que mordo a língua, mas consigo engolir a resposta sarcástica. Em *nenhuma* circunstância vou tratar Apolo de outra maneira que não seja pelo nome dele, e muito menos com um tom sexualmente sugestivo.

Por mais que me sinta derreter. Na verdade, o calor no meio do corpo é uma boa razão para nunca admitir como ele me afeta. Nunca.

Tarde demais, percebo que ele espera uma resposta e pigarreio.

— Você está sendo ridículo. — Passo as mãos pelo vestido. — Somos adultos. A cama é grande. Não tem nada que nos impeça de dividir o espaço.

Ele fica boquiaberto.

— Cassandra...

— Se tem medo de que eu me mexa muito, fique tranquilo. Além do mais, há travesseiros o suficiente para criarmos uma barreira entre nós e proteger sua virtude. — As palavras são um pouco mais incisivas do que eu pretendia, mas não gosto da ideia de Apolo dormir no chão. Sou capaz de controlar a atração. Não vou me jogar em cima do meu chefe, por mais que seus beijos de mentira me façam sentir bem.

Apolo passa a mão pelo cabelo preto e curto.

— Não quero te colocar em uma situação em que se sinta desconfortável. — Ele faz careta. — Mesmo sabendo que é tarde para afirmar isso, porque você já está aqui, e sei que preferia não estar.

Não tenho muito a dizer sobre isso, mas não posso só ficar em silêncio.

— Se serve de alguma coisa, sei que estou segura com você. O problema nunca foi esse. — É que todo o restante ameaça tornar a situação muito complicada. Nada disso é culpa de Apolo, porém, e não suporto pensar que ele se culpa por minha atitude de merda. A esta altura, ele já deveria saber que sou assim por hábito.

Ele olha para mim com um sorriso pálido.

— Bem, agora que resolvemos isso, vamos nos arrumar para o jantar e tratar de encontrar aquela sala de controle para lidar com as câmeras.

— É um bom plano — respondo sem entusiasmo.

10

APOLO

Subestimei o que seria estar tão perto de Cassandra fora do escritório. A intimidade palpável de me sentar na cama e ler meus e-mails enquanto ela está no banheiro, de cabelo molhado, fazendo a maquiagem é... estranha. Muito estranha.

Namorei muitas vezes na vida adulta, e nenhum desses relacionamentos chegou ao ponto em que faria sentido morarmos juntos, mas houve momentos íntimos. Relacionamentos são construídos com momentos de intimidade. Não sei por que tenho a sensação de que é bem diferente com ela. E seria tolice dar atenção a esse sentimento.

Meu celular toca quando Cassandra está terminando de dar uma aparência sexy e levemente esfumaçada aos olhos. Engulo um suspiro ao me deparar com o nome do meu irmão mais novo na tela. Faz várias semanas desde que parei de falar com ele, e não acredito que Orfeu não vai voltar a ser o mimado de antes assim que sentir que estou amolecendo. Parar de falar com ele não foi fácil, mas foi a coisa certa a se fazer.

Ainda é a coisa certa a se fazer, mas não sou frio o bastante para ignorar completamente os telefonemas dele, por mais que os considere frustrantes.

— Oi, Orfeu.

— Apolo. — Ele parece cansado, como se tivesse esgotado seu charme.

A culpa me incomoda. Nossa mãe está preocupada com ele. Quer que Orfeu volte para casa, que aceite os cuidados dela. Porque a ideia de Orfeu ceder significa que ela vai se meter na vida dele, não o culpo por resistir. Orfeu mudou. Foi morar em um apartamento menor, mais afastado do centro da cidade e mais barato. Ainda não tem um emprego, mas parece que não tem sido tão inconsequente com o dinheiro quanto eu imaginava. Tem uma quantia suficiente para se sustentar, antes de precisar se desesperar.

— Preciso de um favor.

— Não.

Meu irmão suspira.

— Não vou pedir dinheiro, nada disso.

Cassandra percebe que estou ao telefone e fecha a porta do banheiro. Segundos depois, ouço o barulho do secador de cabelo abafado pela madeira grossa da porta. De repente, fico irritado por meu irmão me impedir de vê-la secando o cabelo.

— Mas vai pedir alguma coisa, e isso não é parte do acordo.

— Não aceitei acordo nenhum. Você decidiu por mim.

— Decidi, sim. Alguém tinha de decidir. — Nossos pais não o conteriam, isso é fato. Orfeu herdou o charme de nosso pai e a audácia e a coragem de nossa mãe. Nossos pais o mimam desde o nascimento, e nunca teriam parado de fazê-lo se eu não tivesse definido o limite.

Meu irmão é um babaca egoísta, mas não é um monstro. Ainda não. Mas se continuar a seguir por esse caminho? Não dá para garantir nada. Orfeu é adulto. Não posso salvá-lo de si mesmo. Só consigo remover alguns dos vícios mais tentadores que o envenenaram.

Orfeu resmunga um palavrão.

— Olha, as últimas semanas trouxeram alguma... nitidez.

Nitidez. Sei. Vamos ver. Apoio as costas na cabeceira da cama.

— E o favor?

— Eurídice está passando o tempo todo na cidade inferior, e não consigo contato com ela. Queria que você passasse um recado.

Aperto a ponte do nariz e tento não perder a paciência.

— Orfeu, aquela mulher não quer nada com você. Se não atendeu aos seus telefonemas e não aceita te encontrar, a resposta mais adequada é deixar a garota em paz. Não vou encontrar um atalho para você fazer contato com ela.

— Eu sei. — Pela primeira vez desde que consigo lembrar, a voz dele está totalmente vazia de esperança. Talvez nunca a tenha ouvido assim. — Sei que fodi com tudo, Apolo. Na época, não percebi o quanto, mas agora que parte dos eventos daquela noite vieram à tona... pensei que fosse Zeus com um dos truques dele. Não imaginei que Eurídice fosse se machucar. Nunca quis que ela se machucasse.

Eu ficaria curioso para saber como essa informação *veio à tona*, porque não é de conhecimento público que o antigo Zeus usou meu irmão como uma peça em seu plano complexo para pôr Eurídice em perigo, fazer Hades atravessar o Rio Estige e romper um tratado de décadas. Balanço a cabeça. No que estou pensando? Sei exatamente como essa informação chegou a Orfeu. Todas as mulheres Dimitriou odeiam meu irmão — e por bons motivos, se for para ser honesto. Sem dúvida, uma delas o informou sobre o que pensam dele e por quê.

— Intenções não importam, Orfeu. Atitudes, sim — digo finalmente.

— Eu sei. Por isso estou tentando fazer isso do jeito certo.

Orfeu é dez anos mais novo que eu, e, às vezes, me sinto mais pai dele do que nossos pais de verdade. Se meu irmão levar esse assunto para eles, os dois vão dizer exatamente o que ele quer ouvir. Infelizmente, cabe a mim lhe dar o choque de realidade.

Mesmo assim, falo com cuidado, porque, para Orfeu, até admitir que estava errado é um progresso.

— Às vezes, a melhor maneira de consertar as coisas é deixar a pessoa seguir a vida dela sem você. Mesmo que queira se desculpar, você não tem direito garantido ao tempo de Eurídice.

Espero que ele argumente. Meses atrás, ele teria protestado. Agora, suspira.

— Eu sei. Porra, eu sei. Você tem razão. — Orfeu fica em silêncio por alguns instantes. — Entendo o que está dizendo, Apolo. Garanto que sim. Mas acontece que *preciso* me desculpar. Se não for além disso, que seja. Vou ter de viver com isso.

É uma atitude madura para ele, mas ainda não estou convencido de que Orfeu deve se aproximar de Eurídice. Só conheci a mulher de passagem, e ela tem um ar de fragilidade que despertou em mim o receio de que meu irmão a tivesse esmagado sem cuidado algum. Pedir desculpas não vai consertar isso.

Ainda é o certo a se fazer.

— Prometa para mim que sua única intenção é pedir desculpas, e que vai deixar a garota em paz depois disso.

Faz-se silêncio por um instante. Eu surpreendi.

— É só isso que quero fazer. Prometo.

É estranho, mas acredito em Orfeu. Respiro fundo.

— Não vou marcar um encontro para ela ser pega de surpresa, mas vou falar com Hades e pedir que leve o recado. Se ela aceitar te ver, você pode se desculpar. Se ela não aceitar, a história acaba aqui.

Meu irmão hesita, mas finalmente responde:

— Ok. Concordo.

Tive interações limitadas com Hades desde seu retorno oficial à sociedade, mas ele parece um homem justo. Sei que vai transmitir o recado, pelo menos, e deixar Eurídice tomar a decisão. A esposa dele, por outro lado, não vai me agradecer por eu ter levado o assunto à irmã. Contenho um tremor. Perséfone podia ser uma princesa solar quando era só filha de Deméter, mas agora é uma força semelhante à do marido. Não faz diferença que não seja um dos Treze. Subestimá-la seria um erro.

Honestamente, *todas* as filhas da família Dimitriou são perigosas, cada uma à sua maneira. Eurídice parece ser a exceção, o que me faz pensar se talvez não tenha alguma coisa nela que não estou percebendo.

— Vou repassar o pedido.

— Obrigado.

Cassandra abre a porta do banheiro e sai. Ela usa um vestido vermelho que é mais solto no corpo e faz o cabelo parecer ainda mais brilhante. O vestido delineia o quadril, a barriga e os seios de um jeito quase amoroso, oferecendo um vislumbre provocante da coxa e do decote. Pigarreio.

— Preciso desligar, Orfeu. — Desligo enquanto ele ainda está se despedindo. — Você está linda.

— Considerando o quanto este vestido custou, é bom que esteja.

Franzo a testa.

— Por que faz isso?

— Isso o quê?

— Toda vez que faço um elogio, você muda de assunto. O vestido é bonito, mas *você* está linda.

Ela fica vermelha.

— Não sei como responder a isso.

Quero insistir, mas não estamos aqui para isso. É frustrante eu ter que continuar me lembrando disso. Saio da cama e calço os sapatos, e Cassandra faz o mesmo, mas com saltos que parecem torturantes.

— Vai conseguir andar no fim da semana, depois de usar sapatos como esses?

— Sim. — Ela endireita o corpo e alisa o vestido. — São só um pouco mais altos do que os que uso normalmente. Vai ficar tudo bem.

— Não é...

— Apolo — ela me interrompe com firmeza. — Sei que não está se preparando para me dar um sermão sobre os males que o salto alto causa à saúde. O fato de eu ter concordado com não discutir sobre você dormir no chão não te autoriza a policiar minhas escolhas. Sou mais que capaz de me vestir e escolher meus sapatos, inclusive os de salto quinze, se eu quiser. Pare com isso.

— Desculpe — murmuro. Não sei o que há de errado comigo. Dirijo-me à porta. — Vamos dar uma olhada pelo lugar antes do jantar?

— Ótima ideia.

O corredor está vazio, mas é possível ouvir sons de conversa em algum lugar próximo. Cassandra olha em volta com as sobrancelhas arqueadas.

— Que acústica interessante.

É uma característica que vamos precisar manter em mente. Se até uma conversa baixa reverbera pela área, o único lugar seguro para falar com franqueza é no quarto. Mas já sabíamos disso, mesmo sem a acústica.

Ofereço-lhe o braço.

— Vamos ver quem mais está na lista de convidados.

— Mal posso esperar.

Ela não parece entusiasmada, mas aceita meu braço e se aproxima de mim. A proximidade ameaça fazer meu cérebro saltitar, assim como meu coração, que tenta pular.

Preciso me concentrar mais do que deveria para seguir pelo corredor em direção à entrada principal. Encontramos um trio parado lá. Reconheço todos eles enquanto descemos a escada e nos aproximamos. Ver Pan ali é uma surpresa; não imaginava que ele saísse do restaurante com frequência. Hoje veste uma calça social de corte impecável e camisa social branca. Ao seu lado, está Afrodite, uma mulher alta e branca, com cabelo escuro e propensão para causar confusão. Meses atrás, ela era Éris Kasios, filha do último Zeus e irmã do atual. Está encaixada sob o braço de um homem negro e bonito, que tem a cabeça raspada e um sorriso radiante.

Adônis. Ele é um membro bem-sucedido da sociedade, com uma família herdeira que remonta aos primórdios da história do Olimpo. De cabeça, consigo citar três de seus parentes distantes que fizeram parte dos Treze, embora a última tenha sido a avó materna, que foi Ártemis por vários anos. Um reinado curto, comparado ao tempo que duram essas coisas, mas ela causou impacto.

Afrodite nos vê e acena com um movimento lânguido.

— Venha para cá, Cassandra. Traga seu namoradinho.

Ao meu lado, Cassandra fica tensa e exibe um sorriso cortante.

— Afrodite, você não chamou *Apolo* de "meu namoradinho". Se a intenção era ofendê-lo, sei que é capaz de fazer melhor que isso.

— Tem razão. — O sorriso de Afrodite se alarga. — É um prazer ver que o relacionamento não te amoleceu. Fiquei preocupada.

Cassandra ri, e me pego contemplando-a. Nunca a ouvi rir desse jeito. Certamente, não no escritório. Ela me solta e se aproxima mais do trio.

— Você sabe que não.

— Acho que sei.

Não sei bem se acabei de ser insultado. E não importa. Tusso para chamar atenção.

— É bom te ver de novo, Adônis. — Seguro a mão de Cassandra e a levo até eles.

O sorriso fácil de Adônis não desaparece. Não é um homem bobo, mas parece surfar nas ondas políticas do Olimpo sem preocupação excessiva. Isso me confunde.

— Apolo. — Ele estende a mão que não está segurando a de Afrodite e aperta a minha. — É bom encontrar um rosto amigo por aqui.

— E eu sou o quê? — Pan levanta as sobrancelhas.

— Rabugento. — Adônis ri.

Seu charme exala em ondas que quase consigo sentir. Nem Pan está imune a isso, e vejo o sorrisinho que estica seus lábios.

— Tenho motivos para ser rabugento.

— Não duvido disso nem por um segundo. Você está aqui como acompanhante de Dionísio e teve de vir no próprio carro. Coitadinho. — Ele conduz Afrodite em direção à escada. — Agora vamos ver como é o quarto.

Ela lança um olhar demorado para Cassandra, como se prometesse uma conversa para mais tarde, mas se deixa levar. Não me permito um suspiro aliviado quando eles se afastam, porque essa interação espinhosa foi só a primeira de muitas.

— Não sabia que você e Afrodite eram amigas.

— Ah, não somos. — Cassandra finalmente olha para mim. — Mas a gente se dá bem. Gosto de ver como ela espalha o caos por onde passa. Ela gosta de como me irrito por pouco e como minha presença nas festas da irmã causa confusão com os outros convidados.

Não entendo isso. Festas estão longe de serem minha atividade favorita, embora estejam repletas de informações e, por isso, não posso evitá-las com muita frequência. Mas Cassandra pode, e o que ela acabou de descrever sugere que a usam quase como uma atração de circo. Não gosto disso.

— Se você diz...

— Digo. — Ela se volta para Pan. Desta vez, seu sorriso é muito mais simpático. — É bom te ver de novo.

— O sentimento é recíproco. — Ele pendura a bolsa no ombro. — Vejo vocês no jantar.

Quando nos viramos em direção à parte de trás da casa, me dou conta de que não sei tanto sobre Cassandra quanto pensava saber. Parece que a cada vez que me viro, ela revela um novo ângulo, uma nova informação. É desconcertante… e viciante.

Mal posso esperar para ver o que ela vai me mostrar a seguir.

11

CASSANDRA

Minos convidou um grupo eclético. Bebo meu vinho e estudo as pessoas sentadas em torno da longa mesa de banquete. Minos está na ponta, com os filhos de criação, Teseu e Minotauro, um de cada lado. É interessante que tenha se escondido dos convidados, mas, obviamente, o homem tem um plano. Seus dois filhos, Ariadne e Ícaro, também estão aqui, é claro, exibindo sorrisos ensaiados. O último membro de seu grupo, embora não de sua família, é uma mulher gorda de pele marrom-clara e cabelo preto ondulado e exuberante. Está sentada ao lado de Teseu e tem uma risada alta e deliciosa que ecoa por toda a mesa. Não sei por que está rindo, aposto que decerto não é do que *Teseu* está dizendo.

Seis membros dos Treze estão presentes, a maioria com um acompanhante. Apolo, obviamente, sentado à minha direita. Vimos Hermes, Dionísio e Afrodite mais cedo. Mas Minos também convidou Hefesto e Ártemis. Os dois são primos, ambos de famílias herdeiras, e nenhum embarca muito nas ondas que o novo Zeus tem criado.

Se eu fosse tentar provocar uma divisão entre os Treze, começaria por eles. A base para isso já estava ali.

Mas então por que convidar os outros? Hermes faz o próprio jogo, como sempre. Afrodite gosta de começar a balbúrdia, mas nunca vai se colocar contra o irmão. Ainda não entendo o relacionamento entre Apolo e Zeus, mas meu chefe quer o melhor para o Olimpo e, no momento, acredita que Zeus é o caminho para isso.

E depois vêm as verdadeiras surpresas.

Observo o grupo reunido perto da ponta da mesa, em torno da filha de Minos. Pan e Adônis conversam relaxados com uma terceira pessoa que reconheço da escola. Atalanta é uma mulher preta e atlética, o rosto marcado por cicatrizes e dreadlocks que caem sobre os ombros. São os acompanhantes de Dionísio, Afrodite e Ártemis, respectivamente. Se todos trazem namorados ou amigos, suponho que isso não esteja além das expectativas.

Mas a linda mulher de pele marrom-clara e cabelo escuro e comprido com o homem branco e bonito na frente deles à mesa? Por *essa* eu não esperava. Eurídice Dimitriou e Caronte Ariti. Imagino que estejam representando os interesses de Deméter e Hades, respectivamente, mas não consigo acreditar que Perséfone ou Deméter concordaram com isto: permitir que Eurídice participasse de um evento potencialmente perigoso. Ambas têm se esforçado muito para mantê-la tão protegida quanto alguém pode estar no Olimpo.

Ignoro a pontada de inveja que isso provoca em mim. Deméter pode ser um monstro político, mas ninguém com um mínimo de inteligência duvida de seu amor pelas filhas. É um tipo de amor diferente que a maioria das pessoas conhece, talvez, mas é amor, mesmo assim.

Apolo se aproxima um pouco mais, e meu coração bobo dispara quando ele se inclina para falar no meu ouvido:

— Eurídice é uma surpresa.

— Estava pensando a mesma coisa.

— Preciso falar com ela.

O estranho lampejo de ciúme tenta se transformar em fagulha, mas me esforço para apagar o princípio de incêndio. Se Apolo está interessado em Eurídice, não é da minha conta. Em uma semana, nem vou estar mais na cidade.

Assinto.

— Ela é um coringa. — Consigo fazer suposições aleatórias sobre os motivos para os outros estarem aqui, embora precise de um tempo para refinar as suposições. Há *várias* pessoas poderosas muito interessadas em manter Eurídice longe do restante do Olimpo. A presença dela não faz sentido.

O problema de se ter tanta gente à mesa é que Minos e os filhos de criação bem que poderiam estar em outro aposento. Não consigo ouvir nada do que estão dizendo. Ariadne está completamente envolvida com a história que Hermes e Dionísio contam do outro lado da mesa. Pego no ar trechos sobre uma perseguição de lambreta, mas não sei se preciso ouvir mais. Hermes e Dionísio se fazem de palhaços em público, mas são espertos demais para dar informações que não pretendam divulgar.

Ainda assim... não custa tentar. Não localizamos a sala de controle no reconhecimento antes do jantar, mas mapeamos uma parte do piso inferior.

Dionísio ri com estardalhaço quando Hermes conclui a história. Espero um instante, depois me inclino para a frente com ar interessado, intencional.

— É verdade que esta casa era sua, Hermes?

— É verdade. — Seu sorriso fica mais radiante quando ela olha para mim. Foi essa vibração que me atraiu em primeiro lugar. Muita coisa nela é uma farsa, mas, quando gosta da companhia de uma pessoa, Hermes não finge. — Mas sou uma criatura urbana. É uma pena deixar um lugar como este escondido embaixo de poeira e lençóis, então, quando nosso amigo Minos comentou que estava interessado em comprar uma casa, ofereci a minha.

Nosso amigo Minos.

Tenho de me controlar para não estreitar os olhos. Tem uma nota de ironia nessas palavras.

Não é possível que Hermes considere Minos um amigo; ele é parecido demais com o último Zeus, e sei bem o que ela pensava sobre *ele*.

— Pensei que uma casa que já pertenceu à admirada Hermes seria menos mundana. — Minha voz é incisiva demais.

Dionísio tosse no guardanapo de pano, e quase consegue disfarçar a risada, enquanto diz:

— Ela te chamou de *mundana,* amor. É uma declaração de guerra.

— Cassandra adora brigar — Hermes comenta. O afeto não desaparece do rosto de Hermes, embora a expressão revele a astúcia que tanto me empolgava. Normalmente, era a promessa de muita diversão ou prazer no futuro, muitas vezes os dois. Agora, isso só me faz especular o que ela está escondendo.

— Hermes...

— Você me conhece. — Ela não injeta uma nota de insinuação nas palavras, mas chega bem perto disso. — Por que acha que sou o tipo de pessoa que entregaria segredos de graça? Se desconfia de que a casa tem mais do que revela... descubra.

Não tenho a chance de pensar em uma resposta adequada, mas não faz diferença. Nesse tempo todo desde que conheço Hermes, nunca consegui superar sua astúcia, e duvido de que vou começar esta noite. Ela praticamente admitiu que existe alguma coisa para ser encontrada, mas também seria a cara dela fingir que a casa tem grandes segredos, e, no final, eu descobrir que é tão mundana quanto parece. Com Hermes, pode ser tanto uma coisa quanto a outra.

A mesa mergulha em silêncio quando Minos se levanta. Ele sorri para nós, e é como se fitasse individualmente cada convidado. É um truque inteligente. Ele se submeteu a algum treinamento para falar em público, porque a voz é projetada para a sala inteira sem que ele precise elevar o tom.

— Obrigado por me honrarem com sua presença neste evento. Espero que aceitem mais um convite hoje à noite, pois quero propor um joguinho. — Seu sorriso se ilumina.

Deuses, ele é bom nisso. Vimos um pouco dessa habilidade no jantar naquele outro dia, mas eu não tinha percebido o *quanto* ele era bom. Mantém a sala inteira cativa. Até Dionísio parou de cutucar Hermes com o cotovelo para se concentrar inteiramente em Minos.

Ele abre as mãos.

— Saindo pela porta dos fundos, vocês vão encontrar um labirinto de cerca viva. Deixei uma coisinha no centro para quem chegar lá primeiro.

Um labirinto de cerca viva.

É inevitável: olho para Teseu e Minotauro. A segunda prova do torneio de Ares foi um labirinto, e foi a prova que eliminou Teseu e que o faz mancar até hoje. Por certo, também deixou más lembranças. Especialmente com Atalanta aqui. Ela também participou do torneio. Não consigo deduzir nada a partir da expressão de Teseu. É como se rosnasse permanentemente para todo mundo, menos para a mulher com a risada estrondosa a seu lado, e até mesmo ela só consegue provocar um esboço de sorriso.

Olho em volta mais uma vez e percebo que Ariadne e Ícaro deixaram a mesa. Franzo a testa. Faz sentido que os filhos de Minos não participem do jogo, mas ele parece ser do tipo que se preocupa com as aparências, o que significa que gostaria de manter a família e seu grupo próximos.

Todo mundo começa a se levantar, e Apolo puxa minha cadeira. Ele toca a parte de baixo das minhas costas e me conduz com o restante dos convidados para fora da sala e pelo corredor em direção à porta-balcão que se abre para o quintal.

Dionísio abafa uma risadinha quando seguimos por um caminho sinuoso entre árvores cuidadosamente podadas rumo à entrada de um labirinto de cercas vivas altas.

— É sério, Hermes?

Hermes dá de ombros.

— Na época, parecia romântico. Agora, é só pavoroso.

— Imagino que sim — ele diz com tom seco. — Você vinha aqui fora à noite, não vinha?

— É claro que sim. Para que serve um labirinto como esse, se você não pode explorá-lo à noite e procurar fantasmas?

Afrodite ri.

— Não me fale que acredita em fantasmas.

Eu me aproximo mais de Apolo.

— Vamos jogar? — Com todo mundo ocupado, pode ser uma boa ideia usar a oportunidade para continuar o mapeamento da casa sem se preocupar com a possibilidade de encontrar alguém que vá fazer perguntas.

Ele assente.

— Minos não nos dá opção. — De repente, ele sorri, e o sorriso me desequilibra em cima do salto. — Além do mais, acho que temos uma boa chance de vencer.

Encaro as cercas vivas.

— Espero que não esteja contando comigo para dar uma de Helena e escalar essa coisa. — Foi assim que ela passou na segunda prova, com tal proeza atlética que arrancou até os meus aplausos para a televisão. Não que eu vá admitir isso a alguém. Nunca.

— Não. — O humor vibra em sua voz. — Vou manter você do meu lado.

Minos por fim chega ao quintal com uma cesta nas mãos. De onde ele tirou *aquilo*?

— Há várias entradas em torno do labirinto, todas com as mesmas chances de levar ao centro. Vocês vão selecionar seus parceiros aqui. — Ele mostra o cesto. — A primeira dupla a chegar ao centro ganha o prêmio que está lá. Os moradores não vão jogar, é claro. Hermes também aceitou ficar de fora, considerando que teria uma vantagem injusta.

A situação toda é muito *esquisita*. Festas que duram uma semana e jogos em grupo podiam ser a norma séculos atrás, mas agora isso mudou. Mesmo no Olimpo. Também é estranho ele ter falado em *moradores*, em vez de *filhos*. Não que isso importe, mas toda essa contingência é como um quebra-cabeça para o qual não tenho gabarito. Não consigo nem ver as cercas claramente. Isso me incomoda.

É só quando começamos a tirar os nomes do cesto para formar as duplas que eu me dou conta de um novo obstáculo. Não vou ser parceira de Apolo. Estatisticamente, é tão improvável que se torna ridículo.

Apolo põe a mão no cesto e tira um cartãozinho com um nome.

— Eurídice.

O horrível sentimento de ciúme retorna. Sinto olhares em mim enquanto tento manter as evidências longe do rosto. Por que eu me incomodaria se meu namorado de mentira vai formar dupla com a linda caçula dos Dimitriou?

Aposto que Deméter ficaria empolgada para aprovar um casamento entre eles.

Balanço a cabeça, tentando me concentrar. *Não importa.* Vou continuar repetindo isso para mim quantas vezes for necessário para me convencer. O fato de Apolo formar dupla com Eurídice é um ótimo movimento para ele, honestamente, porque representa uma chance de descobrir o que ela está fazendo aqui. É razoável que Hades não confie nos outros membros dos Treze para farejar os planos de Minos, mas isso só explica a presença de Caronte. Não de Eurídice. Apesar do que considerei mais cedo, não acredito nem por um segundo que Deméter realmente mandaria *essa* filha como sua representante.

— Cassandra.

Eu me sobressalto ao ouvir meu nome na voz conhecida. Dionísio sorri para mim.

— Você é minha dupla, amor.

De todas as opções, ele é a mais inofensiva, provavelmente. Só um idiota o subestimaria, mas não é um jeito ruim de passar o tempo.

Todo mundo sorteia os parceiros rapidamente. Sinto uma pontinha de humor perverso quando Afrodite se apresenta, forçando Minos a levantar a cabeça para encará-la. Ela forma dupla com Pan. Ártemis vai jogar com Adônis. Atalanta com Caronte. E Hefesto é tratado como o diferentão: pode jogar sozinho ou ficar de fora.

Ele estuda o grupo e balança a cabeça.

— Eu passo.

— Muito bem. — Minos olha para nós. — Vamos começar.

Demoramos cerca de quinze minutos para de fato começar o jogo. Como Minos explicou, há várias entradas — eu apostaria em seis — ao redor do perímetro do labirinto. Dionísio e eu estamos perto da parte de trás, afastados das luzes da casa. Luminárias acesas distribuídas em intervalos regulares reduzem a escuridão, mas nesta área as sombras reinam soberanas.

Ele torce o bigode, pensativo, e olha em volta. Está vestido com um terno simples, para variar, de um tecido xadrez tão escuro que parece preto longe da luz intensa.

— Talvez Hermes não tenha se enganado tanto quando falou em fantasmas.

Afasto um arrepio. Não acredito em fantasmas, mas tem alguma coisa sinistra neste lugar. Como se tivéssemos saído do tempo, de algum jeito. Ou como se fôssemos chegar ao centro do labirinto e encontrar o corpo de um dos convidados.

— Fantasmas não existem.

— É nisso que os fantasmas querem que você acredite.

Depois dessa afirmação confusa, ouvimos um sino ao longe. O sinal para o início. O homem me oferece o braço com um gesto floreado.

— Não deve ser fácil andar na grama e nas pedras com isso aí. — Dionísio olha para os meus pés. — Você está absolutamente estonteante, aliás. Uma beldade.

Se fosse outra pessoa, eu reagiria com frieza ao elogio e procuraria as rebarbas escondidas nele. Mas Dionísio é igualmente liberal com elogios e afeto — pelo menos com as pessoas de quem gosta. Se não gosta de alguém, a perspicácia encantadora se torna letal.

Tento sorrir.

— Obrigada. — Não vou admitir que meus pés estão me matando. A verdade é que não estou acostumada com esse tipo de salto, apesar do que disse a Apolo.

As paredes vegetais nos rodeiam assim que adentramos o labirinto. Ouço vozes baixas ao longe, mas as divisórias as distorcem, dando-lhes um aspecto alienígena. Sinto um arrepio.

— Hermes *tinha* de ter uma porcaria de labirinto no quintal.

— Ela adora um toque dramático, sim. — Viramos em um corredor, depois, em outro e acabamos em um beco sem saída.

Eu deveria perguntar o que ele sabe sobre Minos, mas não é essa a primeira pergunta que sai da minha boca.

— Todo mundo trouxe acompanhante, exceto Hermes e Hefesto.

— Ah, ele trouxe. Está compartilhando Atalanta com Ártemis. Safadeza.

Olho para ele com a cara que o comentário merece.

— Isso é absurdo. Todo mundo sabe que Atalanta é esperta demais para se meter em um drama familiar com aqueles dois.

— Nem todo mundo é assim, amor. Só você. — Dionísio afaga meu braço. — Você tem facilidade para ver o que está ali de verdade, não o que os pavões querem que você veja.

— Dionísio, *você* é um dos pavões.

Ele ri.

— E um esplêndido nesse aspecto, aliás.

Se eu não der um breque nisso, a conversa vai desandar. Respiro fundo.

— E Hermes trouxe acompanhante?

— Ah, não pode estar com ciúme, não quando Apolo está correndo atrás de você com coraçõezinhos nos olhos.

Dou risada.

— Não seja dramático.

— Agora está tentando ferir meus sentimentos. — Seguimos mais para o interior do labirinto e encontramos outro corredor sem saída. Deuses, isso vai demorar uma eternidade. Dionísio cantarola baixinho: — Hermes ia encontrar alguém na festa, acho. — Ele balança a cabeça. — Não, tenho certeza disso. Alguém que devia ter vindo para o jantar. O que será que aconteceu? Ela queria fazer surpresa, estava toda cheia de segredinhos e sorrisos.

Sinto um arrepio nas costas. Pode ser bobagem. Hermes não é exatamente volúvel, mas muda de rumo com facilidade e certa frequência.

— Tem certeza de que ela não mudou de ideia?

— Tanto quanto tenho certeza de qualquer coisa. — Dionísio observa uma parede alta. — Talvez a pessoa tenha sido assassinada, e vamos encontrar o corpo no centro do labirinto. Isto aqui está começando a parecer esse tipo de festa.

Não gosto de como as palavras dele ecoam meus pensamentos.

— Não, Minos certamente não começaria uma matança. O que ele ganharia com isso?

— Isso é coisa para gente inteligente como você descobrir. Só estou aqui pela bebida grátis. — Dionísio suspira, pesaroso. — Aliás, queria que Minos tivesse planejado jogos de salão para esta noite. Tem bebida de primeira lá dentro.

Como se Dionísio não tivesse em seus galpões o melhor do álcool e das drogas que o Olimpo tem a oferecer. Assim como todos os Treze, ele é repulsivamente rico. Desmascarar essa mentira dele não vai me favorecer em nada.

— Talvez amanhã.

Percorremos mais alguns corredores antes de ele responder:

— Duvido que eu tenha essa sorte. Acho que a maioria das atividades vai ser como esta. É possível que nos faça formar outras duplas para elas.

Com que propósito? A maioria dos convidados já se conhece. Não vai haver novas alianças surgindo entre Hefesto e Ártemis, ou os outros. Minos não está usando a noite de hoje como oportunidade de networking, não com os moradores da casa fora do jogo.

Paro de repente, e Dionísio quase me atropela antes de parar também. Eu o encaro.

— Será que ele está tentando casar os filhos?

Faria sentido. Todos os membros dos Treze presentes são solteiros. Se ele não conseguiu o título de Ares para um dos filhos, casar um deles com um membro dos Treze não seria um prêmio de consolação ruim.

Afinal, é o que a maioria das famílias herdeiras faz.

— Talvez. — Ele dá de ombros. — Boa sorte para ele. Não estou interessado em casamento.

— Não está interessado agora? Ou nunca? — Não é da minha conta. Sei que Dionísio é assexual, mas também não consigo me lembrar dele namorando ninguém. Talvez também seja arromântico. O que, de novo, não é da minha conta. Mas foi ele quem tocou no assunto, então, não consigo evitar e comento: — Você trouxe Pan à festa.

— Ele é um amigo e possível sócio comercial. Nada mais. — E dá de ombros. — Não tenho muito interesse nisso. E não vejo possibilidade de mudanças.

— Bom, acho que Minos pode desistir, então.

— É isso aí.

Voltamos a andar. Não consigo entender se estamos nos aproximando do centro do labirinto ou se estamos irremediavelmente perdidos. Estou tão ocupada tentando decifrar esse mistério que quase não ouço o que Dionísio fala em seguida:

— Mas não vamos conversar sobre a *minha* vida romântica, não quando a sua é tão mais suculenta. — Ele me puxa para um corredor sem saída e põe as mãos nos meus ombros. — Desembuche, Cassandra, querida. Me conte cada detalhe sórdido.

É isso. O primeiro teste real da experiência. Dionísio me conhece o suficiente para saber quais são minhas razões para nunca querer divulgar um relacionamento com um dos membros dos Treze. Não posso afirmar que mudei de ideia sem dar uma boa justificativa. Ninguém acreditaria, muito menos *ele.*

Respiro fundo e me preparo para mentir.

12

APOLO

— O tempo está ótimo hoje à noite.

Eurídice sorri para mim, mas o sorriso não alcança seus olhos.

— Sim, maravilhoso.

Deuses, isso é ridículo. Frequento os círculos mais poderosos da cidade, onde uma palavra errada pode provocar uma cascata de ondas políticas. Na maior parte do tempo, sou *bom* nisso. E o melhor que consigo fazer nesta situação é falar sobre o tempo?

Depois de vários minutos de silêncio constrangido, tento de novo.

— Admito que fiquei surpreso quando vi você na mesa do jantar.

Eurídice não olha para mim.

— Foi um convite de última hora. — É evidente que ela não tem intenção de dar mais detalhes, o que é interessante.

Tem algo diferente nela. Essa mulher passou muito tempo comigo em eventos familiares quando namorava meu irmão, mas, naquelas interações, parecia sempre nervosa e quase frágil. Agora essa sensação desapareceu. Ela ainda é quieta e composta, mas houve uma mudança.

— Como tem passado?

— Bem. — É como se a resposta a surpreendesse. Por fim, ela sorri para mim, um pouco acanhada. — Passei um tempo mal, mas agora estou melhorando.

Não pergunto sobre a evidente amizade com Caronte, nem se é realmente só amizade. Não é da minha conta. Miro as estrelas no céu. Pretendia mandar um recado para ela através de Hades para saber se haveria uma possibilidade de Orfeu se desculpar. Agora parece bobagem esperar, com ela caminhando ao meu lado, mas também não quero que se sinta pressionada em um labirinto escuro.

— Apolo? — Eurídice faz uma pausa quando ouve vozes em algum lugar próximo, mas se afastam com agilidade. Esse labirinto é realmente um monstro.

Quando ela não continua de imediato, digo:

— Sim?

— Como ele está? — E antes que eu possa responder, ela continua apressada, revelando parte daquele nervosismo de antes: — Eu não perguntaria, porque é claro que não me importo, mas o vi há algumas semanas. Foi só por um momento e em um bar lotado, mas... — Eurídice respira fundo. — Ele parecia péssimo. Muito diferente do homem que conheci.

Quase falo tudo de uma vez, mas não tenho o direito de revelar as dificuldades de Orfeu, não mais do que tentar intimidá-la para que o encontre. Não posso nem garantir que ele mudou, apesar de acreditar que sim, com base nas conversas mais recentes. Pigarreio.

— Ele gostaria de pedir desculpas. — Levanto as duas mãos. — E você não precisa concordar, é claro, de jeito nenhum. Não deve nada a ele.

— Eu sei. — Seu sorriso é sutil e triste.

— Ah, tudo bem. — Abaixo as mãos. — Não precisa responder hoje à noite, mas se decidir que quer ouvir as desculpas dele, posso organizar tudo.

— Se eu decidir ouvir, eu mesma organizo tudo. — Ela começa a andar e olha para mim por cima de um ombro. — Mas obrigada.

Independentemente de como me sinto em relação ao meu ex, você sempre foi muito gentil comigo.

Uma dúzia de comentários se formam e morrem antes de sair de minha boca: Que Eurídice é um presente, e espero que encontre alguém capaz de reconhecer isso plenamente. Que eu teria gostado de tê-la como cunhada. Que acho que Orfeu a deseja de volta. Que espero que ela supere meu irmão e nunca mais olhe para trás.

Não falo nada disso.

Um grito de comemoração soa em algum lugar à direita. Por instinto, olho naquela direção, embora não consiga distinguir nada além da cerca viva. Momentos depois, a voz de Minos retumba da direção oposta:

— Temos nossos vencedores! Caronte e Atalanta.

Eurídice sorri.

— Caronte é o máximo, não é? — E inclina a cabeça de lado. — Estou curiosa para saber qual é o prêmio.

Descobrimos pouco tempo depois. Consigo nos levar de volta à porta por onde entramos sem muita dificuldade, porque memorizei a rota, e sinto um alívio profundo quando vejo Cassandra e Dionísio conversando enquanto se aproximam pelo outro lado. As duplas saem lentamente, e a última nem é uma dupla.

É um trio.

— Só pode ser brincadeira — Eurídice murmura.

Ariadne caminha entre Caronte e Atalanta, um braço sobre os ombros de cada um.

— Vocês me ganharam, amigos. O que vão fazer comigo? — Ela ri, e parece se divertir de verdade. Não a condeno. Atalanta e Caronte são atraentes e encantadores, e têm uma proximidade com o poder quase tão sedutora quanto o próprio poder. É preciso ter habilidade para fazer o que eles fazem, e todos sabem disso.

Tenho certeza de que ouço Eurídice grunhir baixinho, o que confirma seu interesse além da amizade por Caronte. É impossível saber se é recíproco, mas ele ri e escapa com habilidade do abraço de Ariadne.

— Acho que está na hora de uma bebida.

— Temos um homem de bom gosto aqui.

Procuro Cassandra no grupo e a vejo conversando com Dionísio. Começo a caminhar na direção deles, mas Minos surge na minha frente como que por magia. O grandalhão sorri.

— Apolo, quero falar com você.

Combato o desejo instintivo de continuar me aproximando de Cassandra, não me deixando ser distraído; é para isso que ela está aqui. Ou confio nela para se defender sozinha, ou não, e, se não confio, não devia ter feito o convite. Forço um sorriso para Minos.

— É claro.

Seguimos o grupo para o interior da casa, mas ele me leva a um corredor diferente. Registro o mapa mental quando ele destranca uma porta com uma chave mestra e, ao abri-la, revela um escritório decorado em estilo tradicional. Estamos bem no coração da casa, que faz parte do andar térreo, que Cassandra e eu não conseguimos mapear antes da refeição.

Quais são as chances de ele manter a sala de segurança perto de seu escritório? Ou melhor: de Hermes ter escolhido essa localização quando construiu a casa?

É o que eu faria.

Ponho a mão no bolso e envio o sinal combinado com antecedência para Heitor começar a trabalhar. Não sei se vamos ser bem-sucedidos até eu conseguir confirmar mais tarde, mas é preciso de dez a quinze minutos para hackear o sistema de segurança usando o equipamento no meu outro bolso como amplificador de sinal. É tecnologia de ponta, o tipo de coisa que eu teria inventado se tivesse conquistado o título de Hefesto e não de Apolo.

Agora, em vez de inventar tecnologia, tenho de usá-la.

Para ganhar tempo, olho em volta. Não tem nada que reflita a personalidade de Minos aqui. Exceto, talvez, pela grande mesa de mogno, as cadeiras elegantes e a estante de livros que certamente saiu de um catálogo. Eu me aproximo dela, mais por curiosidade do que por qualquer outra coisa, e confirmo minhas suspeitas. Todos os livros são edições de capa dura removidos da embalagem para exibir os dorsos dourados. São uniformes demais para não terem sido comprados juntos, e tão novos que ainda brilham.

Se Minos é um leitor, sua coleção não está nesta sala.

— Quer beber alguma coisa?

Não estou muito interessado em beber com esse homem, mas executamos uma dança tão antiga quanto o tempo.

— Por favor. — Eu me sento em uma das cadeiras enquanto ele pega um decantador de cristal de um carrinho perto da mesa. A verdade é que esse ambiente me faz lembrar do cenário de uma novela a que minha mãe assistia quando eu era pequeno. Tenho certeza quase absoluta de que o copo que ele me entrega é o mesmo tipo que se via no programa.

A julgar pelas aparências, Minos não trouxe muitos objetos pessoais em sua vinda para o Olimpo. Isso parece confirmar a história de que ele está fugindo de um inimigo que pretende tomar a cidade, mas também pode ser intencional, justamente para nos fazer pensar isso. Ele é suficientemente astuto para levar isso em consideração.

E alguém o está financiando. Ele tem recursos cedidos por Zeus como parte do acordo entre ambos, mas comprou a casa antes de fechar o acordo.

Espero que tome o primeiro gole da bebida antes de provar a minha. É uísque e é caro, mas não é minha bebida favorita, por isso não a conheço o suficiente para identificar o ano e o produtor. É tentador romper o silêncio, mas Minos me trouxe aqui por um motivo, então, vou deixar que faça o primeiro movimento.

Não preciso esperar muito. Minos se acomoda na cadeira atrás da mesa com um suspiro exagerado.

— Passou muito tempo no mundo exterior?

Ergo as sobrancelhas.

— Não. Minhas responsabilidades estão no Olimpo. — Precisei sair da cidade poucas vezes por um motivo ou outro, mas a maior parte do meu trabalho está aqui, o que significa que passo meu tempo aqui.

Até onde posso dizer, o restante do mundo não é tão diferente da nossa cidade. As pessoas com mais poder e dinheiro ocupam o topo, e as outras têm de encontrar soluções por conta própria. O verdadeiro benefício do Olimpo, o motivo para sermos um fruto tão tentador para o antigo empregador de Minos, é que somos, em essência, uma nação soberana.

Quando o restante do mundo percebeu que a barreira o mantinha longe daqui, foi obrigado a se contentar com acordos de comércio que algum Poseidon de um passado distante teceu. Não sei se os acordos serão mantidos caso a barreira ceda. O mundo lá fora é diferente do que era há poucas décadas, imagine há séculos. Em vez de atear fogo à nossa cidade, o mais provável é que haja uma tentativa de tomar nossas posições de liderança em um golpe sem derramamento de sangue. Não conseguem passar por Poseidon, Zeus e Hades, mas, se o restante dos Treze se unir, nem mesmo esses três poderão fazer muita coisa.

Eu faria isso se quisesse tomar a cidade.

— As circunstâncias parecem diferentes lá fora. — Minos examina a própria bebida. — Sei que não tem motivo para confiar em mim, mas quero o que você tem: estabilidade, para mim e para minha família. Não pode me condenar por isso, é claro.

É muita ousadia fazer essa declaração abertamente.

— Se é isso mesmo que deseja, não entendo por que sonegar informações capazes de garantir sua segurança e a da sua família. — Deposito o copo sobre a mesa. — Não perca tempo com mentiras. Nós dois sabemos que você não contou tudo para Zeus. É esperto demais para ter tanto trabalho sem saber qual vai ser o desfecho.

Minos sorri lentamente.

— Gosto de você. Não é igual aos outros. Você se importa de verdade.

A mudança na conversa me confunde. Estamos sendo muito francos um com o outro, por isso me arrisco a fazer uma pergunta direta:

— O que isso significa?

— Tomei a liberdade de investigar Cassandra. Ela é linda, mas você sabe que seus pais nunca a aceitarão. Não depois de os pais dela terem causado tanta vergonha à família. O Olimpo não gosta desse papo de perdoar e esquecer. Estou aqui há pouco tempo e já sei disso.

— E daí?

— De acordo com todos os relatos, os pais dela tentaram ir além da posição que tinham, e veja o que aconteceu com eles. Seria uma pena se algo semelhante acontecesse com ela pelos mesmos motivos.

Sinto um arrepio na nuca. Ele está ameaçando Cassandra? Não posso afirmar. Minos está usando aquela máscara de bondade preocupada. O desejo de me levantar e sair da sala para garantir que ela esteja segura é quase incontrolável.

— Eu sou Apolo. Qualquer que seja a opinião de meus pais sobre meus parceiros, não vai bastar para me afastar. — Não gosto de saber que Minos a investigou. Não mesmo.

— Talvez. — Minos assente, tranquilo. — Mas e quanto a Zeus e o restante dos Treze? Eles não têm as mesmas amarras que nós.

Zeus sabe o que está acontecendo aqui, mas e se um dos outros pensar que Cassandra está tentando seguir os passos dos pais?

— Isso não vai acontecer.

— É o que você diz. Aquela garota se esforçou muito para evitar os holofotes, e houve mais matérias escritas sobre ela desde que vocês saíram, dias atrás, do que nos últimos cinco anos. As pessoas estão comentando, Apolo. Caso se importe com ela de verdade, não devia ter trazido a moça aqui.

Não tenho motivo para me sentir culpado. Sabíamos quais eram as consequências da exposição em público. Cassandra está sendo bem paga e não pretende permanecer aqui depois de cumprir a tarefa. Mas não consigo relaxar o maxilar.

— Que honra, Minos. Não sabia que estava tão interessado em minha vida amorosa e no bem-estar da minha namorada. — Honestamente, não posso dizer se ele a está ameaçando ou não. Tenho a *sensação* de que está, mas Minos não revelou nada que me permita confrontá-lo.

— Como eu disse, gosto de você. — Minos gira o uísque no copo com ar pensativo. — Você é um bem valioso e é desperdiçado no papel que tem. Gostaria de tê-lo na família.

— Como é que é?

— Pode escolher um dos meus filhos. — Ele acena para a porta com um gesto casual. — Ícaro pode ser um pouco inquieto para o seu gosto, mas Ariadne é uma boa moça. Seria uma ótima esposa para você.

Sua ousadia me deixa sem palavras. Casamentos arranjados não são incomuns no Olimpo, mas as pessoas costumam tratar o assunto com um pouco mais de sutileza. Desvio o olhar.

— Não estou no mercado matrimonial no momento. — Não vou me permitir pensar em *Cassandra* vestida de branco e caminhando em minha direção.

— Que pena. — Ele dá de ombros. — Pensei que fosse inteligente o bastante para não se deixar levar pelas emoções, mas é claro que, enquanto Cassandra estiver ao seu lado, você não vai enxergar as coisas sob o meu ponto de vista.

Olho diretamente para ele.

— Se alguma coisa acontecer com ela, também não vou dar a mínima para o seu ponto de vista.

Minos levanta as mãos.

— Opa, opa, ninguém está fazendo ameaças, Apolo. Você me pediu honestidade, só estou atendendo ao seu pedido.

Essa é boa, falar que fui eu quem pedi a ele para falar claramente sobre suas motivações. É claro que esta festa é mais que um evento casamenteiro. Quase não resisto ao impulso de consultar o meu relógio. Há quanto tempo estamos aqui? Por quanto tempo ainda preciso manter o homem falando? Talvez outra pessoa consiga ficar aqui sentado enquanto ele ameaça alguém querido, mas eu não sou assim. Nunca fui.

— Por que está aqui, Minos?

— Já expliquei. — Ele ri. — Acha que repetir a mesma pergunta uma dúzia de vezes vai produzir uma resposta diferente?

Essa coisa toda me dá a sensação de que ele jogou um punhado de areia em uma piscina que já estava turva. Não sei se ele está falando a verdade sobre a intenção de me casar com um de seus filhos, mas certamente não é tão simples. Ele deve estar escondendo alguma coisa.

— Se você fosse transparente, não precisaríamos ficar dando voltas.

— Lá vem você com a conversa franca de novo. — Ele fica em pé com aparente esforço. É uma cena um pouco dramática, considerando que o vi descer a escada do Dryad com facilidade menos de uma semana atrás. É evidente que Minos quer ser subestimado. É um truque conhecido (muita gente no Olimpo o utiliza, inclusive eu), mas me irrita do mesmo jeito. — É sério, você se destaca entre os outros. É surpreendente que ninguém tenha se incomodado com tamanha honestidade.

Outro elogio que não é um elogio. Também me levanto.

— Obrigado pela bebida. — Espero que Heitor tenha tido tempo suficiente para hackear as câmeras.

— Quando quiser, Apolo. Estou à disposição.

Eu o sigo de volta ao corredor e para mais uma sala grande projetada para o entretenimento. O arranjo da mobília a divide em espaços menores. O resultado disso é que o grupo foi fragmentado. Vejo Afrodite e Adônis compartilhando um divã, mas toda a atenção dela está concentrada em Teseu deitado diante deles, sorrindo para ela. Se olhares pudessem matar, ele estaria quebrado e ensanguentado no chão. Antagonizar essa mulher não é uma atitude inteligente. Afrodite não corta pessoas no campo de batalha, mas é uma oponente formidável para aqueles que considera inimigos.

Eurídice, Caronte, Hermes e Dionísio se juntaram a Ariadne em um trio de sofás e conversam com animação. Pan e Ícaro estão empoleirados em poltronas dos dois lados de uma mesinha, sobre a qual tem um tabuleiro de xadrez, enquanto Atalanta assiste ao jogo com interesse e um copo na mão. À primeira vista, Ícaro parece estar ganhando.

Não avisto Cassandra.

Também não avisto o Minotauro.

Minos parece chegar à mesma conclusão ao estudar a sala.

— Como vai mantê-la segura, se ela é tão propensa a dar umas escapulidas? — Ele ri. — Boa sorte com isso!

Ele é astuto demais para machucar Cassandra a fim de me atingir, não é?

Mas esse é o problema. Não sei o que Minos pode ou não fazer. Não esperava o tipo de conversa que tivemos, e não posso dizer até onde ele é capaz de ir para alcançar seus objetivos. É óbvio que a transformou em um alvo, e isso é suficiente para meus instintos gritarem para eu entrar em ação, fazer o que for necessário para mantê-la segura.

Eu me viro para a porta.

— Vou ver por que eles estão demorando.

A risada dele me segue para fora da sala.

13

CASSANDRA

Não pretendia me separar do grupo. Estava andando ao lado de Dionísio e percebi que a tirinha do meu sapato estava soltando. Nos quinze segundos que demorei para prendê-la, os outros desapareceram, e ficamos apenas eu e o enorme Minotauro.

Não sei por que me surpreende ele deixar o cabelo vermelho-escuro comprido o bastante para cobrir os ombros, mas surpreende. É admiravelmente bonito, brilhante e forte, o que contrasta com os traços rústicos e as cicatrizes que cobrem seu rosto. Tem uma nova deixada por Helena — Ares — na última prova.

Tensa, espero que o Minotauro diga alguma coisa cortante, mas ele só contempla o céu limpo da noite antes de dizer:

— Vamos caminhar um pouco.

Em qualquer outra circunstância, eu teria recusado o convite. Ele é um homem desconhecido e evidentemente perigoso, e não quero ser assassinada antes de Zeus me pagar. Se eu morrer, ele pode alegar que não cumpri o acordo e deixar Alexandra sem nada.

Mas pode usar o mesmo argumento se descobrir que recusei uma excelente oportunidade de me aproximar de um membro da família de Minos.

É sério, só tenho uma opção.

— É claro. — Não consigo fingir que estou feliz com isso, mas me viro e volto em direção ao labirinto. O Minotauro é imenso: deve ser uns trinta centímetros mais alto que eu, talvez mais. No entanto, ele ajusta sem esforço aparente o ritmo da caminhada conforme os meus passos.

Não tenho o menor interesse em entrar no espaço confinado do labirinto, por isso aproveito uma bifurcação do caminho e sigo para o outro lado, me afastando mais da casa. Continuo esperando ele dizer alguma coisa, já que este é o motivo para estarmos aqui, mas ele não fala.

Vejo um corpo d'água ao longe. Um lago, a julgar pelo tamanho. Paro onde estou.

— Se seu plano é tentar me matar, provavelmente vai conseguir, mas eu grito muito alto, e você não vai escapar dessa.

O Minotauro para e olha para mim. Não consigo ver seus olhos claramente. As lamparinas que permitiam a movimentação no labirinto não projetam sua luz até aqui. Temos apenas o luar, mas o homem parece estar se divertindo.

— Não vou te matar.

Ele enfatizou o *te*, ou a adrenalina que inunda meu corpo está me fazendo ouvir coisas?

— É o que um assassino diria. — Não sei por que estou discutindo. Tem alguma coisa parecida com pânico vibrando no fundo da minha garganta. Não estou preparada para lidar com isso. A troca de insinuações e a política, talvez, mas esse homem foi atrás de Aquiles Kallis, um dos melhores guerreiros do Olimpo, como se quisesse matá-lo. Como se já houvesse matado antes. — Por que me trouxe aqui?

— Cassandra?

Giro e vejo Apolo se aproximando de nós. Parece calmo e controlado, mas anda tão depressa que parece prestes a correr. E não diminui a velocidade quando nos vê.

— Hora de entrar.

— Até a próxima, Cassandra. — O Minotauro se vira na direção oposta e caminha para a escuridão.

Fico encarando-o. *Que porra foi essa?* Abro a boca, mas Apolo balança a cabeça com vigor.

— Vamos voltar para dentro. — Ele praticamente me arrasta, andando depressa demais para eu conseguir acompanhá-lo com minhas pernas mais curtas.

Por fim, tenho de fincar os pés no chão e obrigá-lo a parar. Ele *rosna* para mim.

— Ande, Cassandra.

— Não. — Inclino o corpo para trás, lutando contra um arrepio que certamente não é desejo quando Apolo não solta meu pulso. — Ou vai mais devagar ou me solta, porque cansei de ser arrastada.

Por um momento, ele parece querer discutir comigo, mas, enfim, bufa e solta o ar.

— Vou mais devagar. — E continua segurando meu pulso ao se virar para a casa, porém, desta vez, controla os passos para que eu consiga acompanhá-lo sem dificuldade.

Ainda assim, chegamos ao quarto em tempo recorde. Apolo me empurra para dentro, entra e bate a porta.

— Qual é a porra do seu problema?

De todas as coisas que esperava ouvir dele, essa não estava na lista.

— Como é que é?

— O Minotauro é perigoso. *Todo mundo* nesta festa é perigoso. Não pode simplesmente sair andando no escuro com alguém sem me dizer aonde vai.

Sei que isso é medo. Apolo jamais gritaria comigo sem um bom motivo, mas o medo residual se apodera da minha língua. Nem tento impedir.

— Não preciso de babá, Apolo. Você me trouxe aqui para fazer um serviço, e é o que estou fazendo.

— Não às custas de sua segurança.

Deixo escapar uma risada amarga.

— É claro. Como se eu estivesse segura no Olimpo em algum momento.

Ele olha para mim e estreita os olhos escuros.

— O negócio aqui não é ofensa e fofoca, Cassandra. É mais perigoso.

Ai, meus bons deuses, ele é como um cachorro com um osso do qual não quer largar. Levanto as duas mãos.

— Acha que *eu* não sei disso? Os Treze assassinaram meus pais e encobriram tudo, fazendo parecer que tinha sido um acidente. — Eu era jovem e ingênua, e estivera chocada demais para raciocinar com nitidez. É a única justificativa que tenho para ter procurado a polícia. Não que tenha ajudado. Todos riram de mim na delegacia.

Apolo ainda me encara.

— Então não tem desculpa para andar por aí com o Minotauro. Ele podia ter matado você e enterrado seu corpo em qualquer lugar na propriedade, e eu nunca teria descoberto.

Assim como o acompanhante de Hermes?

Silencio o pensamento depressa. Não temos confirmação de que havia algum acompanhante, para começar, muito menos de que a pessoa tenha desaparecido. Dionísio pode ter entendido mal ou não foi informado quando o plano mudou.

De qualquer maneira, isso não tem nada a ver com a conversa.

— Eu conhecia os riscos quando decidi vir. E você também. — Cansei dessa conversa. Por mais que eu seja grata por ele ter ido me procurar e garantir minha segurança, não preciso ouvir sermões sobre os perigos do Olimpo, não de um homem que nasceu em berço de ouro. Um homem amado quase universalmente pelo povo e pelos detentores do poder.

— Não me deixe falando sozinho, Cassandra. — Apolo não se move, mas sua voz firme me faz parar. — Se quer acabar com a conversa, é só dizer. Mas não saia batendo os pés no meio dela.

A crítica dói. Eu me viro para encará-lo. Se ele quer um relatório, vou lhe dar um. Honestamente, isso deveria ser um alívio. Por um tempinho lá fora, quase me esqueci de que Apolo é só meu chefe. Devia agradecer por ele ter me lembrado.

Endireito as costas e olho para um ponto perto de sua orelha.

— Não preciso da sua proteção, Apolo. Estou aqui porque tenho um trabalho a fazer. Dionísio não compartilhou quaisquer informações úteis durante o tempo em que estávamos no labirinto, exceto que Hermes pode ter convidado alguém que não apareceu. Ainda estou tentando descobrir por que todos estão aqui, mas com base na lista dos convidados e no prêmio, aposto que Minos decidiu casar pelo menos um dos filhos com alguém dos Treze. Não obtive informação alguma do Minotauro, o que parece indicar que o showzinho todo foi para impressionar *você*, e você chegou bem no meio dele. — Minha voz treme, e paro em busca de autocontrole. — Isso é tudo que tenho a relatar. Vou lavar meu rosto e trocar de roupa. — Apolo se mantém em silêncio, e eu perco a paciência. — E isso significa que, sim, quero encerrar a conversa.

Ele não fala mais nada.

Fecho a porta do banheiro e me encosto nela. A adrenalina já está se esvaindo, e isso fornece uma clareza cristalina. Apolo estava preocupado comigo. Ele pensou a mesma coisa que eu — que o Minotauro tinha más intenções.

Desencosto da porta e, depois de uma breve hesitação, abro o chuveiro. Preciso lavar de mim o labirinto e o medo. Enquanto a água esquenta, reflito sobre minha teoria. Minos parece um homem inteligente. Ninguém vai sair desta festa noivo, e se ele queria bancar o casamenteiro, por que permitiu a presença de acompanhantes? Alguma coisa não se encaixa.

Se ele me afogasse no lago dos patos, poderia se livrar de mim, mas o homem deve saber que Apolo é esperto demais para pensar nisso como um acidente. E eliminaria qualquer possibilidade de casar Apolo com um de seus filhos.

Mas a lógica só se sustenta se a teoria do casamenteiro for comprovada. Se estiver acontecendo mais alguma coisa, não posso presumir que estou segura.

Suspiro e tiro a roupa. Vou ter de pedir desculpas. Sair batendo o pé no meio da discussão *foi* infantil. Sou melhor que isso. Em especial porque sei que Apolo não gritou para ser um cretino. Está realmente preocupado comigo. E tem uma boa chance de essa preocupação ser justificada.

Não demoro muito para tomar banho e concluir meu ritual noturno. Só quando termino é que percebo que não trouxe a mala para o banheiro. O que significa que o pijama que comprei unicamente para a viagem está no quarto.

Olho para o vestido que estava usando antes, mas é bobagem vesti-lo de novo. As toalhas são todas enormes e muito felpudas. Uma delas vai me cobrir o suficiente durante os trinta segundos que vou levar para pegar o pijama.

Parece uma situação muito mais importante do que é. Antes que eu consiga me convencer a não fazê-lo, abro a porta e volto ao quarto. Apolo está sentado na beirada da cama, com os cotovelos apoiados nos joelhos e de cabeça baixa.

— Acabei de falar com Heitor. Ele conseguiu hackear o sistema e fechar as câmeras e os microfones plantados pela casa. Quando entenderem o que aconteceu, provavelmente vão recuperar a segurança, mas por ora ele detém o controle. E vai nos manter informados.

— Ah. — Eu devia ter perguntado sobre isso antes de sair furiosa.

— Já fiz outra varredura no quarto para ver se tem escutas. Não tem nada. Os outros hóspedes e os moradores devem se recolher em breve, então, poderemos mapear o segundo andar. Quando terminarmos, podemos passar para o terceiro ou concluir o mapeamento do térreo.

O motivo para estarmos aqui. Certo.

— Ok — respondo, obediente.

— Cassandra, eu... — Ele levanta a cabeça, e, apesar de continuar movendo os lábios, as palavras desaparecem.

Consegui me convencer de que Apolo não estava olhando para mim *desse jeito* até agora, mas não tenho mais como negar. Não quando somos os únicos neste quarto. Não há razão para fingir, ninguém para quem fazer teatro. Ele encara o ponto onde prendi a toalha acima dos seios como se pudesse soltá-la só com a força do pensamento. Como se quisesse me ver sem nada.

Como se ele... me quisesse. Muito.

Tenho o impulso mais absurdo de soltar a toalha. Para ver o que ele vai fazer, se vai atravessar a distância entre nós e cumprir a promessa que ilumina seus olhos. Ele vai ser delicado? Melhor ainda, vai usar aquela voz deliciosamente firme para dizer o que quer que eu faça? Sinto um arrepio.

Isso parece tirá-lo do transe. Ele balança a cabeça.

— Se já terminou de usar o banheiro, vou tomar uma ducha.

O sentimento que aperta meu peito com certeza não é decepção. Dou um passo para o lado.

— Já terminei.

Apolo não se move até eu dar a volta na cama a caminho de onde deixamos a bagagem. Pendurei a maioria dos vestidos, mas ainda tem alguns itens dentro da mala. Ouço a porta do banheiro fechar, olho para trás e vejo que ele sumiu.

Não conversamos sobre os detalhes de como vamos fazer nossa investigação noturna e, tarde demais, penso que temos um problema. Quando Minos perceber que as câmeras não estão fazendo o que têm de fazer, vai estabelecer algum tipo de patrulha de segurança. Ainda não vi guardas na propriedade, mas...

Opa.

Não vi nenhum tipo de segurança na propriedade. Isso não faz sentido algum. Temos *seis* dos Treze aqui, e eles nunca viajam sem suas equipes, mesmo que essas equipes se superem no quesito sutileza. Por que, em nome dos deuses, aceitariam vir para o campo sem sua segurança? Sei o motivo de Apolo ter concordado com isso, mas e os outros?

Não podem ser tão arrogantes, podem?

Balanço a cabeça. Definitivamente, sim, eles são arrogantes. Todos acreditam ser intocáveis. Até Apolo, embora seja menos óbvio. Abro minha mala. Normalmente, durmo sem roupa, mas é claro que não tenho essa opção durante a viagem. Eu não devia ter deixado Psiquê me convencer a adicionar pijamas na lista de coisas que compramos de Juliette, mas, depois que ela me fez experimentar um conjunto, não resisti.

Sem mencionar que Hera insistiu para eu comprar um modelo de tudo. Nem eu me dispunha a discutir com ela quando via aquele brilho em seus olhos escuros.

Tem vários conjuntos de short e regata que parecem inocentes, até eu vesti-los. O jeito como abraçam meu corpo cheio de curvas me faz sentir tão sexy que deveriam ser proibidos. E ainda tem os outros. São camisolas curtas que também parecem castas, até que eu as vista. Não sei que tipo de magia Juliette faz com sua costura, mas parecem ter sido feitas sob medida para um corpo como o meu. Não grudam onde não devem e não abrem nos lugares errados. Essas coisas foram criadas para seduzir.

Eu devia ter dito não. Eu *devia* ter parado no caminho para casa e escolhido um pijama de flanela que me cobrisse do pescoço aos tornozelos. Ou uma legging com camiseta, pelo menos. Até trouxe algumas, caso perdesse a coragem.

Passo a mão pelo pijama. Não sou suficientemente corajosa para ir por esse caminho, por mais que tenha sentido o calor do olhar de Apolo em mim. Mas talvez possa fazê-lo sofrer um pouquinho... Ele gritou comigo, afinal de contas.

A desculpa é esfarrapada, mas visto rapidamente um dos pijamas, um preto com renda vermelha no decote da blusa e na barra do short, o tom quase idêntico ao do meu cabelo. Trancei o cabelo para afastá-lo do rosto, e estou pensando no que devo fazer em seguida, quando Apolo sai do banheiro. Ele veste uma calça de moletom... e mais nada.

Tento olhar para seu rosto, mas não me esforço muito. Como poderia, se ele está sem camisa pela primeira vez desde que o conheci? E durante todo esse tempo ele escondeu *esse* corpo embaixo de ternos de corte perfeito? Ah, eu sabia que ele tinha músculos; eu os sentia cada vez que ele colava o corpo ao meu em nome do nosso falso namoro.

Mas vê-los é uma experiência inteiramente diferente.

Ele não é esculpido ou superdesenvolvido, nada disso. Mas o peito é definido e quero dar uma mordida naqueles bíceps. Trato de me controlar e olho para o rosto de Apolo. Ele não está rindo por me ver quase babando no chão.

Não, ele está olhando para minhas coxas.

Tensa, luto contra o impulso de me cobrir. Não por vergonha ou desconforto. É mais uma necessidade instintiva de recuar, descobrir se ele vai percorrer a distância entre nós e afastar minha mão para poder me olhar o quanto quiser.

Lambo os lábios. *Foco.* Temos de manter o foco.

— Apolo. — O nome dele soa baixo, íntimo demais. Posso fazer melhor que isso. Sei que posso. Tento pensar em alguma coisa lógica e razoável para dizer, algo que não seja "tire a calça agora". Tusso para limpar a garganta. — Não podemos vagar por aí no escuro, vai ser muito óbvio. Você tem um plano?

— Eu tinha. Era um plano ótimo, mas aí você vestiu esse pijama. — Ele também tosse e dá uma arrumada sutil na calça. Puta merda, Apolo está ereto. Por *mim*. — Agora não consigo nem lembrar qual era.

O tesão trava meu cérebro, ameaçando apagar dele o que resta das minhas boas intenções. Uma onda de desejo inunda meu corpo e endurece os mamilos.

— Não consigo pensar quando você olha para mim desse jeito.

Um rubor se espalha pelo seu peito e sobe pelo pescoço.

— Temos um trabalho a fazer.

Ele está certo. Sei que está. Passo a língua nos lábios.

— E se... Estamos namorando, certo? É o que todo mundo pensa. Se nos pegarem, podemos dizer que estamos procurando as salas da sacanagem para fins de... sacanagem. Exibicionismo. Esse tipo de coisa. — Não acredito em como minha voz soa normal. Como se meu coração não estivesse tentando fugir do peito e ir bater colado no de Apolo. Como se eu não estivesse prestes a me ajoelhar e implorar para ele me tocar.

— Fomos avisados de que essas salas não existem mais.

— A gente pode ter esquecido. — Não sei o que estou dizendo. Isso não ajuda em nada o plano para explorar o segundo andar. É desejo puro e egoísmo. Contemplo o contorno de seus ombros. Queria desenhá-los com a língua. — Neste momento, minha memória nem funciona.

— A minha também não. — A voz dele é mais baixa. Mais profunda. Ele sustenta meu olhar. O Apolo que conheço está ali, é claro; mesmo antes, quando estava gritando comigo, era puramente *Apolo*, mas nunca tinha visto esse lado dele. É quase... perigoso. Ele parece se obrigar a desviar o olhar. O maxilar se contrai. — Cassandra.

Ah, não. Ele está se preparando para fazer alguma coisa honrada.

— Apolo, eu...

— Não precisa fazer isso. Quando me convidou, Minos praticamente me desafiou a descobrir o que ele realmente pretende. Quando perceber que não tem acesso às câmeras, vai saber de quem é a culpa. Se quiser simplificar as coisas, podemos dizer que fomos pegar um copo de água para você ou algo do tipo.

Eu deveria aceitar a sugestão. É uma desculpa boba, mas muito mais segura para mim. Minhas emoções já estão comprometidas, foram comprometidas assim que concordei com o acordo proposto por Zeus. Vou sair da cidade o mais depressa possível. Ceder à luxúria que torna o ar mais denso entre nós é a garantia de que vou embora do Olimpo levando um coração partido. Sou capaz de separar sexo e sentimento na vida normal, mas esse cara é *Apolo.*

Sou tão idiota que não me importo com a dor que estou atraindo para mim. Quero isso demais para dizer não. Devia ser só beijar e fazer umas coisinhas para disfarçar a investigação, mas, no momento, é como se a investigação fosse a desculpa de que precisávamos para fazer muito mais que beijar. Dou um passo para trás, rumo à porta.

— Venha, Apolo. Vamos conhecer as salas da sacanagem.

14

APOLO

Não sou do tipo que se deixa dominar pelos desejos mais básicos. Meu cérebro raras vezes apaga, por isso penso demais, penso em tudo excessivamente, num nível clínico. Esse foi o motivo por trás do fim de vários dos meus relacionamentos ao longo dos anos.

Olhando para Cassandra agora, não estou pensando em nada.

Ela sempre foi bonita. Mas, neste momento, vestida com o pijaminha provocante que mal sustenta os seios com as alças finas e envolve o quadril generoso como uma segunda pele? Ela é *devastadora.*

Quero beijar aquela boca curvada para baixo. Quero passar as mãos pelo corpo exuberante e apertá-la contra mim. Deuses, quero enrolar aquela trança na minha mão e obrigá-la a me encarar e admitir que também me quer.

Balanço a cabeça e tento pensar.

— Tem certeza?

— Porra, Apolo. — Ela começa a caminhar até a porta.

Ai, deuses. Ai, *porra.*

Se a visão frontal foi suficiente para provocar um curto-circuito nos meus pensamentos, mal consigo ficar em pé diante da paisagem que ela me oferece ao abrir a porta. Vi essa bunda em saias justas e escondida em vestidos largos e — ah, os dias de sorte — exibidas em calças de alfaiataria. Mas nunca tinha visto tanta pele à mostra.

É claro que não. Ela não está vestida para ir ao escritório. Está de pijama, e você está arfando atrás dela como um tarado.

— Apolo.

Eu me movo antes de decidir dar o primeiro passo. Tenho o pensamento desconcertante de que a seguiria a qualquer lugar, desde que pudesse admirá-la o quanto quisesse.

— Espere.

Ela para na porta, mas não olha para trás.

— O que foi?

— Eu disse que não haveria nenhum vídeo ou foto que...

— Apolo, por favor. Você falou que Heitor cuidou disso. Mas e se descobrimos que não? — Cassandra me espia por cima do ombro. — Ou hackeamos o sistema de Minos e apagamos as imagens, e sei que você é capaz disso, ou peço para Hermes cuidar do assunto.

— Por que Hermes faria isso por você?

— Nós namoramos muito tempo atrás. — Ela tem dificuldade para afirmar, e acho que fica vermelha. — Agora somos... amigas. Acho que devia ter contado isso antes.

Eu nem imaginava, porque, deliberadamente, não investiguei o passado dela. Com Hermes na história, não sei se existe alguma coisa para descobrir sobre esse relacionamento, mas não investiguei por respeito a Cassandra. O fato de ela oferecer a informação agora, de maneira espontânea, é um presente. E preciso tratar a atitude como tal.

Sou um reles humano.

Não consigo conter a onda de ciúme que surge quando sei que Hermes namorou a mulher que eu... não sei nem que palavras usar. Cassandra não é para mim. Não pode ser. Pedir para ela ficar seria tão egoísta que me sinto meio enojado, mas o impulso permanece. Engulo em seco.

— Entendo.

Ela volta ao quarto e fecha a porta.

— Não falei nada antes porque não sabia se seria estranho mencionar o assunto aleatoriamente. — Cassandra ajeita o cabelo atrás da orelha.

O movimento chama minha atenção de novo para seu corpo. Esse pijama devia ser proibido. Não tenho desculpa para as palavras que afloram.

— Hermes gosta de sacanagem.

— Gosta muito. — Cassandra não se move, é como se nem respirasse. — O que você quer dizer com isso?

Você namorou com ela.

Gosta de sacanagem também.

— Devia ter me contado que namorou com ela. Hermes tem gostos bem abrangentes, e se os seus são parecidos, preciso saber. — A declaração soa quase normal.

— Tem razão. — Cassandra estremece de leve, e o movimento faz os seios balançarem. Os mamilos ficam salientes sob o tecido escuro e sedoso da regata do pijama. — Não gosto de dor. Brincamos um pouco com contenção, dominação e submissão, mas tudo bem leve. De vez em quando ela fazia uns jogos mais criativos, mas sempre fomos só nós duas. Nunca compartilhamos nada. — Ela desvia o olhar. — E, sim, houve momentos quase públicos. Eu era jovem e boba o suficiente para pensar que não haveria problema se alguém pegasse a gente... e Hermes tomou todas as providências para que isso nunca acontecesse.

Meu pau fica tão duro que dói. Contenção. Sem nenhuma dificuldade, imagino o corpo de Cassandra envolto por shibari. Arte. A arte mais sexy que existe. E depois de bem amarrada...

— Quando foi isso?

— Há seis anos, mais ou menos. Não divulgamos a relação porque preferi assim. — Ela sorri. — Mesmo raivosa e impulsiva como era, eu sabia que era melhor não ser relacionada publicamente a um dos Treze.

Tenho de recuar um passo, tenho de me virar para não a beijar agora. Isso não é real, por mais que a atração seja visceral. Temos um trabalho a fazer.

— Entendo. Vamos... — Pigarreio de novo. — Vamos cuidar da tarefa.

Ela arqueia uma sobrancelha.

— Tem equipamento de amarração escondido nessa sua valise? Não, mas se tivesse feito essa perguntas antes eu teria trazido.

— Hermes deve ter alguma coisa guardada em algum lugar.

— Que jeito maravilhoso de marcar território como um namorado de verdade. — Ela lambe os lábios. — Vamos lá.

Ela tem razão. Neste momento, estou procrastinando. É imperdoável.

— Primeiro as damas.

Saímos para o corredor vazio e olhamos em volta. Meu braço encosta no ombro nu de Cassandra, e tenho de fazer um esforço enorme para não a empurrar contra a parede e devorar sua boca. Coberta com tão poucas roupas, vou poder sentir a pele dela contra a minha, deslizar a mão por baixo da blusa do pijama e...

Ela começa a andar pelo corredor em direção à escada principal. Essa bunda é de outro mundo. Normalmente, tento resistir ao impulso de secar Cassandra, mas não tem como não olhar para isso. Especialmente enquanto ela rebola um pouco mais do que o necessário.

— Está fazendo isso de propósito.

— Fazendo o quê? — Ela não olha para trás, mas o tom debochado confirma minha suspeita.

Eu me controlo enquanto verificamos os três primeiros quartos. São exatamente como Ariadne os descreveu: salas de estar. Na verdade, são tão impessoais quanto o escritório de Minos.

A risadinha de Cassandra me faz fitá-la.

— O que foi? — pergunto.

— Ele deixou passar aquilo ali.

Ela aponta para um gancho escondido no teto. É um arranjo sólido, preparado para sustentar o peso de uma pessoa.

Mais uma vez, a imagem do corpo de Cassandra envolto em cordas me atinge com a força de um trem desgovernado. Os braços amarrados acima da cabeça, dando total acesso ao seu corpo...

— Apolo?

Balanço a cabeça.

— Vamos para o próximo cômodo.

Não espero encontrar nada nesta busca, mas faço isso há tempo suficiente para saber que não devemos presumir nada. Temos de verificar cada espaço acessível, nem que seja para eliminá-lo da lista de possibilidades.

Voltamos ao corredor e seguimos para a quarta porta. Demoro segundos para perceber que o som que escuto não é dos *nossos* passos. Alguém está subindo a escada. E são passos rápidos, tão rápidos que não temos tempo para voltar ao quarto.

Sem pensar, enlaço a cintura de Cassandra com um braço e a puxo para dentro da quarta sala de estar. A bem dizer, ela não emite nem um ruído sequer. Uma olhada rápida no aposento não revela um bom esconderijo. Só tem o sofá de costas para a porta.

Eu a puxo para lá e a empurro para as almofadas. Se alguém entrar, só vai ter que olhar por cima do encosto para nos ver ali, mas torço para que isso não aconteça. Mesmo assim, cubro a boca de Cassandra com uma das mãos e me abaixo.

— Vem vindo alguém — aviso.

A resposta dela é um arrepio.

E ela estremece no mesmo instante em que percebo que estou encaixado entre suas coxas. É como se minha mente desligasse e o corpo assumisse o controle. Não tenho intenção de me mexer, mas pressiono o corpo contra o dela, só um pouco. Sinto seu hálito na palma da mão e ouço o gemido.

O gemido me faz parar.

Olho para ela no escuro. A luz pálida da janela não alcança o sofá. As sombras são muito profundas para eu conseguir ver seu rosto, mas acabei de agarrá-la e, agora, a imobilizo no sofá com o peso do meu corpo.

O que estou *fazendo*?

Não tenho chance de descobrir, porque os passos param na frente da porta. Tento ouvir algum som além das batidas do meu coração. A pessoa nos viu entrar aqui? Ou vai verificar todas as salas?

A porta é aberta lentamente. Prendo a respiração. Sinto que Cassandra também para de respirar embaixo de mim. Os segundos passam, mas ninguém entra na sala. Finalmente, depois de uma pequena eternidade, a porta é fechada com a mesma suavidade e os passos se afastam. Mas param diante de cada porta.

Procurando por nós?

Ou é só uma ronda, agora que as câmeras estão inoperantes?

Só afasto a mão da boca de Cassandra quando não consigo mais ouvir os passos.

— Acho que está tudo bem.

Mas a adrenalina ainda corre dentro de mim. Não diminui, não quando ela se move com os seios pressionados contra meu peito, as coxas macias envolvendo meu quadril. Meu cérebro trava de novo, e empurro o corpo contra o dela. Outra vez.

Ela solta mais um gemidinho delicioso. Deuses, quero engarrafar esse som. Quero fazer o que for necessário para ouvi-lo outra vez.

— Apolo — ela sussurra.

Agora é hora de me mover, de colocar alguma distância entre nós. É a atitude honrada a se tomar, e me orgulho de ser um homem honrado.

Em vez disso, me acomodo melhor em cima dela.

— Cassandra.

Ela estremece e se ajeita, e sinto suas coxas se contraírem dos dois lados do meu quadril.

— Você está muito, muito excitado.

— Levando em conta que você está deitada embaixo de mim, me surpreende que seja só isso. — Chego mais perto, quando deveria estar me afastando, e meus lábios tocam sua orelha. Sussurro: — Por favor, ignore isso. Desculpe.

— Esse pedido é sincero? Lamenta mesmo tudo isso? — Ela se move mais uma vez.

Desta vez, não tenho como fingir que não entendo o movimento. Ela está girando o quadril, se esfregando no meu pau. Abaixo a cabeça.

— Se não parar com isso, vou passar vergonha gozando na calça.

Ela não para. Pelo contrário, minha tentativa de controle a deixa ainda mais atrevida.

— Você me quer.

— É claro que quero. — Meu tom é muito incisivo, embora eu murmure como ela, mas Cassandra está esfregando a boceta em mim, e tenho de recorrer a todo meu esforço para ficar parado e não me esfregar nela. — Mas você trabalha para mim, não seria apropriado dar a impressão de que você tem de fazer algo que não quer por causa de um desequilíbrio de poder. — É difícil falar baixo, manter a conversa sussurrada só entre nós. Não correr o risco de chamar a atenção de alguém que pode estar passando pelo corredor.

Ela fica parada por um momento. Eu me condeno e me elogio, ao mesmo tempo e na mesma medida, por ter conseguido interromper o tormento delicioso. Mas, então, Cassandra me surpreende com uma risadinha. Levanto a cabeça e a encaro, mesmo que ela não possa ver minha expressão.

— Qual é a graça?

— Em que mundo eu estaria ligando para esse suposto desequilíbrio de poder? Vou me demitir em uma semana. Você não tem poder nenhum sobre mim, Apolo. — Ela arqueia as costas e pressiona os seios com mais firmeza contra meu peito. Seus lábios roçam meu queixo. — A menos que queira ter. E só no quarto, é claro.

— *Cassandra.* — Não sei se estou dizendo para ela parar ou ordenando que continue.

Sua risada é baixa e pecaminosa. Mas ela não volta a se esfregar em mim. Em vez disso, parece estar pensando em alguma coisa. Percebo que prendo a respiração enquanto a espero falar. Finalmente, ela diz:

— A única coisa que te faz hesitar é não querer ter vantagem sobre mim?

Eu deveria mentir. É a atitude mais segura. Tenho medo de esperar que esteja certo a respeito de aonde ela quer chegar com isso. Mesmo negando para mim mesmo, respondo com honestidade:

— Sim.

— Você me quer — ela repete.

— Cassandra, quero você há anos. — Não tinha a intenção de dizer isso. Durante muito tempo, tive todo cuidado ao lidar com ela, consciente de sua posição no Olimpo e de sua vontade de permanecer o mais longe possível dos Treze e de seus jogos políticos. Longe de nós.

Mas *gosto* de Cassandra. Isso foi algo que cresceu em mim lentamente, pois é assim que funciono. Emoções e afeto vêm primeiro, e o desejo os acompanha. Como poderia não gostar dela? Uma mulher inteligente, sábia e espinhosa, e talvez Cassandra não saiba que notei todos os sacrifícios que fez pela irmã, mas como poderia passar todo esse tempo perto dela sem me encantar, pelo menos um pouquinho?

O choque a imobiliza, mas não por muito tempo.

— Deuses, Apolo. — Ela ri baixinho. — Você está falando sério.

É tarde demais para recuar agora. Além do mais, não quero mentir para ela.

— Estou.

— Sabe de uma coisa? — Ela relaxa no sofá, e uma pequena distância se abre entre nós. Meus braços tremem com o desejo de eliminá-la, mas os mantenho imóveis. Cassandra me recompensa um momento depois, quando desliza as mãos entre nossos corpos e toca meu abdome. — Só fico no Olimpo por mais uma semana.

— Eu sei.

Ela me acaricia com as unhas quase preguiçosamente, como se não se incomodasse com o perigo de eu perder a cabeça só com o toque.

— E se... a gente fizer isso de verdade? O sexo, quero dizer. Não o namoro, por razões óbvias.

Uma decepção que não tenho o direito de sentir cria raízes no peito. É claro que ela não ia querer namorar comigo de verdade. Sugerir seria absurdo; como ela mesma disse, em uma semana não estará mais aqui. Pedi-la em namoro durante esse tempo seria injusto.

Se fosse um mês atrás — uma semana atrás —, eu não concordaria. Diria que quero tudo ou nada dela. Que não é assim que funciono; não faço sexo casual com pessoas com quem não me importo. Sexo é importante para mim. *Cassandra* é importante para mim. E faz tempo.

Estou disposto a aumentar a dor de sua partida pelo prazer de tê-la de verdade agora?

Sei qual é a resposta antes mesmo de terminar de pensar na pergunta. É claro que sim. Se a dor for inevitável, que pelo menos eu tenha esses momentos para lembrar, por mais que sejam agridoces. Engulo em seco.

— Não quero te pressionar.

— Não poderia, nem se tentasse. — Ela move a mão e escorrega os dedos para longe do elástico da minha calça. — Posso te tocar, Apolo?

Não consigo me livrar da sensação de que estou condenando nós dois. Eu deveria ser o freio aqui, mas a quero demais para ser lógico. Quando falo, minha voz é baixa e autoritária:

— Toque.

15

CASSANDRA

Começo a deslizar a mão para dentro da calça de Apolo, mas ele diz:

— Espere.

Congelo, certa de que o momento estranho passou e ele vai encerrar tudo. Em vez disso, ele se inclina para baixo, tomando cuidado para manter a distância e não esmagar meu braço, e fala bem perto do meu ouvido:

— Escolha uma palavra de segurança.

Quero discutir, por força do hábito, mas não tem nada de errado em determinar uma palavra de segurança que garanta que tudo pare imediatamente. Já usei uma antes, e não tenho dúvida de que vou usar uma de novo. Mais ainda, gosto de saber que ele está estabelecendo um limite claro para nos manter seguros. Lambo os lábios.

— Píton.

Ele sufoca uma risadinha.

— Combinado. — Seus lábios tocam minha orelha, o queixo, o canto da minha boca. — Me toque, Cassandra.

Desta vez, ele não me detém quando escorrego a mão para dentro da calça e seguro seu pau. Já o senti antes, é claro, mas tem alguma coisa em segurar seu membro que faz o ar ficar preso em meu peito. Eu o afago de leve, provocante.

— Tudo isso para mim?

— Só para você. — Seus braços tremem um pouco junto do meu corpo. — Vou te beijar. Me dê sua boca. — Não é um pedido, mas ele me dá um momento para protestar. Não protesto. É claro que não. Tenho pensado em nosso último beijo desde que ele aconteceu, reprisando o momento em minha cabeça mais vezes do que jamais vou admitir em voz alta.

Apolo me beija como se provasse cada faceta do meu sabor. Beijos curtos e intoxicantes que me distraem demais, e me esqueço de continuar massageando seu membro. Em vez disso, eu o persigo a cada vez que ele recua, deixando escapar gemidinhos de protesto só para ele se apoderar da minha boca de novo, cada vez por mais tempo.

Apolo segura meu pulso e levanta minha mão, pressionando-a contra o sofá ao lado da minha cabeça. Ele não interrompe o beijo quando repete o movimento com a outra mão. Posso reclamar por não ser capaz de tocá-lo, mas ele escolhe esse momento para se abaixar sobre mim e me imobilizar contra o sofá. Meu cérebro desliga. Faz muito tempo desde a última vez que permiti que alguém se aproximasse o suficiente para isso. Estou faminta por mais... por *ele*.

Apolo interrompe o beijo devagar, mas não se afasta.

— Fale como eu posso te fazer se sentir bem, Cassandra. — Mais uma vez, não é uma pergunta, não é um convite à discussão. É uma ordem daquele jeito tranquilo e firme, típico dele.

— Isso é bom.

— Hum. — Ele projeta o quadril contra o meu e solta um gemido atormentado. — Muito bom. — Com uma das mãos na minha nuca, ele me levanta à medida que recua. Mal tenho a chance de entender que estamos trocando de posições, até ele me sentar no sofá e se ajoelhar entre minhas pernas. Tento tocá-lo, mas ele balança a cabeça e segura meus pulsos. Firme, os imobiliza no sofá, dos dois lados do corpo. — Se você me tocar, isso vai acabar depressa.

Não é possível ele estar dizendo que me deseja tanto que vai gozar antes do que gostaria, é? Pensei que ele estivesse brincando quando disse isso antes. Quase rio, mas meu corpo todo treme como uma vara por estarmos aqui, fazendo isso. Se ele me quer metade do que eu o quero, talvez seja melhor manter minhas mãos longe do corpo dele.

Por ora.

Apolo levanta as mãos lentamente, fazendo um ruído satisfeito quando mantenho as minhas onde ele as colocou.

— Boa menina. — Ainda nem consegui processar *isso* quando ele segura meus joelhos e os afasta com delicadeza. O short do meu pijama escancara. Ele olha para a área entre as pernas com uma intensidade que me faz querer mudar de posição.

Apolo desliza as mãos por minhas coxas, afastando-as ainda mais, até os polegares encontrarem a bainha do short.

— Vou te tocar.

Suspiro, trêmula.

— Não precisa narrar cada movimento que vai fazer.

Ele olha para mim com uma intensidade que consigo *sentir,* apesar da escuridão.

— É que você se contorce cada vez que faço isso. E eu gosto. — Ele escorrega os polegares pelo vão entre o short e minha pele. — Sem calcinha?

— Sem — arfo. — Não combina com o pijama.

— Nunca um dinheiro foi tão bem gasto — ele murmura. Depois, acaricia minha vagina e faz uma pressão leve, afastando os lábios. — Está tão molhada. Só para mim?

Demoro alguns instantes para perceber que a pergunta não é retórica. Tento ficar parada, mas movo o quadril exatamente como ele previu.

— Apolo...

— Fale, Cassandra. — Ele afaga os dois lados da minha boceta, como se tivesse todo o tempo do mundo. Como se eu não fosse desmoronar assim que ele tocasse meu clitóris. — Me fale o que te enlouquece. Do que gosta e do que não gosta. Me fale tudo.

Prefiro cortar a língua a admitir que sinto que qualquer coisa vai me enlouquecer, porque é *ele*. Sei que propus uma noite com

Apolo, mas isso não significa que vou abrir meu coração. Engulo em seco.

— Gosto de saber que te afeto desse jeito. Faz eu me contorcer.

— Hum. — Ele me recompensa aprofundando um pouco mais os polegares entre os lábios. — E o que mais?

Que desgraçado. Estou ofegando como se tivesse corrido uma prova de longa distância. Não consigo pensar em nada que não seja o lugar onde ele me toca, em suas perguntas murmuradas, mas autoritárias.

— Ah, tem mais. Gostei quando me arrastou para cá e me prendeu no sofá, mesmo que tenha sido para esconder a gente, não como uma preliminar. E eu gosto disso.

— Também gosto. — Ele encosta o rosto no tecido bem em cima da minha boceta. Respira fundo, e eu quase gozo. Apolo beija uma coxa, depois a outra. — Quando a gente voltar para o quarto, vai me deixar ver você.

— Apolo...

— Você é linda, Cassandra. — Mais beijos nas coxas, agora mais para cima. — Não vai me negar esse pedido, depois de eu ter passado *anos* te imaginando nua, vai?

Choramingo quando ele beija minha entrada por cima do tecido do short.

— Ai, deuses. Que delícia. — A boca de Apolo e meu desejo deixaram o tecido escorregadio e molhado. Ele esfrega a língua contra o clitóris. Quero tocá-lo, agarrar seu cabelo, segurá-lo ali até o orgasmo que está se formando explodir como uma onda na praia.

Em vez disso, empurro o sofá, obedecendo à sua ordem tácita quando pôs minhas mãos ali. Mas não consigo parar de falar.

— Mais.

Ele não responde com palavras, nem é necessário. Só mantém aquela carícia devastadora. Caio deitada sobre o sofá, me contorcendo ao mesmo tempo que tento continuar parada.

— Eu... — gemo. — Não consigo ficar quieta. Está muito gostoso. A gente vai ser pego aqui.

Sem perder o ritmo, ele levanta uma das mãos e cobre minha boca. Não é um contato ríspido. Mesmo quando Apolo me puxou para cá, pouco antes, seu toque foi firme, mas não doloroso. É tão perfeitamente *ele* que explodo.

O orgasmo arranca um grito da minha garganta, e ele a aperta com um pouco mais de força conforme permanece me afagando com a língua. O prazer aumenta, aumenta, a onda vai se formando de novo. É muito. É demais. Como vou conseguir seguir em frente depois disso, sabendo como o sexo pode ser tão bom com ele? Isso foi um erro, mas não me importo com o mau funcionamento do meu paraquedas.

Estou em queda livre e amando cada segundo.

Apolo afasta a mão, mas a substitui pela boca. Sinto meu gosto em sua língua, e isso me enlouquece. Mais. Preciso de mais. Se estou me abrindo para a dor, vou extrair cada gota de prazer do tempo disponível. Agarro o cabelo dele e o puxo para perto enquanto me beija. Desta vez não tem provocação. Ele me *devora.*

Passos soam novamente no corredor.

Fico tensa e espero que Apolo pare, mas ele me puxa para o chão. Ainda estou processando o *prazer* que sinto quando o homem me domina desse jeito, quando me posiciona de joelhos, de frente para o sofá, e se coloca atrás de mim. Uma das mãos escorrega pela frente do short do pijama para envolver minha boceta, e ele sussurra no meu ouvido:

— Silêncio, Cassandra. Ou vão pegar a gente.

Puta merda, ele não vai parar.

Tenho a palavra de segurança na ponta da língua. Não porque quero parar, mas porque *deveríamos* parar...

Comprimo os lábios e abro as pernas. Um convite claro que ele aceita sem hesitar.

Apolo introduz dois dedos em mim e sufoca meu gemido com a outra mão. Ele me fode lentamente com os dedos, como se não ouvíssemos os passos cada vez mais perto da porta.

Eu sabia que tinha alguma coisa exibicionista na minha natureza, mas isso é diferente. Mais intenso. Não devíamos estar fazendo isso, mas não me importo. Não quero parar. Rebolo e esfrego o quadril no pau dele, e sou recompensada com um gemido sufocado.

A porta se abre.

De onde estou, não vejo mais que poucos centímetros da parte mais alta. Não é o suficiente para identificar quem está parado na soleira. Paraliso.

Apolo não.

Ele continua movendo os dedos para dentro e para fora de mim, embora seu corpo tensione atrás do meu. A situação saiu do controle. *Nós* perdemos o controle. Eu vou... vou gozar. Estremeço, sem saber se quero que ele pare ou continue. Sem saber se quem está parado na porta vai se aproximar do sofá e descobrir Apolo me masturbando.

Essa pessoa pode nos ouvir?

Ele não é brusco, mas é claro que é possível ouvir o som molhado dos dedos se movendo. Eu me encosto no corpo de Apolo, e ele responde introduzindo um terceiro dedo em mim.

Ai, porra, vou gozar de verdade.

A porta é fechada lentamente. O estalido da fechadura é como um tiro. Cubro a mão de Apolo com a minha, incentivando-o a continuar e ir até o fim. Não consigo parar de tremer, não consigo conter os gemidos que a mão dele sufoca.

Ele beija meu pescoço e morde minha orelha.

— Goze para mim, Cassandra. Quero sentir.

Meu corpo responde à ordem e aperta seus dedos. O orgasmo é tão forte que sinto uma vertigem, e vou voltando lentamente.

— Essa é minha garota.

Não sou a garota dele. Não de um jeito permanente. Só não consigo fazer minha boca funcionar para dizer isso.

— Foi um bom começo, mas não estou nem perto de acabar com você. — Ele beija minha orelha pela última vez. — Quer andar, ou eu te carrego?

O hábito me faz responder:

— Consigo andar.

Ele não recua de imediato.

— Cassandra. — Tem uma censura contida em sua voz. — Quer que eu te carregue?

Quero muito, mas meu coração já está fazendo um negócio esquisito, e preciso recuperar o controle dele depressa. Deixar Apolo me carregar, *cuidar de mim*, é uma péssima ideia. Por mais que eu anseie por isso.

— Quero andar. — Tento falar com firmeza, mas as palavras soam como uma pergunta.

Apolo finalmente assente.

— Tudo bem.

Ele fica em pé e me puxa com facilidade, mantendo as mãos em meus braços por saber que, neste momento, meu equilíbrio é precário.

— Obrigada.

Eu devia me sentir boba por entrelaçar os dedos nos dele e me deixar levar para fora da sala. Quem anda de mãos dadas sem ter necessidade? Isso não acontecia nem com Hermes, não era assim que funcionava. Ela era adepta da intimidade casual, mas não era *doce*. E isto é doçura suficiente para me dar dor de dente.

O sentimento dura até virarmos a esquina no fim do corredor e darmos de cara com o Minotauro.

Apolo se move antes de eu registrar completamente a presença do homem. Ele me empurra para trás e posiciona o corpo como um escudo entre mim e o grandalhão. Se antes a linguagem corporal era relaxada e fácil, agora ela é rígida, e pressiono a mão em suas costas para demonstrar apoio.

— Minotauro.

O Minotauro o fita sem alterar a expressão. Apolo é alto, mas o outro é maior. Seu rosto marcado por cicatrizes é ainda mais assustador à luz fraca do corredor.

— Não deviam ficar andando por aí.

Isso me surpreende o suficiente para eu dar uma gargalhada.

— Desculpe, mas por que não? Certamente, não vai tentar nos convencer de que tem fantasmas assombrando esses corredores.

Ele olha para mim.

— Sua segurança não está garantida, Cassandra.

Hesito por um segundo.

— Como assim "não está garantida"? — Ele está falando de maneira geral, ou só de mim?

— Sua segurança não está garantida — ele repete. — As câmeras estão desativadas. Quem sabe o que pode acontecer com você no escuro? — Sem dizer mais uma palavra, ele nos dá as costas e se afasta na direção oposta.

Apolo não se mexe até o outro homem desaparecer. Só então segura minha mão de novo e me leva de volta ao quarto. Lá, fecha a porta e verifica a fechadura.

— Bem, não temos de nos preocupar com as câmeras, mas parece que eles vão usar isso como desculpa para lavar as mãos se alguma coisa acontecer por aqui.

O medo encobre o desejo.

— Eles devem estar planejando alguma coisa para essa festa, não?

— Não sei. E isso me preocupa.

Meu corpo ainda vibra depois de dois orgasmos. É difícil raciocinar nesse estado, mas tento.

— Será que devemos ignorar o aviso e continuar procurando alguma coisa?

— Acho que não tem nada para encontrar no segundo andar. As salas são exatamente como avisaram, e o restante dos quartos estão ocupados. Vamos ter mais chances no terceiro andar e quando terminarmos o piso principal. Também não podemos eliminar a possibilidade de ele estar usando a garagem, ou algum edifício externo como depósito. — Apolo passa a mão na cabeça, deixando o cabelo em pé. — Por hoje, chega. Vamos dormir um pouco.

— Ou fazermos exatamente o que foi prometido mais cedo e terminarmos o que começamos na sala de estar.

— *Cassandra.*

Ignoro o aviso em sua voz. Na verdade, ele provoca um arrepio delicioso em minhas costas. Não podemos desfazer o que fizemos na sala de estar, mas eu não voltaria atrás nem se pudesse. Ele me quer. Mal consigo acreditar nisso depois de tanto tempo o desejando.

Vou embora em uma semana. Não vou perder uma oportunidade sequer de cumprir a promessa firmada no modo como ele me tocou e olhou. Se não formos continuar a busca esta noite, então não há motivo para não cedermos ao fogo que quase me impede de respirar quando observo Apolo.

Mesmo assim, preciso de mais coragem para encará-lo e tirar a blusa do que gostaria de admitir. Mal resisto à inspiração profunda e brusca de Apolo quando tiro o short. O olhar desse homem para mim deveria ser ilegal. Seus olhos me percorrem como se não conseguisse registrar meus traços com rapidez suficiente, como se recebesse um presente que vou pegar de volta a qualquer momento, e ele quisesse gravar uma imagem minha na cabeça. É esse olhar que afasta a hesitação restante. Está acontecendo. Nós dois queremos que isso aconteça.

Em vez de ir para a cama, eu me ajoelho, assumindo a posição tradicional de submissão.

— Cassandra — Apolo murmura. — Não temos de fazer isso.

Deuses, eu poderia me apaixonar por esse homem. Ignoro o pensamento e ajeito um pouco a posição, arqueando as costas e abrindo as pernas.

— Já falamos sobre isso. Não faço nada que não quero fazer, e neste momento quero fazer algo com você.

— Quer fazer algo comigo. — Seu sorriso é cético. — É mesmo?

— Sim. — Olho para a ereção embaixo da calça macia. — E acho que você também quer fazer algo comigo.

Ele se aproxima, desliza os dedos por meu cabelo e, de repente, os segura na parte de trás da cabeça. Eu me sobressalto, mas não dói. Ele só está me imobilizando. Apolo me analisa.

— Você escolheu sua palavra de segurança. Se decidir usá-la, eu vou respeitar, independentemente do que a gente estiver fazendo.

— Eu sei.

Isso o tranquiliza. É claro que sim. Qualquer dominador digno do nome se importa com as necessidades de seu submisso. Não que eu seja... Engulo com dificuldade. Melhor não pensar nisso. Melhor não pensar em várias coisas.

Ele puxa meu cabelo com mais força, me fazendo inclinar um pouco para trás. Apolo olha para minha boca, para o pescoço, para os seios e a barriga. Começo a ficar tensa, esperando o constrangimento aparecer, mas como posso ficar constrangida quando ele olha para mim como um homem que enfim tem permissão para tocar justamente o que desejou por anos?

— Apolo?

— Não me apresse.

Sorrio e relaxo. No mesmo instante, ele deixa de puxar meu cabelo e segura a parte de trás de minha cabeça. Deixo que levante meu queixo.

— Você me tem. O que vai fazer comigo? — pergunto.

16

APOLO

Uma vozinha sussurra no fundo da minha cabeça que estou fazendo algo imperdoável, mas o aviso é sufocado por uma onda de desejo tão intensa que é um milagre ainda não ter me derrubado.

Cassandra nua e ajoelhada aos meus pés é algo que nunca imaginei testemunhar. Estou tentado a só olhar para ela por horas, mas o tempo não está do nosso lado.

O amanhecer trará o dever.

Pretendo fazer *Cassandra* gozar muitas outras vezes antes disso. Seguro seu cabelo tomando cuidado para manter só a tensão, sem dor.

— Pode continuar me provocando, mas eu já disse o que eu quero, Cassandra. Seja uma boa menina e me dê o que pedi.

Ela se arrepia.

— Odeio quando você faz isso. Chega de falar. Vamos para as preliminares.

— Falar *é* uma preliminar. — Prefiro a sacanagem mais suave, e quem já experimentou sabe que é possível dominar uma pessoa com palavras, é tão fácil quanto com um chicote. Não tem nada mais satisfatório que ver um submisso se debater entre o orgulho que exige que fique em silêncio e o conhecimento de que ceder é o caminho para me fazer dar exatamente o que quer.

O que nós dois queremos.

Ela me encara, mas não vejo a expressão rígida de sempre. Agora os olhos pesam, e ela se permite apoiar no meu toque. Confia em mim, sabe que não vou permitir que caia para trás.

As pessoas tendem a preencher silêncios. É um impulso de que nunca compartilhei. O silêncio pode servir a todo tipo de propósito, e é valioso por uma variedade de razões. Como agora. Posso ver a discussão que ela tem mentalmente. Quer submeter-se, mas não é do tipo que cede sem uma boa briga.

Não estou interessado em brigar.

Cassandra vai se submeter a mim, e vai se submeter com alegria. Ela só precisa de alguns momentos para perceber.

Não preciso esperar muito antes de ela soltar o ar com um sopro resignado.

— Tudo bem, vamos lá. — Ela me encara com desafio nos olhos escuros. — Eu gostaria muito de chupar seu pau até você gozar na minha boca.

Tenho que fazer um esforço enorme para permanecer firme, não revelar nenhuma reação.

— Muito bem, e depois?

— E depois... — Ela sorri. — Depois, quando tiver se recuperado, gostaria muito que me fodesse.

Deuses, essa mulher.

Puxo seu cabelo de leve. Mesmo que consiga conter a maioria das minhas reações, a verdade é que ela está me afetando profundamente. Até a submissão tem espinhos com ela, gosto disso. Minha voz soa um pouco rouca quando falo:

— Faça por merecer.

— Como é que é?

Abaixo o queixo.

— Chupe meu pau com vontade, e vou pensar se meto em você.

Ela abre a boca.

— Não sei se quero mandar você ir se foder com essa bobagem, ou se quero gozar aqui mesmo — Cassandra comenta.

— Você quer as duas coisas, mas não vai falar para eu me foder, porque quer que eu te faça gozar de novo. — Existe recompensa na submissão entregue de maneira espontânea. Eu poderia induzi-la a fazer o que eu quero... o que nós dois queremos... mas isso é muito mais satisfatório. — Lembre-se de como te recompensei naquela sala.

Ela lambe os lábios, e o olhar fica turvo.

— Você nem me pediu nada lá.

— Queria suas palavras. Agora quero sua boca. — Puxo o cabelo dela de leve. Um lembrete do que aconteceu antes. Uma promessa do que vai acontecer em seguida. — E *você* quer me satisfazer, Cassandra.

Ela levanta as mãos e engancha os dedos na cintura da minha calça.

— Não deixa isso te subir à cabeça.

— Sempre com os comentários espertinhos. — Permito que me puxe para mais perto e abaixe minha calça o suficiente para libertar meu pau. — A inteligente e rancorosa Cassandra. Vamos dar uma boa utilidade para essa boca.

Ela envolve a base do meu pênis com os dedos e lambe os lábios. Mal consigo acreditar que isso é real. Tive mais fantasias com essa mulher do que gostaria de admitir, mas vê-la abaixada e lambendo a parte de baixo do meu membro quando ainda sinto o gosto dela na boca...

Tenho de inclinar a cabeça para trás e mirar o teto enquanto tento me controlar. Cassandra, a encrenqueira, ri e abocanha meu membro. Ela me chupa intensamente, sem me dar um momento sequer para me acostumar. Porra, não vou aguentar muito tempo.

Mesmo sabendo que isso vai ameaçar ainda mais meu controle, olho para baixo. Ela está me encarando, e a imagem de Cassandra me chupando... Não tinha a intenção de segurar seu cabelo com mais força, mas ela responde com um gemido e me chupa mais forte, mais rápido.

— Deuses — suspiro. — Você quer mesmo merecer essa foda.

Ela recua e passa a ponta do meu pau nos lábios.

— Me coma, Apolo. — A língua dança em volta da cabeça. — Mas ainda não. Estou gostando disso.

— Eu sei. — Quase não reconheço minha voz.

Cassandra me observa, e vejo a malícia em seus olhos.

— Vai gostar de saber o que mais eu quero?

— Você vai me contar. — A ordem ecoa como uma chicotada.

— Goze na minha boca. — Ela não me dá chance de responder. Só me chupa como se sua salvação estivesse do outro lado do meu orgasmo.

Eu me contenho enquanto posso, e assim a obrigo a se esforçar. Cassandra é competente em tudo que faz, e isso não é exceção. Mas não quero que acabe tão depressa.

Vai acabar depressa, não importa o que aconteça esta noite.

Ignoro o pensamento. Não tenho a eternidade, mas tenho o agora. Vai ter de bastar. Ela me chupa profundamente até os lábios encontrarem a base do pênis. Mesmo determinado a me controlar por mais tempo, é prazer demais para negar. Um prazer que leva consigo o que resta do meu controle, e eu seguro o rosto dela para penetrar aquela boca. Cassandra relaxa no mesmo instante, submetendo-se à medida que a fodo. Não sou brusco, mas não dou a ela tempo para decidir se quer recuperar o controle.

— Pronto — murmuro. — Você mereceu.

Ela responde com uma vibração no fundo da garganta e uma expressão de pura glória. A confiança que deposita em mim, a disposição para submeter-se, tudo isso me empurra para além do limite. Resmungo um palavrão e gozo, despejando nela meu prazer, e ela o engole. O orgasmo é longo.

Quando finalmente saio de sua boca, ela lambe os lábios e sorri para mim. Sem pensar, me ajoelho diante dela e a beijo. Ela corresponde. É claro que sim. Cassandra está comigo em tudo que é importante. Uma parceira perfeita... pelo menos por ora.

— Apolo. — Ela se inclina para trás e morde a boca. — Me foda agora. Por favor. Preciso muito do seu pau. *Por favor*, não me faça esperar mais.

Ficar em pé exige um esforço enorme. Saio de perto dela e vou buscar a tira de preservativos na minha mala. Jogo as camisinhas em cima da cama. Cassandra ainda está ajoelhada, ainda parecendo um pouco aturdida. Paro atrás dela e seguro seus cotovelos para colocá-la em pé. Minha intenção é beijá-la com delicadeza. Mas essa intenção desaparece no momento em que ela passa os braços em volta do meu pescoço.

De repente, toda proximidade ainda é insuficiente. Não consigo me contentar com o toque. Sentir todo seu sabor não basta. Seguro seu quadril e a puxo para mim, eliminando a minúscula distância entre nós. Seus seios e sua barriga colam em meu peito, dissipando a ideia que eu tinha de ir devagar.

Meu tempo de recuperação costuma ser mais longo, mas nenhuma das regras habituais vale quando tenho esta mulher nos braços. Meu pau fica duro quando a empurro para a cama. Dá para sentir meu gosto e o sabor da necessidade dela, e fico embriagado com a sensação da sua língua na minha, com a certeza de que posso beijar Cassandra o quanto eu quiser.

Pelo menos nos próximos dias.

Interrompo o beijo só para ordenar:

— Deite-se.

— Apolo, se você não me foder agora, acho que vou morrer. — Ela segura minha nuca e beija minha boca. — Estou molhada, pulsando e precisando do seu pau. Agora.

Eu a empurro para cima da cama, e a imagem me faz parar. Ela é macia e linda, e quero que seja minha, de verdade.

Pare com isso. É pedir demais.

Cassandra geme baixinho.

— Pare de olhar para mim e venha aqui. Não me faça implorar.

Em outro momento, eu faria. Em outro momento...

Pego uma camisinha e a coloco rapidamente. Cassandra abre as pernas quando subo na cama, me oferecendo uma imagem deslumbrante da perfeição que é sua boceta.

Preciso entrar nela, mas não consigo conter a vontade de lamber o centro úmido. Ela grita e agarra meu cabelo.

— Vem aqui.

Apesar de ter dificuldade para respirar em meio ao incêndio que me queima, consigo rir.

— Sempre impaciente.

— Como se você não fosse. — Ela segura meu pau e o acaricia de leve. — O tempo de recuperação foi de o quê? Um minuto? — Cassandra sorri com os lábios nos meus. — Você me deseja tanto que está tremendo.

Beijo seu queixo e mordo a ponta da orelha.

— Está esperando que eu negue? — Prendo a respiração quando ela leva meu pau à entrada de seu corpo. — Seja boazinha e pegue-o inteiro.

Ela estremece.

— Odeio amar tanto tudo isso.

— Odeia nada. — Começo disposto a ir bem devagar. Mas, como com o beijo, meus circuitos entram em curto e misturam intenção e ação. Eu a penetro de uma vez só, completamente.

Cassandra grita. Fico tenso, uma guerra entre razão e desejo, mas ela decide por mim quando desliza as unhas por minhas costas e as crava na bunda.

— Mais fundo. Mais forte.

Penetro mais fundo. Mais forte. Todos os pensamentos desaparecem da minha cabeça. Tudo que resta é seu corpo macio colado ao meu. Nada além da boceta deliciosa. Das palavras dela me incentivando. Não tem como ir mais devagar. É impossível prolongar a provocação até estarmos os dois tremendo e desesperados um pelo outro. Tudo que resta é uma foda violenta que enche o quarto com os sons dos corpos se chocando várias vezes.

Tento ir mais devagar, recuperar o controle, mas Cassandra arqueia as costas e projeta o corpo contra o meu, gritando enquanto os músculos da vagina se contraem em torno do pau. O prazer arranca um palavrão da minha boca, e eu começo a me mover mais depressa, perseguindo o meu alívio. Gozo tão forte que perco a noção de tudo.

— *Cassandra.*

Acabamos deitados de lado e abraçados. Sei que preciso me levantar e descartar o preservativo, mas neste momento não tenho controle sobre a metade inferior do meu corpo.

Ela beija meu nariz.

— Cacete, Apolo. Só... cacete.

Tudo que eu quero é me perder nessa mulher, esquecer o mundo lá fora e fazer com que seja minha pelo tempo que ela estiver aqui. Fazer o que for necessário para convencê-la a ficar. É o impulso errado, um impulso egoísta. Assim como é extremamente egoísta deixar que isso progrida. Talvez me arrependa mais tarde, mas agora não consigo.

Seguro seu queixo e a beijo profundamente.

— Você me deu um prazer imenso.

Cassandra sorri com a boca na minha.

— Bem, com você quero conquistar o título de "boa menina". Quem poderia imaginar?

Eu. Eu poderia. Solto Cassandra e me demoro uns minutos descartando a camisinha. Voltar ao quarto é surreal, como um sonho. Ela se encolheu embaixo das cobertas e sorri para mim com uma expressão sonolenta.

— Só preciso de alguns minutos, e vou estar pronta para a segunda rodada.

O que ela precisa agora não é de outra rodada de sexo. É de um sono tranquilo. A semana está longe do fim, e vamos ter de ficar atentos ao ambiente para reagir aos acontecimentos. Ainda não sei o que Minos está planejando, mas uma coisa é certa: farei o que for preciso para garantir que Cassandra esteja segura e sua confiança em mim não seja traída.

Custe o que custar.

17

APOLO

Quando Cassandra e eu decidimos dividir a cama, eu esperava noites em claro. Isso foi antes de conhecer seu sabor, de saber como ela ficava devastadora de joelhos, de ouvir os sons que faz quando tem orgasmos.

Ajeito as cobertas sobre nós dois. Cassandra se mexe como se fosse se afastar de mim, mas eu a seguro pelo pulso.

— Venha aqui. — Ela hesita, e eu continuo: — Não precisa ficar a noite inteira, mas deixa eu te abraçar só um pouquinho.

Ela sufoca uma risadinha.

— Você é um cavalheiro, não é? Nem fizemos nada muito safada...

— Cassandra, você sabe que não é assim. — Safadeza não tem uma definição muito precisa, e ela sabe disso. Está protestando só pelo prazer de protestar.

Mais uma risadinha, e ela escorrega de volta para perto de mim.

— Tudo bem, você está certo. Pode me abraçar e mimar. — Apesar do sarcasmo, aninha-se no meu peito e apoia o rosto no meu pescoço. Deslizo a mão por suas costas e a puxo para um pouco mais perto, e ela faz um ruído que é quase um ronronar. Imediatamente, fica tensa. — Você não ouviu nada.

Sorrio na escuridão. Vai haver muito tempo para me preocupar com coisas complicadas amanhã. Neste momento, estou tão contente que corro o risco de ronronar também.

— Também gosto disso.

— Tem certeza de que está cansado? A gente poderia... — A mão dela começa a escorregar para baixo.

Eu a seguro e beijo a palma antes de devolvê-la ao meu peito.

— Por hoje chega. Durma.

— Mandão.

Quase respondo que sim, dado que *sou* seu chefe, mas não quero me lembrar disso agora. Em vez disso, mantenho o toque suave em suas costas. Quero tocar muito mais dela, mas Cassandra depositou sua confiança em mim, e não vou dar motivos para se arrepender. No momento, ela precisa mais de sono que de mais uma rodada de sexo.

Minha impressão se confirma quando, minutos depois, sua respiração fica mais lenta e profunda, e os últimos resquícios de tensão deixam seu corpo. Só então me permito soltar o ar que estava prendendo no peito por horas, aparentemente.

Quero ficar com ela.

Já queria ficar com ela antes dessa compatibilidade perfeita. Cassandra é uma das pessoas mais frustrantes e confusas que já conheci, e ataca primeiro para impedir que as pessoas em seu entorno sintam qualquer coisa semelhante a fraqueza. Às vezes, ela é cruel.

Também é incrivelmente atenciosa e gentil quando acha que não tem ninguém olhando. Sacrificou mais do que qualquer um poderia ter pedido pela irmã, surfou as ondas criadas pela tentativa de assassinato praticada pelos pais. Sem mencionar que deve ser a pessoa mais inteligente do Olimpo. Ela nota as coisas que deixo passar, consegue tirar conclusões lógicas que parecem desafiar os fatos minúsculos diante dela e raramente erra.

Depois desta noite, sei que Cassandra tem um lado divertido na cama. Que é ousada e destemida e que se sente confortável com os próprios desejos. Suas vontades se encaixam perfeitamente nas minhas.

Fecho os olhos e induzo meu corpo à calma. É uma batalha perdida. Assim como me apaixonar por Cassandra. Ela vai embora. Sempre esteve de partida. Ela odeia o Olimpo, e eu jamais usaria sua confiança em mim para convencê-la a ficar. Mais que isso, ficar comigo significa se envolver justamente com as coisas que ela mais odeia nessa cidade. Cassandra se tornaria um alvo. Nem eu poderia protegê-la disso; posso protegê-la fisicamente, mas e quanto aos ataques à sua reputação?

À reputação de sua irmã?

O que manteria as duas fora dos jogos políticos que são o pulso que move a cidade? Todos os dias, seríamos um lembrete do preço que os pais pagaram pela própria ambição. Todos os dias seriam uma chance para meus inimigos usarem Cassandra e a irmã contra mim — de feri-las só para me verem sofrer.

Não posso lhe pedir isso. Não posso ser tão egoísta.

Eu me recuso.

~

Acordo dolorosamente excitado. Mudamos de posição durante a noite, mas não muito. Estou deitado de lado, de conchinha com Cassandra. Aquela bunda perfeita pressiona meu pau. Ela se mexe de novo, e acordo de vez.

— Está fazendo isso de propósito.

— Quem, eu?

Seria muito fácil deixar isso escapar do controle. Na verdade... verifico o relógio e engulo uma declaração grosseira quando vejo que horas são.

— Não vai dar.

— Não vai dar o quê? — Cassandra passa as unhas de leve no meu braço e desliza para ainda mais perto de mim. — Isso é bom.

Bom é o eufemismo do século. Mas, se continuarmos assim, vamos perder a chance no café da manhã e em todos os eventos que Minos certamente planejou para hoje. Não podemos deixar isso acontecer, por maior que seja a tentação ou o prazer inevitável.

— Cassandra.

Ela suspira com exagero.

— Você está sendo muito responsável agora, e não gosto disso.

— Eu gosto *disto.* — Eu a aperto e beijo seu ombro nu. — Seja boazinha durante o dia, e te darei uma recompensa à noite. — A aparição do Minotauro ontem tirou de nós qualquer chance de fazer rondas noturnas. Precisávamos desativar as câmeras, mas sem registros que sirvam para responsabilizar as pessoas, não há garantia de que alguém vagando pelos corredores à noite não sofra um "acidente" infeliz. Não vale a pena correr o risco.

Vamos ter de encontrar outro jeito. Tento com muita ênfase não ficar contente com a ideia de ficar preso no quarto com Cassandra desde o último drinque da noite até o café da manhã.

— Nunca sou boazinha. Você deveria me recompensar do mesmo jeito. — Ela dá uma última rebolada em mim, depois se solta do abraço. Quase a puxo de volta, mas fui eu que coloquei um fim à diversão, e não posso recuar agora.

Mas, quando Cassandra se levanta da cama e caminha para o banheiro, minha boca fica cheia de água. Deuses, que mulher. Acompanho cada curva, bebendo da sua imagem. Ela é perfeita. Completamente perfeita. Quero mapear sua pele com as mãos e a boca, aprender exatamente aquilo de que ela gosta e o que a deixa maluca. Ontem à noite foi só o começo.

Sua pele fica rosada diante dos meus olhos.

— Está me secando.

— Eu disse que queria ver tudo. — Chego a lamber os lábios. — Este é um bom começo.

Cassandra fica ainda mais corada.

— É melhor me mandar tomar um banho e me vestir, ou vou voltar para a cama e...

— Vá tomar um banho e se vestir. — Uso um tom firme e sou recompensado por um rubor ainda mais intenso. — E sem brincar com essa boceta gulosa. Enquanto estivermos aqui, você goza comigo e só comigo.

Cassandra abre a boca como se quisesse discutir, mas logo assente.

— Nesse caso, é bom me manter satisfeita.

— Ah, Cassandra. — Deixo os olhos vagarem por todo seu corpo. — É exatamente o que pretendo fazer.

Ela hesita por mais um momento, depois, se vira, oferecendo-me uma vista espetacular daquela bunda, e entra no banheiro. Deitado de costas na cama, me amaldiçoo pelo momento. Minha responsabilidade com o Olimpo *precisa* estar acima de qualquer prazer pessoal ou felicidade que eu possa tentar perseguir. Especialmente porque, com essa mulher, tudo vai ter vida curta.

Não posso me deixar distrair.

Preciso me levantar e entrar em ação, mas, quando ela abre o chuveiro, seguro meu pau. Não sou suave ou lento como Cassandra foi ontem à noite. Não, me masturbo quase com violência, assistindo a uma exibição mental de imagens *dela*.

A sensação de estar entre aquelas coxas, penetrando seu calor molhado...

Os gemidos que ela nem tentou sufocar... Seu sabor...

Solto o pau antes de gozar. Em geral, não sou masoquista, mas, se vou negar orgasmos a ela, é incrivelmente injusto não me submeter à mesma regra.

Meu celular toca, e, no momento que vejo o nome na tela, o desejo abandona meu corpo. Ainda tenho segundos para me recompor antes de atender.

— Apolo falando.

— Pode falar à vontade?

Olho para a porta do banheiro. O chuveiro ainda está ligado. Considerando o ritmo de ontem, Cassandra vai demorar uma hora para sair de lá, pelo menos.

— Posso.

— Quero atualizações. — Não me surpreende que Zeus queira ser mantido informado quase em tempo real, mas podia ter me dado vinte e quanto horas, pelo menos, antes de começar a telefonar.

— Não tive muito tempo para colher informações.

— Fale sobre o que tem. — Seu tom não admite discussão.

Engulo um suspiro.

— Tudo que tenho são teorias e a lista de convidados. Minos e o pessoal dele estão aqui, é claro. Seis membros dos Treze, incluindo eu, Hefesto, Ártemis, Hermes, Dionísio e Afrodite. Além de nós, Pan, Adônis, Caronte, Eurídice e Atalanta. Há informações conflitantes sobre Hermes ter trazido ou não um acompanhante, porém, se trouxe, ainda não vi a pessoa.

— Que merda, Éris. — Ele fala tão baixo que escolho não responder. A declaração não é para mim, afinal, mas para a irmã dele, Éris, como era chamada antes de assumir o título de Afrodite. Zeus não se deixa distrair por muito tempo pela notícia da presença de Afrodite aqui. — E quais teorias são essas?

— Cassandra acha que pode ser uma tentativa de firmar um compromisso de casamento. Todos os convidados estão solteiros. Ou estavam até recentemente. — Não sei o que está acontecendo com Afrodite e Adônis. Parecem ter um daqueles relacionamentos que vão e voltam, mas nunca criam cenas em público. Às vezes, são fotografados por semanas ou meses seguidos e, de repente, começam a frequentar círculos diferentes, só para voltarem a aparecer juntos. Antes mesmo de Éris ter assumido o título de Afrodite, porém, ela já devia saber que o irmão nunca concordaria com um casamento entre ela e Adônis. Ele pertence a uma família hereditária, mas de um nível tão inferior na hierarquia de poder que não terão um novo membro dos Treze nesta geração, pelo menos, se é que voltarão a ter um algum dia.

— Não perguntei o que Cassandra pensa. Quero saber o que você pensa.

Tenho de me segurar para não reagir com hostilidade ao desdém que Zeus demonstra pelas teorias dela. Posso até pensar que essa festa tenha outros objetivos, mas não significa que Cassandra esteja errada. Minos é esperto demais para ter um plano só. Ele chegou ao Olimpo com a suposta intenção de ver os filhos competirem no torneio para ser o novo Ares, mas não perdeu tempo quando ambos fracassaram na disputa, passando a usar informações sobre um suposto inimigo como moeda de troca para garantir seu lugar na cidade.

Coisa sobre a qual não disse uma palavra até eles perderem.

— Desconfio de que a história de arranjar casamento possa ser conversa, assim como o torneio para ser o novo Ares também foi uma estratégia. — Hesito, mas não tenho motivo para guardar segredo. — Tem mais uma coisa. — Resumo rapidamente a conversa com Minos no escritório dele. — Tem algo acontecendo aqui. É estranho ele ter escolhido Cassandra e a ameaçado quase de forma explícita. E, ontem à noite, o Minotauro fez a mesma coisa. Não sei como isso se encaixa na informação que já temos.

— Descubra.

Contraio o maxilar por três segundos, na tentativa de engolir a frustração. Zeus não tem culpa. Ele é difícil e rude a ponto de ser grosseiro, mas está fazendo o melhor que pode, considerando a situação atual. Porém, saber disso não facilita a interação com ele.

— Foi isso que vim fazer aqui.

— Eu sei. — Ele resmunga um palavrão. — Você sabe o quanto isso é importante. Não podemos dar um passo em falso.

— Eu te ligo quando tiver novidades.

— Apolo... — Zeus hesita. — Tenha cuidado.

— Sempre tenho. — Desligo e passo a mão no rosto. Por mais que minhas conversas com Zeus sejam sempre irritantes, esta foi oportuna, porque me fez lembrar do verdadeiro motivo da minha presença aqui.

Infelizmente, o joguinho de sedução com Cassandra vai ter de esperar.

O chuveiro continua ligado, por isso me visto e desço para procurar o café da manhã. Comer no quarto vai nos dar uma oportunidade de pensar em um plano de ação para hoje, além de *fazer Cassandra gozar tantas vezes quanto for possível.*

Aposto que há outra entrada para o escritório de Minos. Este lugar pertencia a Hermes, afinal. Mas isso também significa que é uma entrada bem escondida, e, com o Minotauro vagando pelos corredores, é provável que nos peguem procurando. Não, a melhor aposta é entrar pela porta comum, mesmo que não tenhamos uma boa desculpa para ir até lá, com ou sem essa história de exibicionismo.

Vamos ter de tentar chegar ao escritório hoje durante os horários de menor movimento.

Há poucas pessoas por ali. Avisto Afrodite e Adônis pelas janelas que se abrem para a área externa. Os dois andam de braços dados pela trilha para o labirinto. Éris ri de alguma coisa que ele disse. Formam um casal impressionante, mas não são problema meu, não agora.

Como prometido, o café está servido na mesma sala onde jantamos na noite passada. Considero as opções antes de pegar dois pratos.

Cassandra não parece comer muito de manhã, mas não sei do que ela gosta. Ponho um pouco de tudo no prato dela, depois começo a preparar o meu.

Estou terminando quando Hefesto e Ártemis entram na sala. Ambos olham para mim e vão para o outro lado da mesa, me ignorando de maneira deliberada enquanto continuam sua conversa.

Engulo um suspiro. É muita ingenuidade querer que todos os membros dos Treze se deem bem e trabalhem juntos por um objetivo comum. Acho que os próprios títulos foram projetados para garantir que isso nunca acontecesse — ou é essa a sensação que se tem, na maior parte dos dias. Muitos têm especialidades que se sobrepõem, o que incita rivalidades até entre os mais comedidos. Atena e Ares têm suas forças militares. Hermes e eu temos informações. Deméter e Poseidon cuidam de acordos comerciais e da provisão de recursos.

Mesmo sem esse fator em jogo, as fraturas são profundas entre os Treze atuais. Como poderia ser diferente, se a maioria de nós vem de famílias herdeiras com longas histórias olimpianas cheias de alianças, rixas e disputas políticas que garantem a inexistência de uma possível confiança?

— Ah, Apolo. — Ártemis me cumprimenta com uma alegria falsa. — Esqueci de te dar os parabéns pela nova namorada. — Ela ri, um som ardido. — Mas, honestamente, se soubesse que estava tão aflito a ponto de se envolver com *serviçais*, teria te aproximado de uma das minhas irmãs.

Hefesto não me dá a chance de responder. Sua risada faz coro com a da prima.

— Já seria mais que ligeiramente escandaloso se ela fosse só uma empregada qualquer, mas... alguém da família Gataki? — Ele balança a cabeça. — Você deve gostar muito de viver no limite do perigo. Vai acabar acordando com uma faca entre as costelas.

Seguro os pratos com tanta força que tenho receio de quebrá--los. O desejo de defender Cassandra rivaliza com a necessidade de manter a tranquilidade de minha persona pública.

— Cassandra não é como os pais dela — respondo.

— Vamos ver, não é?

Eu me recuso a continuar o assunto.

— Onde está Atalanta agora de manhã?

Eles trocam um olhar que não consigo decifrar. Franzo a testa, mas Ártemis fala antes que eu possa fazer mais perguntas, acenando com falsa leveza:

— Ah, eu a mandei resolver um assunto ontem à noite. Deve estar dormindo, não a vi mais depois de ter dado essa ordem.

— Você a mandou resolver um assunto... no meio da noite... em uma casa onde acontece uma festa oferecida por alguém que é, em essência, um inimigo do Olimpo. — A voz áspera do Minotauro ecoa em minha cabeça. *Sua segurança não está garantida.* Será que ele também abordou Atalanta em um dos corredores?

Não gosto de pensar a respeito disso. Como todo mundo no Olimpo, vi o confronto entre eles na segunda prova do torneio pelo título de Ares. Ela lutou muito e perdeu, e, por um momento, tive certeza de que a mataria ali mesmo.

— O Minotauro...

— Agradeço por sua preocupação com alguém da *minha* equipe, mas garanto que não é necessário. — Ártemis sorri e sai da sala antes que eu possa pensar em uma resposta adequada.

Hefesto fica, é claro. Ele olha para os dois pratos nas minhas mãos.

— Está fazendo tudo errado. Se jogar com o perdedor, vai cair com ele.

Eu o encaro.

— Atalanta está bem, Hefesto? Por que Ártemis não está preocupada se ela não se apresentou ao voltar do serviço?

— Ela não é da minha equipe. Não é da minha conta. — Hefesto dá de ombros. — Atalanta conhece o preço da lealdade e está disposta a pagá-lo se for cobrada. É uma lição que você deveria aprender. Minos é sangue novo. Uma oportunidade de desafiar métodos antigos de fazer as coisas.

Eu o encaro.

— Sua família sempre fez as coisas pelos métodos antigos. A minha também.

— É. — Ele dá de ombros. — Mas somos os Treze. Nada pode nos tocar agora.

— Hefesto...

— Você pode até ter o favoritismo de Zeus, mas todos sabemos como os ventos mudam depressa. Quem sabe que tipo de oportunidades e conexões Minos pode trazer de fora da cidade? Se perder essas chances por estar ocupado demais brincando com a filha dos assassinos fracassados, não sei o que posso dizer. Boa sorte, acho? — E ele também sai da sala.

Nada pode nos tocar agora.

As palavras ecoam como uma falsa profecia. Espero sinceramente estar errado sobre isso.

18

CASSANDRA

Espero algum constrangimento. Realmente, eu já deveria saber. Apolo e eu tomamos um belo café da manhã, e, logo, ele se arruma em uma fração do tempo de que preciso para me preparar. Escolho as roupas com cuidado: um dos vestidos de verão enganosamente simples de Juliette e sapatilhas. Se o labirinto foi um indício de como vão ser os jogos durante a semana, acho melhor deixar os saltos para a noite. Não tenho problema para usá-los o dia todo no trabalho, mas não passo o dia inteiro em pé no escritório.

Apolo encara os sapatos que escolhi, mas tem o bom senso de não falar nada. Apenas abre a porta para mim e me convida a sair primeiro.

— Em pouco tempo, o almoço será servido. Vamos ver quem mais está por aí. Talvez Atalanta tenha voltado.

— Espero que sim. — Não gostei de saber que Ártemis disse que não tinha notícias dela, mas, com a relação complicada entre Ártemis e Apolo, é bem possível que ela só quisesse atormentá-lo. Não saberemos até confirmarmos se Atalanta desapareceu mesmo.

Se desapareceu... então podem ser dois acompanhantes. Ou melhor, dois se o de Hermes realmente não apareceu. Não tivemos nenhuma confirmação disso, temos de tentar descobrir hoje.

Se Minos estiver atacando os acompanhantes dos Treze... *Por quê?*

Isso não faz sentido.

Seguro o braço de Apolo e o acompanho pelo corredor em direção à escada. Escolhemos um caminho mais longo para a sala de jantar, explorando uma parte do andar de baixo que não pudemos ver no dia anterior.

A casa é maravilhosa. Mesmo com as mudanças feitas por Minos, ainda tem muito do jeito de *Hermes*. Reconhecer isso é doce e amargo, tudo ao mesmo tempo. Ela nunca me trouxe aqui. Nunca nem sugeriu. Não a condeno por isso. Estabelecemos padrões muito claros de relacionamento quando começamos a namorar. Não seria para sempre; não seria público. Poucas pessoas no Olimpo sabem que aconteceu, e essa foi a razão de termos preferido assim. Hermes pode estar entre os membros mais exibidos dos Treze, mas defende sua vida particular com fervor. Muita gente não percebe, porque as pessoas são intensamente afetadas pelas aparições dela quando menos a esperam.

Visitamos uma biblioteca enorme, mais três salas de estar, que podem ou não ter sido salas de brincadeiras sexuais anteriormente, e um solário lindo que parece implorar para as pessoas passarem tardes preguiçosas ali.

Quando, enfim, chegamos à área de estar ao lado da sala de jantar, Hermes está lá. Ela descansa largada em uma cadeira, uma das pernas sobre um apoio de braço e o corpo esguio desalinhado. Hoje se conteve um pouco: está com calça jeans e uma camiseta grande o bastante para eu desconfiar de que pertença a Dionísio, e prendeu o cabelo cacheado em dois coques no alto da cabeça. Comparada a todos na sala, vestidos com suas melhores roupas de festa no jardim, ela se destaca.

Mas Hermes sempre se destaca.

Ela pula da cadeira quando nos vê, quase derrubando Dionísio do banquinho todo decorado onde está sentado. Ele parece um pouco indisposto, evidentemente de ressaca, e olha para ela um pouco atordoado.

— Que animação horrível.

— Preciso ir ao banheiro. — Ela atravessa a sala inteira e, de algum modo, consegue se enfiar entre mim e Apolo a caminho da porta. Mesmo esperando esse tipo de coisa, ainda me sinto surpresa quando me pego segurando o braço *dela*, em vez do *dele*. Hermes sorri para Apolo. — Espero que não se incomode, mas vou roubar sua garota por um instante. São as regras da casa. Não posso ir ao banheiro sozinha.

Não sei o que Apolo pretendia dizer — ele parece propenso a protestar —, porque ela não para, só me puxa para fora da sala.

— Hermes...

— Silêncio. — Ela não abandona a persona pública, mas identifico em sua voz uma nota que conheço bem. Ela praticamente me arrasta e passamos direto pelo banheiro, entrando em mais uma daquelas salas de estar. Esta é mais discreta, com um esquema de cores neutro e mobília delicada que parece frágil o bastante para quebrar sob o peso de um humano normal.

Olho em volta.

— Isso sempre foi uma sala de estar ou é mais um espaço de sacanagem reformado?

— Uma mulher nunca revela suas intimidades. — Hermes balança a cabeça. Quando me encara, está mais séria do que o habitual. — Pelo menos Apolo fez algo certo e desativou as câmeras, assim podemos conversar com franqueza. — Ela me segura pelos ombros. — Você precisa ir embora, Cass.

— O quê?

— Você precisa ir embora.

— Eu ouvi. Não pedi para repetir, pedi para explicar. — Quando ela segura meu braço, eu me deixo ser levada para perto do centro da sala. Não posso me dar o luxo de ser honesta agora, nem com ela. — Meu namorado não vai gostar do fato de você ter me tirado de lá desse jeito.

— Seu namorado. Sei. — Hermes revira os olhos. — Nós duas sabemos que você nunca se envolveria publicamente com um dos Treze, mesmo que Apolo seja um anjinho fofo se comparado ao restante de nós.

Eu devia ter desconfiado de que isso aconteceria. O resto do Olimpo pode estar disposto a acreditar no pior sobre mim, mas Hermes me conhece bem. Levanto o queixo.

— Gosto muito dele.

— Ah, não duvido *disso.* — Hermes sorri. — Vejo como olha para ele. É o mesmo jeito como olhava para mim.

Ser desmascarada assim me faz querer sair da sala, continuar andando e nunca olhar para trás. Eu deveria deixar isso para lá. Sei bem como essas conversas indiretas podem se desenvolver com Hermes, ainda mais se ela estiver determinada em relação a alguma coisa. Mas sou quase tão teimosa quanto ela.

— Se viu como olho para ele, por que é tão difícil acreditar que estamos namorando? Ciúme não combina com você.

— Eu te conheço. E não estou com ciúme, apesar de você ser linda e interessante. Mas nunca foi para mim. E não tem a ver com isso. Você precisa ir embora, Cass. Não é seguro aqui.

— Nenhum lugar no Olimpo é seguro.

Por isso *tenho* de continuar na festa. Preciso tirar Alexandra daqui. Não digo isso a Hermes. Ela já conhece meu objetivo de deixar essa cidade desgraçada para trás. Provavelmente, também tem alguma ideia sobre o plano de Zeus e Apolo para neutralizarem as tramoias de Minos.

Na verdade, a interação toda é estranha. A Hermes que conheço nunca teria me arrastado desse jeito. Estreito os olhos.

— O que está acontecendo? Você nunca me preveniu contra nada antes.

— Você não teria me ouvido antes se eu tivesse tentado. Sabe disso. — Ela tenta manter a atitude animada, mas desiste em pouco tempo. Hermes desvia o olhar por um instante, depois, volta a me encarar. A amizade que cresceu das cinzas do relacionamento fracassado pode ser tensa de vez em quando, desconfortável algumas vezes, mas não sinto que o problema agora é esse. Isso não é Hermes tendo um ataque de ciúme aleatório. Ela está preocupada de verdade.

— Hermes...

— Não sei se alguma vez confiou em mim, mas precisa confiar agora. Vá embora daqui.

Franzo a testa ainda mais.

— Se é tão perigoso, por que *você* vai ficar? E Dionísio? Na verdade, cadê sua acompanhante? — Hermes pode ser cruel e implacável, mas nunca colocaria em risco as poucas pessoas de quem gosta.

Por isso, essa conversa.

— Ah, Tyche foi embora logo depois que chegamos. Não se sentiu bem, acho que foi intoxicação alimentar. — Ela fala como se não fosse importante eu acreditar ou não. — E Dionísio sabe se cuidar.

E eu não sei.

Tento ignorar a ferroada e me concentro em obter toda informação que puder.

— Ártemis disse que Atalanta também desapareceu. Você confirmou se Tyche chegou à cidade?

— Gostaria de confirmar que *você* está a caminho da cidade.

Uma piadinha, e nem é das boas. Não vou embora, mas, se Hermes estiver disposta a compartilhar o que sabe, isso nos colocaria um passo à frente de Minos no jogo dele.

— Se não está disposta a ser honesta comigo, não tem como esperar que eu vá embora.

Ela resmunga um palavrão.

— Você é muito *teimosa.*

— Olha quem fala. — Eu a encaro. — Se sabe de alguma coisa sobre os planos de Minos para o Olimpo, deveria compartilhar com o grupo.

— Desde quando você se importa com a política do Olimpo? — Ela revira os olhos. — É sério, Zeus podia ter escolhido meia dúzia de pessoas melhores para isso, mas deixou Apolo solto por aí, pensando com a cabeça do pau, e agora colocaram você em perigo. Não deveria importar *por que* você precisa ir embora. Se confia em mim, se algum dia confiou, vá para casa, Cass.

Recuo um passo e coloco o cabelo atrás da orelha. Se eu estivesse aqui por qualquer outra razão, o pedido de Hermes seria motivo suficiente para eu ir embora. A frustração me invade.

— Por que Minos está atacando os acompanhantes? — É um tiro no escuro, mas disparo sem hesitar.

— Por que você não vai embora? — Ela balança a cabeça devagar. — É o dinheiro? Vá para casa hoje, e pago o que você deixar de ganhar no acordo diabólico com nosso líder destemido.

Deuses, ela realmente me quer fora da casa. Por um momento, sinto a tentação de aceitar a oferta. Ela tem razão: odeio estar aqui e fazer esses jogos com a maioria das pessoas que desprezo. Mas Apolo...

Apolo.

Tento manter o foco, refletir sobre o que ela disse e sobre o que não disse. Se tem algum perigo, não é só para mim e os outros acompanhantes, ou não teria dito que Dionísio sabe se cuidar.

— Hermes. — Levanto a mão para tocá-la, mas abaixo o braço sem fazer contato. — Alguém vai se machucar? Alguém *já* se machucou?

— Uma mulher nunca revela suas intimidades. — As palavras são escolhidas a dedo, vibrantes com sua habitual personalidade ardilosa. Mas o tom é estranho, amargurado. — Grande poder traz grandes riscos. Todos na festa sabem disso. Exceto você, pelo jeito.

— O ditado não é assim — retruco desanimada, os pensamentos acelerados. — Minos não se atreveria a atacar alguém aqui, não com o tipo de conexão que há entre todos. Zeus o destroçaria em pedacinhos. — Na verdade, sou a única que não tem uma dúzia de laços me conectando às pessoas poderosas desta cidade. Até Pan tem alianças fortes.

Por um segundo, parece que ela pode me dar alguma informação realmente importante, mas, em vez disso, Hermes balança a cabeça.

— Sabe que gosto de você, Cassandra.

Droga. Isso está caminhando para ser mais uma de nossas muitas conversas, mas, em geral, costuma tem muito menos em jogo. Fofoca, bebida e pegação em restaurantes escondidos normalmente não vêm acompanhados desse tipo de aviso. Apesar de tudo isso, nunca duvidei de que Hermes gostasse de mim tanto quanto gosto dela.

— Eu sei.

Ela suspira.

— Não era assim que eu queria que essa conversa acontecesse.

Dou uma risadinha sufocada.

— É, bem, nossas conversas nem sempre acontecem como imagino. — Ela tentar me prevenir é uma prova da nossa história e da nossa amizade. Forço um sorriso. — Agradeço pela preocupação, mas tenho tudo sob controle. — Pelo menos, espero que sim.

Por um segundo, penso que ela vai continuar argumentando. Mas, por fim, Hermes solta mais um daqueles suspiros exaustos e não há mais qualquer sinal de sua alegria costumeira.

— Prometa que vai tomar cuidado.

É uma promessa fácil de se fazer, apesar do meu acordo com Zeus. Não tenho a menor intenção de me colocar em risco. Dinheiro e um jeito de sair do Olimpo são excelentes, em teoria, porém, se estiver morta, não vou poder levar minha irmã para um lugar seguro. É claro que não vou sacrificar minha vida pela cidade. A ideia é absurda. Hermes saberia disso se estivesse pensando com nitidez. Preocupa-me o fato de ela não estar raciocinando como sempre.

Assinto devagar.

— Prometo que não vou me expor a perigos desnecessários. — É uma promessa pequena que deixa muito a desejar. Se Hermes estiver certa, já estou em perigo só de estar aqui.

Ela balança a cabeça pela última vez.

— Se você morrer por causa do plano de Apolo e Zeus, eu mesma mato os dois. — E, novamente, nenhum sinal da alegria habitual. Essa é a Hermes por quem me apaixonei tantos anos atrás. Eu amava o ar travesso e a capacidade de se meter e sair de confusões só com a conversa mansa, mas reconheço nela uma semelhante.

Sua essência é tão sombria e atormentada quanto a minha.

Sempre tivemos objetivos diferentes. Por isso, nunca daríamos certo. Eu sempre quis deixar o Olimpo para trás, e Hermes quer... Bem, ela nunca confiou em mim o suficiente para me contar exatamente o que quer.

Seus motivos podem ser semelhantes aos de Apolo — buscar o que é melhor para o Olimpo —, mas não tenho tanta certeza disso. Hermes sempre jogou em um nível diferente de todos os outros na cidade. Ninguém no grupo dos Treze tem conhecimento do quanto ela vai fundo. Todos veem a ladra esquiva, ardilosa, a que aparece onde não foi convidada e rouba coisas para se divertir. Não veem a expressão que estou vendo agora.

Esta versão de Hermes mata para conseguir o que quer.

Tenho quase certeza de que já matou, embora nunca tenhamos falado sobre isso.

Não vejo a vida através de uma lente cor-de-rosa, não acredito que ela mataria por mim, ex ou não, atual amiga ou não. Ou eu achava que não, pelo menos. Talvez eu devesse desistir disso, mas, se ainda houver uma pequena chance de ela deixar escapar alguma informação útil, preciso tentar.

— Por que está aqui, Hermes? Se é tão perigoso, e se estão acontecendo coisas sobre as quais não tenho conhecimento, se as pessoas podem se machucar, por que está nesta festa? — Cruzo os braços. — Sei que não é porque planeja deixar Minos casar você com um dos filhos dele. — Outro tiro no escuro. É tudo que tenho nesta altura.

Hermes dá uma gargalhada, e a nota alegre volta ao seu tom típico.

— Me casar com um dos filhos dele? — Outra gargalhada. — Já os viu? Ariadne não é tão ruim, mas viu os filhos? De jeito nenhum. Eu arrebentaria os garotos, coitados.

Ela talvez esteja certa sobre Ícaro, mas os outros? Teseu e o Minotauro são uns cinquenta centímetros mais altos que ela e totalmente adeptos de práticas violentas caso sejam necessárias para alcançarem os próprios objetivos. Não sei se ela os venceria. Não em uma luta justa, pelo menos. Não sei se Hermes já participou de alguma luta justa na vida. A verdade é que, se eu fosse aqueles homens, não daria as costas para ela.

Mas...

— Isso não foi uma resposta — argumento.

Seu sorriso fica um pouco triste.

— Você sabe melhor do que ninguém que sempre vai haver respostas que não posso dar, seja qual for a pergunta.

Eu nem devia ter perdido tempo perguntando. Ela guarda segredos inclusive daqueles de quem mais gosta. Mas eu tinha de tentar.

— Sempre respeitei sua privacidade. Agora você precisa respeitar a minha.

Mais uma daquelas risadas divertidas.

— Ai, Cass, você sabe que não respeito a privacidade de ninguém. — Seu sorriso desaparece. — Mas vou tentar. Só desta vez.

Apolo pode até ser, tecnicamente, o Guardião do Conhecimento, mas Hermes guarda mais segredos do que posso imaginar. No entanto, nossa história traz à minha boca palavras que sei que seria melhor não dizer. Ela talvez saiba que fiz um acordo, e não posso evitar revelar por quê.

— Vou embora. Vou levar Alexandra daqui, desta vez de verdade, vamos começar uma vida nova em algum lugar onde ninguém conheça nossa história.

Seu sorriso desaparece completamente.

— Fico feliz por você, Cassandra. De verdade. — Ela segura minha mão. — Mas não vou fingir que não vou sentir saudade.

Apesar do que sinto pela cidade e pelo grupo dos Treze como um todo, meu relacionamento com Hermes é um ponto positivo. Nunca constante, mas positivo mesmo assim.

— Também vou sentir saudade.

Não temos mais nada a dizer depois disso.

Voltamos à sala onde todos estão reunidos. Apolo olha para mim preocupado, uma sombra de desconfiança nos olhos escuros. Desconfiança... ou ciúme? Quase tropeço. Ele não pode estar com ciúme de *Hermes*, certo? Não importa qual a história entre nós duas. Tem um motivo para ter virado história. Sem mencionar que o que tenho com Apolo agora é temporário, mesmo que o sexo seja real. O relacionamento é falso. Uma encenação.

Odeio ter de ficar me lembrando disso, mas é necessário para não me apaixonar por ele de um jeito do qual nunca vou me recuperar. Como disse a Hermes trinta segundos atrás, vou embora do Olimpo em menos de uma semana. Ninguém pode me fazer mudar de ideia quanto a isso.

Se fosse só eu...

Mas não sou só eu, não é? Somos eu e Alexandra. E, se nossos pais foram egoístas demais para pensar nas filhas quando tentaram assassinar Atena, não vou cometer o mesmo erro. Eu me recuso a colocar minha irmã em perigo e comprometer o seu futuro.

Muito menos por algo tão corriqueiro quanto um sexo gostoso.

Quando me aproximo de Apolo e me penduro em seu braço, eu me sinto uma mentirosa. Não é só sexo com ele. Se fosse, tudo seria muito mais fácil. Se não tivéssemos trabalhado cinco anos juntos, se eu não tivesse passado cinco anos sabendo que ele é bom e atencioso, cinco anos nos quais ele cuidou de mim tanto quanto o permiti...

Agora que sei que ele cuidaria de mim dentro e fora do quarto... Balanço a cabeça. *Não importa.* Não vou deixar que importe. Não vou deixar que isso me desvie do caminho.

Por mais que vá doer no fim.

19

APOLO

Tem alguma coisa errada com Cassandra. Não sei se a conversa com Hermes a fez duvidar de sua presença aqui, ou se a outra mulher tentou reacender uma velha chama, ou se o problema é outro. Com Hermes, eu nunca consigo ter certeza.

Não tenho o direito de sentir ciúme. Sei disso. Tenho total e dolorosa consciência disso. Seja qual for o acordo físico a que chegamos, Cassandra não é minha. Mesmo que fosse, sua história é dela. Não tenho direito a esse sentimento horrível que desabrocha dentro de mim sempre que a vejo com Hermes. Nunca tive ciúme dos ex das pessoas com quem me relaciono, nunca me preocupei com isso. Se escolheram estar comigo, isso é suficiente. Tenho minha própria história, afinal.

Com Cassandra é diferente. Os sentimentos são reais. A atração é mais do que real. Mas o relacionamento é tão sólido quanto a névoa da manhã, e isso me desequilibra.

Não posso nem perguntar sobre o que elas conversaram, porque estamos em uma sala repleta de convidados de Minos. Temos de manter as aparências. Seria bem mais fácil se eu conseguisse me concentrar.

Mesmo assim, não consigo deixar de fitá-la, notar a linha em sua testa e a tensão que enrijece seus ombros. Cassandra está linda como sempre. O vestido de hoje é preto, com uma estampa caótica desbotada que meu olhar não consegue decifrar. O decote revela uma sugestão de colo que me deixa com a boca salivando, e o corte revela sua silhueta com perfeição. O traje me lembra a mulher que o veste.

Ela tem tantos segredos quanto Hermes.

Logo que a contratei, percebi que grandes porções dessa mulher me eram inacessíveis. Fiz um grande esforço para não bisbilhotar a vida dela e respeitar sua privacidade, mas tem um motivo para eu ocupar um posto na estrutura de poder do Olimpo. A tentação de ir fundo e descobrir tudo que havia para saber sobre Cassandra era quase insuportável.

Em vez disso, me contentei com uma verificação de antecedentes superficial e me consolei pensando que sabia tudo que podia fazer dela uma ameaça ou vantagem em potencial. Não conheço seus pensamentos secretos ou como sua mente funciona, mas sei o suficiente.

— Tudo bem? — pergunto em voz baixa. Uma pergunta perfeitamente normal para um namorado perfeitamente normal que não está tendo um pequeno surto por descobrir que a ex da namorada, justamente a pessoa que o superou em todos os confrontos, está por perto.

Ela me encara com uma expressão vagamente preocupada e um meio-sorriso.

— É claro, tudo perfeito.

Mentira.

Ela não está nem tentando disfarçar a mentira, o que é um tipo estranho de elogio. Cassandra sabe que vou perceber se me passar uma falsa segurança. E espera que eu perceba. Não sei se isso me conforta ou piora a situação. Não tenho chance de chegar a uma conclusão, porque Minos irrompe na sala neste momento, envolto naquela energia expansiva e efervescente.

— Boa tarde. — A voz dele retumba. — Espero que tenham tido uma boa noite de sono. — Ele olha para mim e Cassandra, e esse olhar se prolonga por um instante além do necessário.

Não gosto disso, em especial depois da ameaça vaga e, então, da mais explícita feita pelo Minotauro ontem à noite.

Minos abre os braços e oferece a todos os convidados um sorriso de quem sabe que está no topo. Ele é tão teatral quanto o antigo Zeus, e nem os menos entusiasmados na sala conseguem deixar de reagir a ele. Noto isso em como Afrodite deixa a xícara sobre a mesa e em como Dionísio consegue abrir os olhos para de fato prestar atenção ao nosso anfitrião.

— Tenho mais um jogo para nós. Espero que perdoem minha empolgação diante de uma plateia tão atenta. — Ele ri. — Podem me chamar de sentimental, mas façam a vontade de um velho.

Todo mundo ri com ele, alguns com mais sinceridade que outros. Cassandra não tenta fingir, nem eu. Os jogos são como um truque de Minos para nos atrair para sua órbita. A cada vez que aceitamos brincar, isso lhe concede mais controle sobre nós. Permite que nos domine mais profundamente.

Minos contorna a sala e para diante da lareira.

— Hoje à tarde... — Ele faz uma pausa, e todos na sala se inclinam um pouco para a frente em expectativa. — Hoje à tarde vamos brincar de esconde-esconde.

Um coro de gemidos fracos, divertidos, se eleva do grupo. Ele quer que participemos de um jogo infantil. Considerando o labirinto na noite passada, a proposta dá a sensação de que Minos está mesmo tentando recriar algum tipo estranho de festa particular histórica.

O Olimpo sempre teve a tendência de se manter um pouco fora do tempo. Somos perfeitamente capazes de acompanhar a tecnologia do mundo exterior, e Poseidon e seus antecessores trabalharam para proporcionar qualquer recurso de que pudéssemos precisar. Mas temos regras e leis que são nossas, assim como costumes.

Minos não tem essa desculpa, e, mesmo nesta cidade, o tipo de evento proposto por ele não combina com muita coisa. Balanço a cabeça. É forte a tentação de determinar que Minos é exatamente o que parece ser — um velho indulgente com mais dinheiro que bom senso —, mas sei que não é bem assim.

Ele sabe o que está fazendo.

Afrodite brinca com uma mecha de cabelo escuro.

— E se decidirmos não participar dessas pequenas aventuras que você planejou? Esse jogo é tedioso.

Observo Minos com muita atenção, e só por isso noto como seu maxilar se retesa por um instante, antes de fitá-la.

— Receio que a participação seja obrigatória para todos os convidados. Se quiser desistir da festa, posso chamar um carro para levá-la embora.

Ela levanta as sobrancelhas.

— Entendo. — Afrodite olha para Adônis, e alguma coisa é transmitida entre eles, uma comunicação rápida demais para ser compreendida.

— O jogo vai ser uma delícia, Minos. Quando começamos?

— Agora mesmo. — Ele aponta para a porta. — Meu filho de criação, Teseu, vai procurar desta vez. Sejam bonzinhos com o garoto. Vocês sabem que o joelho dele não é mais o que já foi um dia. Quem conseguir escapar dele por mais tempo será o vencedor.

— E o que ganhamos? — Hermes pergunta com um tom divertido. — Outro encontro com o filho da vez?

Minos não muda de expressão, mas percebo uma dureza passageira em seus olhos escuros.

— É claro. Esperava outra coisa?

— De jeito nenhum — rebate ela, e a alegria persiste em seu rosto bonito. — Você é bem determinado, Minos. Gosto disso.

A atenção dele se volta a nós, e mais uma vez o olhar se demora em mim e Cassandra.

— Vale se esconder na casa e fora. Não queremos facilitar demais para o querido Teseu, queremos? — Minos coça a barba. — Mas ele é um bom caçador. Tenho certeza de que vai fazer vocês se empenharem.

É um jogo dentro de um jogo, uma espécie de convite, um pequeno desvio. Ele sabe o que estou fazendo aqui. Praticamente me convidou a revistar sua casa e tentar descobrir o que ele está tramando sem que me peguem.

— Mais uma coisa. — Ele guarda as mãos nos bolsos. — Tenham cuidado. Há muitas maneiras de se machucar se uma pessoa está vagando por onde não deve. — O anfitrião sorri. — Já perdemos dois hóspedes. Eu odiaria perder outros.

Seria um aviso... ou um desafio?

E o que ele quis dizer com "perdemos"?

Só tem um jeito de descobrir. Temos alguns dias aqui, e é pouco provável que eu receba outro convite para verificar tudo tão abertamente. Afago a mão de Cassandra.

— Lá vamos nós, amor.

Seu sorriso treme um pouco nos cantos.

— Estarei bem do seu lado.

— Vocês terão quinze minutos para encontrar um esconderijo. — Minos levanta a mão. — Depois disso, Teseu iniciará a caçada.

As pessoas saem da sala com uma velocidade impressionante e se espalham assim que chegam ao corredor. Hermes e Dionísio caminham para a porta dos fundos, falando baixinho e rindo. Depois de uma troca de olhares cheia de significado, Hefesto e Ártemis seguem na mesma direção, mas separam-se assim que ultrapassam a porta, cada um vai para um lado. Afrodite e Adônis se escondem em uma sala de refeições, sem dúvida com a intenção de sair pela outra porta para a cozinha.

E o restante? Bem, todos seguem a mesma rota que Cassandra e eu: o corredor para a frente da casa. Chegamos à porta principal e vemos Pan passar por ela. Eurídice e Caronte sobem a escada. Não estão de mãos dadas, mas o jeito como ele se move atrás dela, com uma das mãos estendida como se pretendesse amparar uma possível queda, confirma que o relacionamento é mais do que uma simples amizade.

Mas, neste momento, os dois não são da minha conta.

Muita gente formou duplas, embora o jogo não tenha especificado essa necessidade. Faço uma pausa, estudando as opções de melhores lugares para aproveitar a oportunidade e fazer uma busca. Não o escritório de Minos; é óbvio demais e é o primeiro lugar que Teseu vai olhar. É tentador propor a Cassandra que a gente se separe para cobrir um território maior, mas não gosto da ideia de perdê-la de vista. Não quando já *perdemos* outras duas pessoas na festa.

— Fique perto de mim.

— Não vou questionar essa ordem.

Observo Cassandra. A linha fina está de novo em sua testa, entre as sobrancelhas. Está mais preocupada agora do que quando chegamos.

O que Hermes disse para deixá-la desse jeito?

— Hora de tentar o terceiro andar?

— Sim, é a nossa chance de bisbilhotar os aposentos da família.

— Certo. — Estou começando a me perguntar se tem mesmo alguma coisa para ser encontrada aqui.

Ou se realmente estamos fazendo o jogo de Minos.

20

APOLO

O corredor do segundo andar está vazio. Não há como saber se Eurídice e Caronte se separaram ou se foram se esconder em uma das salas de estar; são tantas que podem mesmo ser uma boa opção se o objetivo for, de fato, se esconder de Teseu. Se for esse o plano deles, melhor para nós. Não quero ter de explicar por que estamos a caminho do quarto do anfitrião quando há muitas alternativas boas.

Cassandra espera até virarmos em uma esquina para soltar minha mão.

— Vamos correr. Minos parece ser do tipo que trapaceia. É bem possível que Teseu venha diretamente atrás de nós.

Não discuto, mas não gosto de como ela evita me encarar.

— O que Hermes te falou?

— Vamos conversar sobre isso mais tarde. — Cassandra deve perceber como quase tropeço, porque bufa resignada. — Não é nenhuma informação nova, se for com isso que está preocupado. É só... estranho. Essa coisa toda é *estranha*.

Não tem como desmentir a afirmação. Não são só os jogos ou a ameaça subjacente que parece se tornar mais flagrante com o passar do tempo. Participar ou ser banido da casa. Tomar cuidado com os perigos na propriedade. Não vagar à noite, ou algo desagradável pode acontecer.

Mas com que propósito?

Reduzo a velocidade dos passos, mas Cassandra acelera e me puxa.

— Se tivermos sorte, Teseu não vai trapacear e vai procurar lá fora primeiro, mas prefiro não apostar na nossa sorte. Não temos tempo a perder.

Ela tem razão. Seguimos apressados pelo corredor e passamos pelos quartos de hóspedes. Essa área do segundo andar é parecida com o restante: um corredor amplo incrustado de portas em intervalos regulares. Teríamos de confirmar para ter certeza, mas o número de quartos combina com o número de convidados, e todos na festa parecem estar hospedados no segundo andar.

— Hermes é uma única pessoa. Por que precisava de uma casa tão grande? — Até onde eu saiba, ela não recebia ninguém aqui. Ou, se recebia, as festas eram tão exclusivas que ninguém falava delas depois. Considerando como o Olimpo enxerga a fofoca como um esporte de elite, estou inclinado a acreditar na primeira hipótese.

— Vai ter de perguntar a ela. Eu nem sabia que este lugar existia. — Sua testa está ainda mais franzida. — Não entendo por que ninguém está questionando o desaparecimento de *duas* pessoas. Ou de uma, pelo menos. Não temos como verificar se Tyche realmente esteve na festa, mas Atalanta *esteve* aqui.

Afago sua mão.

— Todo mundo está aqui por razões próprias — falo.

— E se não são os Treze em perigo, então, por que perder tempo questionando? — Ouço amargura em suas palavras, e a pior parte é que não posso discutir com ela. Não estou inteiramente certo das motivações de todo mundo, mas existe um sentimento de ser intocável que surge depois de se ter o título por alguns anos. O próprio Hefesto disse.

Isso não explica por que Hermes e Ártemis não se abalaram com o desaparecimento de seus acompanhantes.

Finalmente encontramos a escada para o terceiro andar escondida atrás de uma alcova relativamente despretensiosa. Ela me dá a sensação de uma mansão vitoriana assombrada, com paredes finas que quase parecem se debruçar sobre uma pessoa. Não consigo afirmar se são inclinadas de verdade ou se é só o trabalho de pintura que cria a impressão, mas tenho de me esforçar para não curvar os ombros. O patamar superior da escada está escuro. Um truque, considerando que ali tem um vitral que dá vista para o pátio dos fundos. Deve ser o tom verde-escuro da tinta das paredes que provoca a imaginação hiperativa.

— Hermes certamente tem uma tendência para o drama — comento enquanto subimos a escada.

— Sim — Cassandra concorda. — É verdade.

No terceiro andar, o corredor parece com o do segundo: amplo, carpete grosso no chão, paredes recortadas por mais portas do que seria razoável.

Cassandra solta minha mão de novo, e desta vez, só desta vez, não insisto. Estamos fazendo uma busca juntos, mas não faz sentido manter o contato o tempo todo, por mais que eu o considere reconfortante.

— Você vai para a esquerda, e eu para a direita? — sugiro.

— Pode ser.

As portas estão trancadas. É claro que estão. Olho para Cassandra do outro lado do corredor e a vejo girar outra maçaneta em vão.

— Por acaso sabe abrir portas com grampo de cabelo?

— Por que eu saberia, Apolo? Ninguém tem essa habilidade fora da ficção.

— Você namorou Hermes.

Cassandra me encara sem mudar de expressão.

— Eu sabia que você ia ficar esquisito com isso.

— Não estou esquisito com isso.

— Está sim. — Ela suspira longamente. — *Abrir portas com grampo?* Fala sério. Você tem o físico para arrombar portas no chute. Vá em frente. — E aponta para a porta atrás de si. — Além do mais, você é o mestre espião. Se um de nós precisa ser bom em arrombar portas, essa pessoa é você.

Faço uma careta.

— Tem um motivo para eu ter montado a equipe que montei. Sou bom em administrar e interpretar informações, mas eu teria sido mais adequado para o posto de Hefesto. A parte do trabalho que envolve a função de espião não é muito fácil para mim. Heitor tentou me ensinar a arrombar portas sem violência, mas sou péssimo nisso. Consigo entrar... em algum momento, mas o tempo agora é essencial. — Pigarreio. — E não derrubo portas no chute.

— Pela preocupação que demonstrou com isso ontem, pensei que fosse uma ocorrência tão comum quanto lidar com fechaduras.

O constrangimento esquenta minha pele.

— Já tomei nota do seu comentário.

— Que bom. — Cassandra estende a mão para a última porta do corredor e gira a maçaneta, que cede, e a porta se abre com um rangido. Cassandra arregala os olhos. — Por essa eu não esperava.

— As probabilidades não eram favoráveis.

Nós nos olhamos.

— Estou sentindo que é uma armadilha — ela diz.

— Não tenho como discordar.

— Bem, você primeiro. — Cassandra abre a porta e recua para me deixar passar. O interior do aposento está banhado por sombras, e cortinas grossas cobrem as janelas. É mais ou menos do tamanho do nosso quarto de hóspedes embaixo, e consigo identificar o formato de uma cama de dossel, uma cômoda e duas mesas de cabeceira, uma de cada lado da cama. Tateio a parede e encontro um interruptor. A decepção ferve em meu estômago.

Em todos os lugares para onde olho, vejo evidências da filha de Minos. A decoração do quarto tende para delicadeza e babados: o dossel da cama é de renda, a colcha lembra um antigo modelo de enxoval de noiva, e até o tapete embaixo da cama parece ter babados.

Este não é o quarto de Minos, e certamente não pertence ao Minotauro ou a Teseu.

— Bem, que perda de tempo — falo, carrancudo. É provável que os filhos de Minos tenham algum conhecimento sobre o plano do pai, mas não sei se Ariadne sabe de alguma coisa. Sei que não devo acreditar em aparências, mas ela parece ser exatamente o que demonstra ser: uma mulher adorável que se conformou com o papel de peão no jogo casamenteiro de Minos.

— Você não sabe disso.

Analiso em volta de novo.

— Também pode ser da outra mulher no grupo de Minos. O nome dela é Pandora. — Não é filha de criação, como os dois homens, mas, mesmo assim, chegou com eles ao Olimpo. — É improvável que ela ou Ariadne tenham informações valiosas. — É ainda menos provável se levarmos em conta a porta destrancada. Minos ainda não cometeu nenhum deslize. Não dá para acreditar que isso vá ser a exceção à regra.

— Não seja tão precipitado. — Cassandra passa por mim. Seus seios roçam meu braço, e tenho de sufocar uma resposta física à proximidade. Eu *deveria* me concentrar na missão, em obter o máximo de informação possível com o tempo disponível, mas de repente só consigo pensar se ela está nua sob o vestido como ontem à noite. Na verdade, cerro os punhos para não a agarrar, em vez de aproveitar a oportunidade para vasculhar o cômodo como ela já se pôs a fazer.

Esse é o poder que esta mulher tem sobre mim. Engulo em seco e começo a perscrutar o quarto.

Demoro três minutos para investigar a cômoda, me sentindo o pior tipo de canalha. Depois anuncio:

— Não tem nada aqui. — E o que eu esperava? Minos definitivamente mantém as informações de que preciso em seu escritório. Todo o restante da busca é só para garantir que não estamos deixando passar nada enquanto tentamos achar um caminho para entrar naquela sala trancada. A frustração explode antes que eu consiga me controlar. — Porra — sussurro.

— Olha a boca. — Ela não se vira para mim. Está folheando um caderno deixado sobre a cômoda. — Continue procurando. Se este for o único quarto em que vamos conseguir entrar agora à tarde, precisamos garantir uma revista completa. — Cassandra deixa o caderno exatamente onde o encontrou.

— Minos não parece ser o indivíduo mais feminista e progressista que existe — comento. — Não me surpreenderia se a filha dele e sua amiga não tivessem informações úteis no quarto.

— Tem razão, acho. — Cassandra apoia as mãos na cintura e analisa em volta. — Estamos deixando alguma coisa escapar. Tenho certeza disso. — Ela se aproxima da estante de livros encostada na parede, ao lado do closet, e começa a puxar os livros.

Reconheço imediatamente o que ela está fazendo.

— Acha mesmo que existem passagens secretas nesta casa, não é?

— É praticamente garantido. — Ela olha para um espelho de corpo inteiro apoiado contra a parede oposta e contorna a cama. Parada diante dele, diz: — Seria muito conveniente encontrar uma delas agora.

Ela não está errada, mas ainda não tivemos sorte, e não espero começar agora.

— A realidade nunca é muito conveniente, Cassandra. Você sabe disso tão bem quanto qualquer um.

— É, acho que sim. — Ela aperta a moldura do espelho e vai deslizando as mãos. Percebo que prendo a respiração, mesmo ciente de que nada vai acontecer. Como ela disse antes, determinadas coisas acontecem mais na ficção do que na realidade. Esta não é a parte da história em que a moldura estala e cede. Mas quase torço para que aconteça. Quando nada acontece, nós dois suspiramos, decepcionados.

Passo a mão no cabelo.

— Droga. Pensei que fosse funcionar.

— Eu também. — Ela suspira e ajeita o cabelo atrás da orelha. — Que constrangedor.

21

CASSANDRA

Para ser honesta, não esperava que o espelho guardasse segredos. É óbvio demais. Aposto que Hermes pôs o espelho ali para fazer as pessoas pensarem que *poderia* haver alguma coisa escondida atrás dele. É bem o tipo de piada que ela acha divertida. Não tenho certeza se Hermes está errada, porque somos os idiotas parados aqui, apertando a moldura do espelho e torcendo por um milagre.

Olho para Apolo, e a decepção cria raízes. Ele está certo. Foi uma perda de tempo, uma oportunidade desperdiçada. Quando aceitei o acordo de Zeus, uma semana me parecera uma eternidade. Agora, tenho medo de que não seja tempo suficiente.

— Bem, a gente precisava tentar.

Pela primeira vez, queria ter *de fato* aprendido a arrombar fechaduras. Hermes tinha se oferecido para me ensinar uma vez há muito tempo, uma brincadeirinha divertida enquanto me distraía, mas ela era boa demais com distrações para eu pensar em adquirir a habilidade. Devia ter lhe pedido para me ensinar de verdade. Hermes teria concordado. E teria se divertido muito com isso. Mas não pedi. Na época, nem pensei nisso. Arrombar fechaduras é coisa de thrillers e filmes de espião. É ficção. Quando eu precisaria disso na vida real?

A resposta é *agora*.

Preciso disso agora.

Não poderia ter imaginado que falharia com Apolo por não ter essa habilidade. Tenho certeza de que ele não considera isso uma falha, mas me incomoda mesmo assim.

— Desculpe.

— Não tem por que se desculpar. — Ele se vira devagar, estreitando os olhos escuros. — Toda a situação está longe do ideal, e estamos fazendo o melhor que podemos com as informações de que dispomos. — Apolo me observa, e sua expressão suaviza. — Você tem sido maravilhosa, Cassandra.

Seu tom transmite sinceridade, e o elogio me aquece e penetra meu coração frio e atrofiado. Baixo o olhar, incapaz de encará-lo quando sei que estou vermelha.

— Não tenho ajudado em nada.

— Pelo contrário, tem feito muito. Sua presença aqui lançou luz sobre certas coisas, e duvido que Minos teria se incomodado em me levar ao escritório caso não se sentisse pressionado por isso. — Apolo respira fundo. — Sou bem desligado com certas coisas.

Dou risada. É inevitável.

— É, não notou que eu te secava durante cinco anos. Acho que é um pouco desligado, mesmo. — Um som sufocado me faz fitá-lo. Seus olhos estão muito abertos e a boca se move, mas não produz nenhum som. Eu me assusto. — Apolo, você está bem?

— O que foi que disse?

Não tenho motivo algum para ficar corada. Fiz sexo com esse homem. Ele viu cada pedacinho meu. Não sei por que admitir o fato de que sempre estive a fim dele pode me fazer sentir mais vulnerável que isso. Mesmo que ele esteja me encarando como se eu tivesse acabado de bater com a bolsa em sua cabeça.

Lambo os lábios.

— Apolo, você tem espelho em casa. Sabe muito bem que é uma das pessoas mais atraentes da cidade.

Ele me surpreende — ele sempre me surpreende — com a resposta:

— Não faça isso. — E balança a cabeça devagar. — Não fale como se fosse deixar uma coisa tão simples quanto tesão mudar sua cabeça.

— Não tem nada de simples no tesão. — Apolo permanece em silêncio, e eu cedo. — Tudo bem, vamos lá. Gosto de você. Achei você atraente desde que aceitei o emprego, mas trabalhar tão perto só fez isso crescer. Você é um cara legal. Eu... gosto de você.

Ele passa a mão pelo rosto.

— Por que não falou nada?

— Pensei que não me quisesse. — Não queria que as palavras saíssem assim, quase pequenas. — Não sei se teria tido importância, mas... sinceramente, pensei que não se sentisse atraído por mim.

Frustração e desejo incendeiam os olhos dele.

— Cassandra, depois de cinco anos trabalhando comigo, eu esperava que entendesse que eu jamais a colocaria em uma posição desconfortável. Quanto mais te conheço, mais me sinto atraído por você, o que só me deixou mais determinado a garantir que não se sentisse obrigada a... — Ele gesticula entre nós, quase desamparado. — Qualquer coisa.

— Se me conhece tão bem quanto diz, deve saber que eu não me sentiria obrigada a merda nenhuma.

Apolo dá de ombros.

— Eu não ia complicar sua vida só porque te queria.

Na noite passada, ultrapassamos um monte de limites, e não vou fingir que o motivo é nosso namoro de mentira. Deixamos bem evidente que nós dois queríamos muito o que ocorreu. Mesmo assim, não custa deixar a situação ainda mais clara, explícita.

— Apolo.

— Sim?

Não sei se ele parece esperançoso ou se estou imaginando coisas. Não importa; já vim até aqui, não vou recuar agora. Engulo em seco.

— Quero fazer muita sacanagem com você de novo na primeira oportunidade que surgir, e todas as vezes possíveis antes de essa coisa entre nós acabar.

Suas orelhas ficam um pouco rosadas, mas ele se controla, assim como na noite passada.

— Pode contar com isso, é uma promessa.

— Ótimo. M-muito bom. Perfeito. — Estou gaguejando, mas gosto quando ele me deixa agitada, porque sei que não vai usar esse sentimento de agitação contra mim. Ele também parece gostar, e se concentra em meu rosto e na boca antes de deixar o olhar passear lentamente pelo meu corpo, como uma carícia que quase consigo sentir.

Começo a me virar para a porta, mas paro de repente.

— Apolo, *olhe*. — Aponto para a cama com aquela quantidade absurda de travesseiros. Travesseiros que, até eu estar exatamente onde estou, escondiam o que parece ser um notebook.

Trocamos um olhar e nos aproximamos rapidamente da cama. Ele pega o notebook e o abre.

— É claro que não vamos ter sorte agora — comenta.

O sistema carrega depressa, mostrando a área de trabalho com vários ícones.

— Não tem senha — constato em voz baixa.

Ele inclina o notebook e digita, dedos ágeis que executam uma série de comandos com tanta velocidade que fazem minha cabeça girar. Trabalho bem com computadores, mas Apolo está em outro nível. Em segundos, ele tem o histórico de busca de Ariadne, as senhas salvas e um monte de arquivos que parecem ser histórias, ficção.

— Isso é inútil.

— Espere um segundo. — Ele se inclina para a frente com um olhar atento. — Ali. — Uma nova janela de navegador se abre, conectada a uma conta de e-mail diferente. — Minos acessou o e-mail dele neste computador.

Eu me inclino para trás.

— É um tremendo deslize da parte dele. — Tanto trabalho para garantir a segurança de tudo, e ele acessou o e-mail de um computador que nem senha de proteção tem? Não dá para acreditar.

— É um cavalo dado. Não vamos olhar os dentes. — Ao digitar alguns comandos, ele seleciona centenas de e-mails e os encaminha para o endereço de Heitor. — Isso vai levar um segundo, e Heitor vai ter de fazer um trabalho pesado de análise, mas é a melhor possibilidade ao nosso alcance agora.

Contas de e-mail guardam todo tipo de coisa. Informações de login. Mensagens de banco. Para um hacker habilidoso como Heitor, o material é valioso.

— Isso é importante — digo. — Mas não podemos descartar a hipótese de ser uma pista falsa. Não acha conveniente demais?

— Sim. Com toda a certeza. — Os e-mails são todos encaminhados, e ele fecha os comandos e apaga o histórico. — Mas não podemos nos dar o luxo de ignorar. — Apolo paralisa de repente. — Ouviu isso?

Passos no corredor.

— Apolo...

Acontece muito depressa. Em um momento, estou tentando desesperadamente decidir se nos escondemos ou se esperamos ser encontrados. No outro, Apolo joga o notebook embaixo da pilha de travesseiros, enlaça minha cintura com um braço e me puxa para dentro do closet.

Ele afasta os cabides e fecha a porta, e somos cercados pela escuridão. Ainda estou confusa, tentando entender que porra acabou de acontecer. Nunca o vi se mover tão depressa... exceto na noite passada quando me arrastou para o sofá.

Apesar das circunstâncias atuais, não consigo evitar um arrepio. Não sou pequena e tenho obsessão por controle. A ideia de ser arrastada de um lugar para o outro nunca me animou, nem no nível da brincadeira sexual.

Mas, agora, entendo o apelo da coisa.

Balanço a cabeça na tentativa de me concentrar. Sexo não faz parte do cardápio neste momento, e temos questões mais importantes em mãos — como quem está do outro lado da porta, de quem são os passos firmes e barulhentos.

O único problema é que não posso *ver* quem é. Apolo fechou a porta por completo, eliminando qualquer chance de identificarmos o visitante. Estendo a mão para a porta com a intenção de entreabri-la para ver quem entra no quarto, mas ele segura meu pulso sem hesitação.

Tento me soltar. Sem dúvida, descobrir quem se aproxima é uma ideia melhor do que só se esconder e torcer pelo melhor. Não é Teseu. A cadência dos passos não é irregular como a dele. É outra pessoa, e conhecer sua identidade pode ser uma informação crucial.

Mas, quando abro a boca para sussurrar uma ordem para que me solte, Apolo cobre meus lábios com a outra mão. O contato da palma calejada me paralisa. Ele aproveita a oportunidade para se inclinar e murmurar no meu ouvido:

— Silêncio, Cassandra.

Em poucos segundos, percebo que a pessoa não é alguém procurando por nós. Se fosse, estaria vasculhando tudo, como fizemos minutos atrás. Não, é alguém procurando respostas. Quem?

Não é Hermes. Ela nunca seria descuidada a ponto de se deixar anunciar pelos passos. A mulher se move como um gato, silenciosa e sempre aparecendo onde menos a esperam. É pouco provável que seja alguém da família de Minos. Ainda tem meia dúzia de possibilidades, sem mencionar o corpo de funcionários que Minos mantém em estado de alerta nos bastidores.

São muitas opções.

Se eu tivesse de apostar, depositaria minhas fichas em Caronte ou Afrodite. Zeus é do tipo que diversifica investimentos, o que significa que pode ter mandado mais alguém em busca de informações, além de Apolo. Ele não confiaria uma tarefa como essa à maioria dos Treze, mas Afrodite é irmã dele. E Caronte veio enviado por Hades pelo mesmo motivo — ele não confia no restante dos Treze para transmitir informações relevantes e garantir que a cidade inferior permaneça segura.

Mas posso estar enganada. Não vou ter certeza a menos que veja quem é.

A tentação de abrir um pouquinho a porta do armário é quase irresistível. A curiosidade é uma fera viva dentro de mim, unhas e dentes e um impulso irresistível de entrar em ação. Só a presença de Apolo, seu corpo forte me pressionando contra a parede do closet, me mantém quieta e silenciosa. As palavras dele ecoam em meu ouvido.

Silêncio, Cassandra.

Estremeço.

Ele tem cheiro de sabonete caro misturado a puro *Apolo*, e tenho de me esforçar para não aproximar o rosto de seu pescoço e inspirar profundamente. Movo o corpo junto do dele, e nem é intencional... Que mentira. Gosto de sentir suas mãos me segurando, mesmo que de um jeito tão finito, e não consigo resistir à vontade de me apoiar em sua força... só um pouquinho.

Apolo muda de posição e encaixa uma coxa entre as minhas, e paro de raciocinar. Tudo que existe agora é este homem comigo na escuridão. Poderíamos ser as últimas duas pessoas que restam no mundo todo, e eu adoraria isso.

Fico meio mole encostada nele. Tem alguma coisa nisso, à qual respondo em um nível muito profundo. Passei os últimos cinco anos me convencendo de que não era o que eu queria, mas, na primeira oportunidade para as circunstâncias mudarem, foi como se uma represa se rompesse e todas as minhas necessidades e desejos transbordassem, encobrindo tudo.

Eu *quero* Apolo. Mas não posso fingir que é só sexo. Gosto do homem há anos, e, se tem alguém na cidade por quem valeria a pena ficar...

Não posso.

Ele não me ofereceu nada, para começo de conversa. Mesmo se tivesse oferecido, com aquele jeito forte e doce dele, eu não poderia aceitar. Ele é *Apolo*. É um membro do corpo de poderosos que odeio mais que todas as outras pessoas. Não importa o que sinto por ele, minha amargura acabaria envenenando qualquer chance de um relacionamento de longo prazo. Meus pais garantiram que ninguém confiaria em mim o suficiente para me deixar jogar os jogos necessários para ser parceiro de um dos Treze.

Apolo precisa de alguém que esteja na relação por inteiro, e nunca poderei ser essa pessoa. Não com minha história.

Onde estou com a cabeça?

Apolo não me fez ofertas. Ele pode me querer, o que significa que gosta de mim o suficiente para me desejar, mas não tenta me convencer a ficar no Olimpo.

A intenção dele é me deixar ir, e a minha é ir embora.

22

CASSANDRA

Apolo não está indiferente. O pau duro cutucando meu quadril é prova disso. Os dedos que cobriam minha boca se movem para segurar meu queixo, e ele me puxa com suavidade para roçar a boca na minha, um beijo leve que é, ao mesmo tempo, aviso e provocação. As coisas que esse homem faz com beijos deviam ser ilegais. Como posso raciocinar direito se ele me beija como se eu fosse sua sobremesa favorita? Não é justo.

Ele murmura novamente no meu ouvido:

— Fique quieta. A gente vai ser pego.

Nunca, jamais considerei ser pega em um momento íntimo, para mim, costumava ser uma situação a ser evitada. Nas últimas vinte e quatro horas, no entanto, Apolo me mostrou o erro dessa ideia. Sem respirar direito, assinto, trêmula.

— Boa menina. — Ele desliza os dedos por meu braço até a cintura. O filho da mãe está me provocando. Eu poderia protestar, mas ele me mandou ficar em silêncio. Comprimo os lábios com força, e ele me recompensa segurando um seio e esfregando o mamilo com o polegar. É como se o tecido fino do vestido e o sutiã não existissem. Ele está me *incendiando.*

— Você quer mais, não quer? — Sua voz é mais baixa que um sussurro. É menos que um suspiro. Ele me toca como se nunca fosse ter outra chance. Como se eu fosse uma obra de arte que planeja apreciar em outro nível. Como se não estivéssemos juntos dentro de um closet. Pensar no assunto poderia me fazer rir, se eu tivesse fôlego para tanto, mas Apolo roubou todo meu ar. E como poderia ser diferente?

Esse homem é *tudo.*

Assinto, trêmula. É claro que quero mais. Quero tudo, por mais desaconselhável que seja. Apolo é fogo no meu sangue e pode me queimar viva, mas eu riscaria o fósforo com prazer, desde que ele não parasse de me tocar.

Ele levanta a perna até me erguer um pouco. Giro o quadril, e a fricção deliciosa me faz suspirar. Ou melhor, sufocar, porque a boca cobre a minha e engole o suspiro. Desta vez, os beijos não são provocantes ou leves nem transmitem uma mensagem escondida. Ele teve um gostinho, e agora deseja tudo.

Finalmente me lembro de que posso me mover e seguro o cabelo dele, puxando-o para mais perto. Neste momento, não me importo com onde estamos. Não me interessa quem pode nos ouvir ou as implicações se isso acontecer. Só preciso de Apolo o mais perto possível.

Preciso de tudo.

— Cassandra — ele grunhe contra minha pele. Meu nome é, ao mesmo tempo, como uma maldição e uma promessa em sua boca. Nunca me senti mais inebriada na vida. Trouxe este homem, uma das pessoas mais poderosas da cidade, ao limite do desejo. — Mostre onde precisa de mim.

Eu não poderia parar agora se quisesse, e não quero. Encosto-me na parede e seguro o punho da mão que imobiliza meu queixo. Puxo -a para cima dos lábios novamente. Uma solicitação silenciosa para me manter quieta, porque os deuses sabem que não vou conseguir fazer isso sozinha.

Apolo fica perfeitamente quieto por um instante, depois, dois. No terceiro, segura a parte de trás do meu joelho e puxa minha perna, envolvendo a própria cintura com ela. A nova posição me abre, e ele não perde tempo, tirando proveito da oferta e me levantando ainda mais com a coxa.

Arfo contra sua mão, um som que se transforma em um gemido abafado quando ele escorrega a mão pela coxa e aperta a bunda.

— Sem calcinha, Cassandra? — A respiração dele acelera. — Gosto disso. É bom saber que posso ter você de repente. Que está molhada e pronta para mim.

Estou montada em sua coxa. A pressão e a fricção me deixam atordoada. Isso deve desafiar algum tipo de lei que é sempre muito generosa com ele. Não faz *sentido*, exceto que é Apolo e que, de algum modo, com ele é sempre uma experiência de fim de mundo. Eu me esfrego nele, em busca de provocar aquela onda dentro de mim. Não deveria ser tão fácil, mas algo em Apolo tira de questão o *não deveria*.

— Alguém vai ouvir você gozando na minha coxa. — Ele desliza a boca para baixo e para cima do meu pescoço. — Não me importo. Que ouçam. Não pare.

As palavras sussurradas só me excitam ainda mais. Minha respiração é rápida, e me sinto um pouco zonza. Estou muito perto. Só preciso...

Apolo morde de leve o ponto onde meu pescoço encontra o ombro. Não é nem uma mordida, é mais uma pressão intensa que sequer atravessa o limite da dor. É perfeito.

O orgasmo me faz gemer, e o som ultrapassa a barreira da mão que cobre minha boca.

— Só pode ser brincadeira, porra.

Antes que eu processe que não é Apolo quem está falando, a porta é aberta de repente e a luz invade o closet.

Tento saltar para trás, mas a parede atrás de mim me impede, e bato a cabeça nela.

— Ai — digo, ainda com a boca coberta.

— Droga. — Ele me solta e recua apenas o suficiente para puxar meu vestido e garantir que eu esteja coberta. Apolo passa a mão no meu cabelo, procurando um galo.

— Você está bem?

Como ele pode agir com tanta normalidade, sendo que há segundos eu estava gozando em sua coxa? Estou tremendo e meio atordoada, e ainda tentando processar o fato de termos sido interrompidos, mas a única evidência em seu tom é de uma leve rispidez que normalmente não está presente.

Isso e a impressionante ereção que ainda sinto pressionando meu quadril.

— Estou bem — consigo responder, ao mesmo tempo que seguro seu pulso e afasto a mão da minha cabeça. — É sério. Está tudo bem.

— Certo.

Olhamos para a pessoa do outro lado da porta. Ariadne. Franzo a testa. Quanto tempo passamos na pegação, para não percebermos que o outro invasor tinha saído do quarto e alguém havia entrado?

O nível de distração é preocupante, mas não há espaço para deixarmos a preocupação assumir o comando. Não quando temos explicações a dar. Minha risadinha nervosa é patética.

— Ah, você pegou a gente. Opa.

Ela põe as mãos no quadril largo e olha para nós, irritada.

— Entendo que uma brincadeira de esconde-esconde entre adultos seja a oportunidade perfeita para sumir e se pegar em algum lugar, mas se pudessem *não* fazer isso no meu quarto, eu ficaria muito grata.

— Desculpe. — Desta vez minha voz soa mais normal. O desejo está esfriando enquanto o constrangimento espera sua vez para chegar e me fazer desejar que o chão se abra e me engula.

Apolo afaga a parte de trás da minha cabeça pela última vez, ainda à procura de um galo antes de me soltar e recuar um passo. Vejo que ele ajeita sutilmente a frente da calça e me pego sorrindo como uma boba, apesar do rubor que, sem dúvida, me deixa da cor de um tomate. Não posso negar que amo como ele reage a mim. É uma droga viciante. Algo com que se embebedar mais tarde.

No momento, preciso de foco.

O notebook foi uma boa descoberta, mas a dona dele pode ser uma fonte ainda melhor. Ainda acho inacreditável que ela tenha deixado a porta destrancada e um computador sem senha largado por ali acidentalmente. É o suficiente para me fazer duvidar...

Ajeito o cabelo atrás da orelha e saio do closet.

— A gente não tinha a intenção de se empolgar assim. — Minha voz ainda não soa como deveria, mas acho que é justificável, considerando como ela nos encontrou. — O jogo já acabou?

— Ah, aquilo? — Ela acena com desdém. — Não, Teseu ainda está procurando o restante dos convidados. Acho que agora está no labirinto. — Ariadne encara a porta e franze a testa. — Não é... Eu decidi... Não estou participando da brincadeira no momento.

— Deve ser um alívio não ser o prêmio da vez.

Ela olha para mim rapidamente.

— Sim. Desta vez. — E abaixa a cabeça, o que confirma minhas suspeitas de que a filha de Minos não tem muita participação direta neste circo, provavelmente.

O movimento me pareceu descuidado quando pensei nele da primeira vez, mas, agora que tenho a confirmação de Hermes de que algo está acontecendo, acho que foi *pensado* para ser descuidado, para nos fazer subestimar Minos. Ainda não entendo o que ele espera conseguir desafiando os Treze. Se Minos está facilitando uma invasão, ou qualquer que seja a suspeita de Zeus, decerto entende que não vai sobreviver à tentativa.

Mas e se sobreviver? E se Minos conseguir?

Apolo ainda vai estar aqui, lutando para proteger uma cidade que não o merece, enquanto estarei longe, deixando tudo isso para trás. Quem vai cuidar dele se eu não estiver aqui? Não que eu seja a maior protetora, mas mais ninguém cuida dele. Heitor é um ótimo membro da equipe, mas põe a família em primeiro lugar, o que é compreensível. E as outras pessoas que respondem diretamente a Apolo não são diferentes. Todas têm família. Além do mais, ele nunca ia querer que os subordinados pusessem o trabalho acima de seus entes queridos.

Zeus usa Apolo como uma ferramenta cega ou um bisturi, a depender da intenção. Os outros Treze estão ocupados demais com a eterna troca de provocações e bobagens políticas para se preocuparem uns com os outros, exceto no sentido do poder que os aliados podem proporcionar. Ser um *aliado* é tão pavoroso quanto ser um inimigo.

Só Apolo se destaca. Se eu fosse Minos, um recém-chegado à cidade evidentemente interessado em entrar na corrida pelo poder, Apolo seria meu alvo. Ele é a peça fundamental da aliança que garante a Zeus seu posto. Sem ele, Zeus manteria Ares e Afrodite a seu lado, porque são suas irmãs, mas seria capaz de manter o restante?

Duvido.

— Você está bem, Cassandra? — Apolo segura meu ombro com a mão firme.

— Estou. — Não é uma resposta convincente, mas o que posso dizer? Mesmo se Ariadne não estivesse aqui, nada desviaria Apolo de sua missão. Ele é um dos Treze; mais que qualquer pessoa, conhecia os riscos quando assumiu o título.

Pensar a respeito disso forma em meus lábios um sorriso amargo. Mesmo que eu perdesse o juízo e implorasse para ele ir comigo, Apolo é honrado demais para deixar o Olimpo, especialmente quando sua presença é mais necessária.

A ironia é que a mesma coisa que me atraiu para ele é o motivo pelo qual nunca ficaremos juntos.

23

APOLO

Não posso negar a onda de satisfação que sinto quando percebo que meus beijos e meu toque transformam Cassandra em uma pessoa ruborizada e gaguejante. Saber que a afeto tanto quanto ela me afeta é inebriante, mas agora não é hora de me deixar distrair. Meu pau não se tocou disso e ainda reage à lembrança do corpo dela colado ao meu. Pigarreio. O que foi que ela acabou de dizer? Ela está bem. É claro que está bem. Nunca deixa de estar *bem*.

Toco a base da coluna de Cassandra e ponho um sorriso simpático no rosto quando me volto para Ariadne.

— Não gosta de brincar de esconde-esconde?

A moça faz uma careta, e percebo em seu rosto a sombra da lembrança de uma dor, mas a reação vem e vai depressa.

— Não, não gosto do escuro. — Seu tom não combina com a leveza que tenta demonstrar, mas os medos dela não são da minha conta. O que me interessa são as informações que tem sobre o pai.

Saio do closet atrás de Cassandra e me dirijo sem pressa à porta. Se ela achar que estamos tentando arrancar informações desta conversa, vai nos pôr para fora. Melhor dar a impressão de que estamos de saída e ver o que consigo fazer no ínterim desses segundos preciosos.

— O que está achando do Olimpo, Ariadne?

— É uma linda cidade. — Ela fala com uma reserva que não estava presente na última vez que conversamos. Não sei se por estar descontente com a invasão em seu espaço pessoal ou se sabe mais do que revela. Pressiono de leve as costas de Cassandra, e ela, esperta como é, finge que tropeça e se apoia na cômoda.

— Ah, desculpe — diz. — Estou um pouco zonza.

Confirmando minhas suspeitas, Ariadne é gentil demais para ignorar alguém em dificuldade.

— Sente-se aqui. — Ela se aproxima e leva Cassandra para sentar-se na beirada da cama. Não parece especialmente satisfeita com isso, mas seus sentimentos são menos importantes que a oportunidade que Casandra criou.

— O Olimpo é uma espécie de gosto adquirido — comento.

Cassandra sufoca uma risadinha.

— Adquirido se tiver poder para isso. — Ela balança a cabeça e leva os dedos às têmporas. Mesmo a conhecendo tão bem, eu me convenceria do sofrimento em seu rosto se não soubesse que é tudo encenação. — Algumas pessoas sabem que o Olimpo é exatamente o que é: só brilho e glamour encobrindo uma essência podre.

Ariadne oferece um sorriso fraco, mas seus olhos permanecem sérios.

— Parece que você não tem uma opinião muito boa sobre sua cidade — comenta ela.

— É a verdade, embora muita gente finja que não. — Cassandra balança um ombro. — Mas não conheço outros lugares. Como é o lugar de onde você veio?

Ariadne responde sem pressa:

— Ea não é nada parecida com o Olimpo. Era adorável quando eu era criança, mas... as coisas mudaram.

Olho para Cassandra. Nunca tinha ouvido falar em Ea. É uma cidade? Um município? Uma propriedade cujo nome homenageia alguém?

— O que mudou? — pergunto.

Ariadne balança a cabeça com lentidão.

— Você parece ser um bom homem, Apolo.

Não tenho tempo para responder antes da risada de Cassandra.

— Diferente de todo mundo no Olimpo, Apolo é exatamente o que parece. Não se pode afirmar o mesmo sobre os hóspedes daqui, muito menos dos outros membros dos Treze, mas Apolo conseguiu ser criado em uma família herdeira, assumir um dos títulos de maior poder entre os Treze e ainda ser um cara legal. É praticamente uma criatura mítica. — Ela levanta o olhar, e a falsa vertigem dá lugar à seriedade. — Tem muitas pessoas no poder do Olimpo que merecem todos os problemas que seu pai pode criar e mais, mas Apolo não.

— É verdade, meu pai faz o que quer. — Ariadne fala com o tom de quem perdeu a esperança, um contraste gritante com a personalidade que tinha nos mostrado até agora. E parece perceber, porque força um sorriso radiante. — Sabe como é. Pais, certo?

Não é da minha conta, digo a mim mesmo. *Essa mulher não é da minha conta. O Olimpo é.*

Não posso colocar embaixo da asa cada pombo ferido, apesar das acusações que Cassandra faz contra mim de tempos em tempos. Até a contratação dela cinco anos atrás deixou minha família profundamente infeliz, antes de cederem e admitirem que sou mais que capaz de tomar minhas próprias decisões. Ainda pensam que ela me manipulou, me seduziu para entrar na minha vida e tirar proveito da posição que ocupo. Acreditam ainda mais nisso agora, depois de termos assumido publicamente a relação.

Mas não é assim, nunca foi.

— Ariadne, se em algum momento precisar de um lugar seguro, conheço alguns que são como santuários — Aviso. Não há muitos no Olimpo, mas são impressionantes. A cidade inferior oferece um tipo especial de refúgio para aqueles que Hades, e agora Perséfone, considera dignos, e a força desse refúgio só aumentou depois que o governante forçou a cidade inteira a reconhecer que ele é mais que um mito.

O outro lugar seguro fica dentro do território de Hera, uma espécie de templo que agora abriga órfãos, mas antes recebia qualquer pessoa que buscasse abrigo. Tornou-se um lugar destituído nas mãos das últimas Heras, uma cortesia do falecido Zeus, mas a Hera atual está agindo nos bastidores para recuperar o poder que pertencia a seu título antes de ter sido esvaziado por um homem perigoso e ganancioso.

Estou muito curioso para ver o que a nova Hera vai fazer, se tiver tempo suficiente.

Ariadne ergue as sobrancelhas.

— É uma oferta importante. Você não me conhece. Eu poderia aceitar, e depois agir contra você.

Dou de ombros outra vez. Normalmente, não sou do tipo que se deixa guiar pelos instintos, mas tem alguma coisa nessa mulher que me faz sentir que ela tem enfrentado problemas. Minos pode fazer o papel de pai devotado em público, mas já provou ser um mentiroso de primeira. E depois do último Zeus...

Eu não tinha poder para lutar contra aquele homem e o que ele fez com a própria casa. Era muito inexperiente quando me tornei Apolo e, mesmo depois que adquiri experiência para minar seu poder sempre que possível, tinha a sensação de que usava uma peneira para salvar um navio naufragando. Zeus era simplesmente poderoso demais.

Ariadne não é Helena, Éris, Perseu ou Hércules, nem as últimas Heras que morreram jovens demais em *acidentes* misteriosos...

Mas eu não seria capaz de conviver comigo se não tentasse.

— A oferta está de pé — digo finalmente. Estendo a mão para Cassandra. — Venha, vamos deixar Ariadne em paz.

Ariadne espera chegarmos à porta para dizer:

— Eu, hum, agradeço pela oferta. Não vou aceitar, mas agradeço. — E hesita. — É bom saber que estava certa sobre você.

Certa sobre mim?

— Como eu disse, a oferta continua valendo. — Sorrio para ela e saio, levando Cassandra comigo.

Não sei bem qual é o plano agora.

O jogo continua, mas até Heitor ter chance de olhar aqueles e-mails e seguir as pistas que encontrar, não saberemos se a missão foi um sucesso. Mesmo assim, é nossa melhor chance, e provavelmente a única que teremos, considerando tudo que ocorreu até agora. É melhor voltar ao segundo andar e fingir que ainda estamos participando do jogo.

Observo Cassandra. Ao notar que ela tenta não ofegar enquanto praticamente a arrasto atrás de mim, eu me obrigo a andar mais devagar.

— Desculpe — falo.

— Troco um doce por seus pensamentos.

— A gente devia ir embora.

Cassandra para.

— *O quê?*

— A gente devia ir embora. — Continuo andando, mas ainda mais devagar e analisando os arredores. Usar nosso quarto como esconderijo é bobagem. É melhor ir para uma das salas de estar. Descer de novo é perda de tempo. Teseu vai subir assim que terminar de procurar na área externa e no primeiro andar. Ainda segurando a mão de Cassandra, eu a levo em frente. O corredor está vazio, mas ouço ao longe uma risada divertida. Parece ser Dionísio.

— Eu ouvi. — Cassandra para de novo. — Esta aqui. — Ela abre a porta à direita e me puxa para dentro. É uma sala mobiliada como a outra em que estivemos na noite anterior, mas o esquema de cores inclui vários tons de roxo que fazem meus olhos arderem. É *quase* o mesmo roxo, mas alguma coisa não se encaixa, e assim os vários tons se chocam, apesar de ser um espaço essencialmente monocromático.

Fecho a porta automaticamente depois de entrarmos.

— Não tem um esconderijo bom aqui.

— Não faz mal. — Cassandra dá um passo para trás e põe as mãos na cintura. — Por que de repente está dizendo que devíamos ir embora?

— Não conseguimos nada, com exceção daquele golpe de sorte com o notebook. A esta altura, vou ser mais útil no centro da cidade, trabalhando com Heitor para peneirar tanta informação. Aqui sou inútil. Não sei que jogo Minos está fazendo, e está se divertindo muito ao nos obrigar a participar dessas brincadeiras. — Precisar dizer isso em voz alta é quase um exagero. Estou tão frustrado que seria capaz de quebrar alguma coisa. — Além disso, fomos ameaçados duas vezes sobre sua presença aqui. Pelo menos uma pessoa está desaparecida, e isso é suficiente para eu tirar você daqui agora que já temos algo com que trabalhar.

— Aquilo não foi acidente. — O olhar de Cassandra está focado em um ponto distante. — O notebook e os e-mails, digo. Ouviu o que ela disse? Que estava certa sobre você.

Dou de ombros.

— Tenho uma reputação. Isso não significa muita coisa.

— Apolo, às vezes você é muito inocente. — A mulher balança a cabeça. — Aposto que vamos encontrar exatamente o que estamos procurando naqueles e-mails, e aposto o dinheiro da faculdade da Alexandra que Ariadne sabe disso.

O comentário me faz parar.

— Acha que ela está trabalhando contra o pai?

— É possível. — Cassandra dá de ombros. — Ou é um blefe duplo, e ele a colocou nessa posição, mas Minos não dá a impressão de valorizar muito pessoas que considera moles, e Ariadne é o epítome da suavidade.

Sempre me espanta como ela consegue dar esses saltos. Normalmente, acabo chegando à mesma conclusão, mas demoro mais — e duvido muito mais de mim — para chegar lá.

— Se isso for verdade...

A empolgação ilumina seus olhos escuros.

— Podemos ter alguém do lado de dentro ou, no mínimo, se pudermos trazê-la para o nosso lado, teríamos uma via interna para obter mais informações.

— E isso significa que não podemos ir embora. — Até a festa, Minos mantinha Ariadne longe do olhar público, e não espero que isso mude no futuro. Não teremos acesso a ela novamente, não se partirmos agora. — Vamos ter de...

Alguém grita em algum lugar distante.

— Acabei de...

— Sim. — Cassandra já se dirige à porta. — Isso foi um grito. E acho que foi Eurídice.

Seguro seu pulso.

— Fique aqui. — Se houver perigo, eu a quero o mais longe possível dele. — Ou, melhor ainda, vá para o nosso quarto e tranque a porta.

— Se acha que não vou com você, só pode ter ficado maluco. — Cassandra arranca o pulso da minha mão. — Vai continuar perdendo tempo discutindo ou vamos ver o que aconteceu?

Ela tem razão. Não temos tempo a perder.

— Fique perto de mim. — Passo pela porta rumo ao corredor. Já escuto vozes alteradas em algum lugar. Lá embaixo. — Venha.

Encontramos Eurídice e Caronte na biblioteca. De início, não identifico qual é o problema, mas, em seguida, Caronte passa um braço sobre os ombros dela e recua alguns passos, revelando o corpo de Pan. Está deitado de bruços, e uma poça de sangue se forma no carpete embaixo dele.

— Ah, não.

Lágrimas transbordam dos olhos de Eurídice, e ela se deixa abraçar por Caronte e esconde o rosto em seu peito.

— Como isso aconteceu?

— Não sei. — Caronte me encara por cima da cabeça de Eurídice. — Estávamos esperando no salão depois de termos sido encontrados por Teseu, mas ouvimos um estrondo e viemos ver o que era.

— Viram alguma coisa?

— Não.

Cassandra passa por mim e se ajoelha ao lado de Pan, tomando cuidado para evitar o sangue. Antes que eu possa dizer alguma coisa, ela toca o pescoço dele com dois dedos. Segundos depois, levanta a cabeça com os olhos bem abertos.

— Ele está vivo.

E isso muda completamente a situação.

— Caronte, chame uma ambulância. Agora!

O rapaz leva Eurídice até uma cadeira mais afastada da cena — e de onde ela não pode ver Pan — e sai correndo da biblioteca. Eu me ajoelho ao lado de Cassandra.

— Não é melhor virá-lo de barriga para cima?

— Não. — Ela balança a cabeça. — Pode haver alguma lesão na coluna. Não podemos mexer nele antes da chegada dos paramédicos. Eles vão saber o que fazer.

Olho para o homem caído.

— O que ele estava fazendo aqui? Vi quando ele saiu pela porta da frente.

— Deve ter dado a volta na casa e entrado por trás.

Não importa por que Pan está aqui, só que está. Sento-me nos calcanhares e estudo as imediações. Hoje de manhã, demos uma conferida rápida na biblioteca, mas é como qualquer outra biblioteca particular que já visitei. É relativamente discreta, se comparada ao restante da casa; uma sala de tamanho razoável com estantes escuras e vários sofás estofados e aconchegantes arranjados em torno de uma grande janela panorâmica. Deve ser um lugar encantador para passar uma tarde.

E não tem nada aqui em que se possa cair por acidente, nenhuma superfície pontiaguda. Sem mencionar que o ferimento de Pan é na parte de *trás* da cabeça, como se ele tivesse levado uma paulada. Mas o que...

— Apolo?

Levanto a cabeça e vejo Eurídice me chamando, em pé do outro lado da cadeira, segurando uma tartaruga de mármore com o casco manchado de sangue.

— Encontrei isto embaixo da cadeira, como se alguém tivesse tentado esconder o objeto às pressas.

É a prova de que precisamos.

Alguém tentou matar Pan.

24

CASSANDRA

Depois disso, as coisas se desenrolam com rapidez. A maioria dos convidados apareceu em grupo, e em contingências diferentes eu poderia me divertir com o caos de meia dúzia de membros dos Treze tentando assumir o comando da situação.

Porém, é difícil achar graça de alguma coisa enquanto vigio as costas de Pan para ter certeza de que ele não parou de respirar.

Eu gosto do homem alegre. Quero muito que ele fique bem.

Minos aparece cinco minutos depois com dois homens uniformizados que *poderiam* ser paramédicos, mas não estão vestidos como nenhum dos que já vi. Ele para e observa Pan.

Sinto a descarga de adrenalina. Não consigo parar de tremer. É quase o suficiente para não registrar a fúria no rosto dele. Minos a disfarça rapidamente. Tenho certeza de que fui a única a testemunhá-la. Ele se ajoelha ao lado de Pan, como eu. Minos estala os dedos.

— Parem de discutir. Precisamos ajudar este homem. — E gesticula para os dois que o acompanhavam. — Providenciem uma maca e preparem a remoção, a ambulância deve estar chegando.

O impulso de me jogar em cima de Pan para não permitir que o levem é quase irresistível. Alguém o atacou, e ele só estava aqui porque foi convidado por Minos. Ninguém mais nessa festa quer a morte de Pan...

Ou quer?

Olho para Apolo. A expressão dele está fechada. Ele se aproxima, segura meu braço e me ajuda a ficar em pé.

— Deixe os médicos ajudarem, Cassandra.

— Se o machucarem...

— Não vão — declara ele, e seu tom é alto o bastante para todos se calarem e o encararem. — Pan é um amigo. Várias pessoas nesta sala e fora dela vão ficar aborrecidas se acontecer alguma coisa com ele.

Quase digo que já aconteceu alguma coisa com ele, mas, se Apolo pode garantir que ninguém vai terminar o serviço, é tudo que importa.

— É claro. — Minos sorri, retomando o papel de anfitrião agradável. — Ele é meu hóspede.

— Não que isso o tenha ajudado — resmungo. — Ele foi atacado durante o tempo em que era seu hóspede.

Os paramédicos trabalham depressa, acomodando Pan na maca e o tiram da sala. Assim que o homem é levado, ficamos encarando uns aos outros com uma desconfiança cada vez maior. Pan não escorregou e caiu em cima da escultura de mármore. Alguém bateu em sua cabeça com ela.

Alguém que, provavelmente, está nessa sala.

Eurídice abre a boca, ainda com expressão perturbada, mas Afrodite entra antes que a garota possa dizer alguma coisa. Ela estuda o cenário com um olhar rápido.

— Por que todo mundo está com essa cara de dono de cachorro que foi chutado?

— Pan...

A porta é reaberta atrás de Afrodite, e Eurídice é mais uma vez interrompida, desta vez por Teseu, que entra com um braço sobre os ombros de Adônis. O convidado sorri, e nem eu consigo dizer se o sorriso é falso ou não. Ah. Isso explica a fúria no olhar de Afrodite.

Teseu não o solta de imediato.

— Adônis é o vencedor.

— Maravilha. Vamos fazer um intervalo para, ah, lidar com umas questões. — Minos olha em volta. — Voltamos a nos reunir para jantar.

— Jantar — Eurídice repete. Ela dá um passo à frente, ignorando o toque leve de Caronte em seu braço. — Não pode estar pensando que vamos ignorar o que aconteceu com Pan. Pensei que ele estivesse *morto.*

— Mas, não está — Minos responde, controlado. — Ele bebeu com Dionísio na hora do almoço. É evidente que tropeçou no tapete e se machucou.

Ah, não. Não é possível que todo mundo vá aceitar essa versão. Não faz o menor sentido.

Dionísio escolhe o momento para soluçar.

— Ele não é fraco. O cara pode beber muito mais que eu.

Observo Hermes, mas ela tem um sorrisinho no rosto e, pela primeira vez, parece não ter nada a acrescentar. Afrodite põe as mãos na cintura.

— Alguém explique o que aconteceu.

— Acabei de explicar, minha querida. — Minos caminha para a porta, passando por cima da poça de sangue sem se abalar. — Podemos ir? — Ele sai sem dizer mais nada.

Teseu segura o ombro de Adônis com mais força e o conduz para fora da biblioteca, atrás do pai de criação. É nesse momento que percebo que não tem mais ninguém do grupo de Minos na sala.

Um deles foi o responsável.

Mas temos de provar. Não foi Ariadne. Ela não teria tempo para descer e atacar Pan... mas é a única que posso eliminar com facilidade da lista de suspeitos. Dou um passo para trás e seguro a mão de Apolo.

— Precisamos falar com Ares. Isso não foi acidente; foi tentativa de assassinato.

Caronte balança a cabeça devagar.

— Não temos como provar.

Olho para ele, atônita.

— Como é que é?

— Não temos como provar — ele repete, paciente. — Vão vir aqui e colher digitais. E sabe de quem serão as digitais na tartaruga?

De Eurídice.

Apolo suspira.

— Talvez haja outras.

— Isso vai criar problemas. — Caronte olha para Eurídice. — Podemos ir embora se quiser. Acho que não vamos encontrar as respostas que estamos procurando aqui.

Seu lábio inferior treme, mas a jovem se esforça e consegue manter o controle.

— Estou bem. Não há motivos para ir embora. Não antes de você concluir o que veio fazer.

Isso confirma minha suspeita de que Caronte está aqui a mando de Hades, assim como nós viemos por ordem de Zeus. É bom saber que Hades não pretende se aliar a Minos. Não posso dizer a mesma coisa sobre os outros, com exceção de Afrodite.

— Eurídice...

— Você iria embora se eu não estivesse aqui? — O silêncio de Caronte é uma resposta mais que suficiente. Ela olha para todos nós. — *Vocês* vão embora?

— Não. — Hermes dá risada. — Isso está começando a ficar interessante.

Dionísio dá de ombros.

— Minos serve um vinho bom. — Mas sua alegria habitual não está presente. Na verdade, parece mais enjoado do que o álcool poderia justificar.

Não consigo acreditar no que estou ouvindo.

Todos deveriam estar a caminho da porta da frente. Em vez disso... planejam ficar.

— Vocês não podem estar falando sério. Alguém acabou de tentar matar Pan, e vocês vão ficar e esperar outra tentativa? E Atalanta e Tyche? Agora são *três* pessoas.

— Pan vai ser levado para o hospital na cidade. — Dionísio soluça. — Tenho certeza de que vai ficar bem.

— Atalanta mandou mensagem para mim. Ela está bem. — Ártemis estuda as unhas. — Às vezes, uma festa fica animada demais,

Cassandra. Saberia disso se recebesse convite para mais algumas. — Atrás dela, Hefesto sufoca uma risadinha.

— Como se fosse impossível alguém usar o telefone dela para mandar uma mensagem. — Tenho vontade de pegar a porra da tartaruga e jogar na cabeça *dela*, mas, além de parecer ser um objeto pesado, agressão nunca resolve os problemas. Se não ouvem a voz da razão, então eu tentar enfiar juízo à força na cabeça deles também não vai funcionar.

— Vocês são idiotas. Um de vocês vai ser o próximo.

— Ah, por favor. Nós somos dos treze vamos ficar bem — resmunga Hefesto.

— Mas que... — começo.

— Controle sua namorada, Apolo. Antes que um de nós precise fazer isso. — Ártemis se dirige à porta.

A saída dela provoca um efeito dominó. Um a um, todos a seguem, inclusive Eurídice e Caronte. Hermes é a última na biblioteca, e ela balança a cabeça lentamente.

— Falei para você ir embora, Cass. Ainda não é tarde demais, mas ninguém vai acreditar nos seus avisos. — Ela sai antes que eu responda.

O que posso dizer? Hermes está certa.

Olho para Apolo, que parece perturbado, mas, mesmo o conhecendo tanto, não consigo afirmar se o que o incomoda são os eventos recentes ou pensamentos sobre o futuro. Finalmente ele olha para mim e afaga minha mão.

— Odeio dizer isso, mas ela tem razão. Você devia ir embora.

Não perco a ênfase no "você".

— E você? E Ariadne?

Apolo ignora a pergunta.

— Não sei por que alguém atacaria Pan, mas está ficando cada vez mais óbvio que você não está segura.

— Apolo...

— Se está preocupada com Zeus cancelar o acordo, posso argumentar que você cumpriu sua parte e nunca concordou com se colocar em risco físico. Ele pode tentar reduzir o valor do pagamento, mas eu cubro a diferença.

A irritação me domina. Ele é muito teimoso.

— Não pode assinar um cheque de um milhão de dólares para mim. Sua família me expulsaria da cidade com tridentes e tochas.

— Você já decidiu que vai embora do Olimpo. Que importância tem o que minha família pensa?

É verdade. É claro que é. Mas isso não significa que meu corpo não enrijece com uma mistura de tensão e negação quando penso em deixar Apolo aqui sozinho.

— A questão não é essa.

Ele se aproxima e segura meu rosto.

— Deixe que eu me preocupo com o dinheiro. Vá para casa, onde é seguro.

Cubro as mãos dele com as minhas.

— Eu vou se você for comigo.

— Não posso. — Apolo suspira. — Se houver chance de Ariadne passar para o nosso lado, não posso perder a oportunidade.

— Vamos falar com Ares, então. — Sei que estou ultrapassando um limite, mas não consigo me livrar da sensação de desgraça iminente.

— Ares não pode interferir sem um convite direto ou uma ordem de Zeus, e Zeus não vai dar essa ordem para não alienar os membros dos Treze que também são convidados. — Apolo balança a cabeça. — Não posso ir embora. Ainda não. Mas você pode, Cassandra. Por favor.

— Não. Não sem você. — Seguro os pulsos dele e os aperto. — Se eu não estiver aqui, não vai ter ninguém para proteger sua retaguarda. Não sou Ares, Atena ou Ártemis, mas não posso deixar você sozinho. Não me peça isso.

— Não sou eu que estou em perigo, Cassandra.

Eu me recuso a ceder. Apolo parece querer discutir, mas, por fim, suspira de novo.

— Além de te enfiar no porta-malas e te levar para a cidade, não tem nada que eu possa fazer para te convencer, tem? — Apolo pergunta.

Apesar de tudo, dou risada.

— Não. Se não me sequestrar, não vai acontecer.

Ele beija minha testa e abaixa as mãos.

— Bom, se não vai embora, vamos ver o que acontece a seguir. — Apolo faz uma pausa. — Não vá a lugar algum sozinha, Cassandra. Não vou pôr você em perigo.

— Tudo bem, não vou. Prometo.

Apolo segura minha mão.

— Vamos.

Encontramos os outros convidados reunidos na sala de estar. Afrodite está sentada no sofá ao lado de Dionísio, braços cruzados e uma cara furiosa. Ele pisca para ela, mas não tem nenhum comentário engraçadinho para fazer, o que é novidade. Na verdade, está pálido e suando muito, como se corresse o risco de vomitar.

Teseu está sentado ao lado de Adônis em um dos outros sofás. Os dois não estão abraçados, mas Teseu é grande e se esparramou, o que significa que está colado no outro homem... e Adônis não está reclamando, por razões que não consigo imaginar.

Mas parecem formar um par.

Adônis exibe aquele sorriso cativante. Nunca consegui descobrir se é realmente tão tranquilo que nada o abala ou se veste a melhor máscara que já vi. Não sou capaz de dizer, honestamente, qual das duas possibilidades me incomodaria se eu me importasse com a política do Olimpo além de determinar quem evitar ativamente.

Mas Teseu? Ele é péssimo no disfarce. A satisfação parece emanar dele em ondas, e tem um jeito possessivo em como toca Adônis e no sorriso debochado que oferece a Afrodite. Considerando que não o vi olhar mais que duas vezes para o outro homem desde que chegamos, tudo isso deve ter a ver com ela.

Afrodite conseguiu irritar um dos filhos de criação de Minos — talvez só por ter uma relação com Helena, que o lesionou e roubou sua chance de se tornar o próximo Ares — e , por isso, parece que ele decidiu fazê-la sufocar nesse “encontro” com Adônis.

Se Minos pretende casar os filhos com pessoas poderosas, Adônis não deveria estar na lista. Ele é a pessoa menos poderosa na sala, depois de mim.

Isso faz tanto sentido quanto atacar Pan.

Tem alguma coisa aqui que não estou vendo. Algo importante. Se eu tivesse tempo e espaço para analisar tudo...

— Cassandra?

Dou um pulinho e olho para Apolo. Só então percebo que estava encarando Teseu e Adônis com muita intensidade. Tento sorrir.

— Estava distraída.

Apolo não acredita em mim, eu sei, mas sou um ser humano normal que acabou de sofrer um choque. Arrepios continuam a percorrer meus membros sem minha permissão. Não entendo como todos conseguem conversar com tranquilidade, como se os criados de Minos não estivessem na biblioteca removendo manchas de sangue do tapete. Só Caronte e Eurídice parecem incomodados, e eles dão desculpas vagas antes de saírem da sala rapidamente.

Até Apolo parece bem quando me leva para perto de Dionísio e Afrodite, onde nos sentamos. Ele entra na conversa com facilidade, encantando Afrodite a ponto de interromper a enxurrada de olhares assassinos lançados para o namorado e Teseu. Ou quase.

Isso é o que significa ser um dos Treze.

Eu sabia que eles funcionavam de um jeito diferente de todos nós, mas passar tanto tempo com Hermes, e depois Apolo, me trouxe a falsa sensação de que compreendia o que isso significava.

Não compreendo.

Mas, com toda certeza, compreendo agora, quando a tarde se encaminha para o anoitecer... e para a hora do jantar.

Gostaria de dizer que me concentro por inteiro em todas as conversas à minha volta durante o jantar. Minos está lá, cumprindo sua coreografia de rei encantador. Os outros falam sobre... alguma coisa. Mas só consigo pensar em Pan e em como ele quase morreu, e ninguém tentou obter notícias do hospital. Nem Dionísio, que é o motivo de Pan ter vindo a esta festa.

Todo mundo evita me encarar. Acham que sou paranoica e fraca. Até Caronte e Eurídice, lidam com isso mil vezes melhor que eu. E por que não? Nenhum deles viu com precisão o que a elite do Olimpo é capaz de fazer. Será que foi assim que os Treze agiram depois de ordenarem o assassinato dos meus pais?

Eles se sentaram, beberam e riram, enquanto os assassinos enviados por Atena perseguiam meus pais pelas ruas do centro da cidade até causarem a morte violenta dos dois?

Naquela época, Apolo era outro, mas não posso fingir que *meu* Apolo teria tomado uma decisão diferente. Não com suas prioridades tão claras. Ele faria qualquer coisa para proteger o Olimpo. Mesmo se isso comprometesse sua moral pessoal. Ele sabe muito bem o que aconteceria com a cidade se a cláusula do assassinato vazasse. Não sentiria prazer sentenciando meus pais à morte, mas faria isso pelo bem maior.

E se fosse eu na biblioteca, abandonada no chão para morrer sozinha depois de levar uma pancada na cabeça? Não posso garantir que ele faria algo diferente do que está fazendo agora — conversar tranquilamente com Afrodite. Ele pode até gostar de mim, pode se importar comigo em algum nível, mas não vai me colocar acima da cidade.

Esperar que isso aconteça é pedir para sofrer.

Não consigo respirar. Ai, deuses, não posso fazer isso.

O tempo se move de um jeito estranho. Por um lado, parece que acabamos de nos sentar para jantar quando os criados começam a retirar a sobremesa e a refeição chega ao fim. Não comi nada. Preciso de toda a força de vontade para continuar sentada em vez de sair da sala correndo. Apolo me espia de vez em quando, mas Ariadne está sentada ao nosso lado, e ele se concentra em conquistar sua simpatia.

Só quando o jantar termina, percebo que vamos ter de enfrentar mais um dos malditos jogos de Minos antes de conseguirmos escapar.

Mas Minos me surpreende. Ele tosse para chamar atenção.

— Considerando os acontecimentos desta tarde, acho que seria melhor adiarmos o entretenimento desta noite. Vamos servir um drinque na sala de estar, mas ninguém é obrigado a aceitá-lo.

Seguro o braço de Apolo quando ele começa a se levantar.

— Não consigo... — Minha voz soa estrangulada, e tenho de limpar a garganta e tentar de novo, falando bem baixo para ninguém além dele ouvir: — Apolo, não consigo mais socializar. Vou começar a gritar e não vou parar mais.

Ele franze a testa, preocupado, e assente.

— É claro. Não sabia que estava tão abalada.

Não tenho ideia de como você não está.

Mas não verbalizo isso. Não é justo. Não é culpa dele sermos tão diferentes em relação a isso. Se meus pais tivessem conseguido o que queriam, talvez eu também fosse blasé. Talvez.

O que ele vê no meu rosto o faz ficar ainda mais apreensivo.

— Vamos voltar para o quarto.

— Certo — sussurro. Estou à beira de um colapso. Não nasci para esse tipo de coisa. Pensei que Hermes estivesse exagerando no drama quando disse que eu corria perigo.

Eu deveria saber. Ela nunca brinca com as pessoas de quem gosta, mesmo não fazendo nada para salvá-las de si mesmas. Eu escolhi ficar.

Não esperava ser atropelada pelas lembranças, me deparar com um gatilho de uma das experiências mais traumáticas da minha vida. Meus pais não acreditaram em mim quando eu disse que os Treze não os apoiariam na tentativa de acionar a cláusula de assassinato. A polícia não acreditou em mim quando eu disse que os Treze mataram meus pais. Agora, ninguém acredita em mim sobre o perigo que esta festa representa.

Será que estou condenada a repetir os mesmos avisos só para ser forçada a ver, impotente, as pessoas de quem gosto serem feridas?

25

APOLO

Cometi um erro. Não percebi que Cassandra estava tão abalada, não até o momento em que se pronunciou. Em vez de cuidar dela, me concentrei no mistério sobre quem atacou Pan. Na especulação dos motivos que poderiam manter os outros aqui depois do ataque. Apesar de como se comportam e apresentam, os Treze não são sempre tão inconsequentes. E, até onde sei, Caronte nunca age assim. Isso sugere que a determinação de se aproximar de Minos é tão grande que supera os níveis de cautela de todos.

Isso é suficiente para me fazer pensar se alguns deles sabem mais do que revelam sobre Minos e suas conexões com o inimigo do Olimpo.

Levo Cassandra de volta ao nosso quarto e fecho a porta sem fazer barulho. A culpa me invade quando a encaro. Ela está *tremendo*.

— Desculpe.

— Eu... — Ela solta o ar devagar. — Às vezes esqueço que vocês são uma espécie completamente diferente de gente. Todos vocês.

Seguro suas mãos.

— Cassandra. — Ela está mais pálida que o normal, retraída. — Quero...

— Você devia ir tomar um ou dois drinques. — Cassandra solta minhas mãos. — Ariadne continua lá embaixo, e se conseguir tirá-la de perto do grupo, talvez possa fazer uma oferta convincente para ela mudar de lado.

Cassandra não está errada. Durante todo o jantar, Ariadne riu muito alto e falou bem depressa. Estava assustada, era evidente, e posso até ser um monstro por usar seu medo em favor do Olimpo, mas é uma ferramenta de que posso aproveitar para convencê-la a fazer o que busco.

Mas, para isso, vou ter de deixar Cassandra sozinha, perturbada e vulnerável.

— Não vou te deixar aqui.

— Apolo. — Seu sorriso é triste. — Não precisa bancar o herói comigo. Sei que o Olimpo é seu grande amor e sua responsabilidade. Cumpra o seu dever. Eu tranco a porta.

Ela está certa. Sei que está, mas agora, aqui e sozinhos, os acontecimentos da tarde retornam como uma onda. Não sei por que alguém atacaria Pan, mas o ataque poderia ter sido contra Cassandra. Ela foi ameaçada várias vezes desde que chegamos à festa.

Se alguém a seguir discretamente e a atacar antes que ela possa fugir...

Pensar nisso me faz tentar abraçá-la.

— Venha aqui.

— Apolo...

— Não vou deixar você sozinha, Cassandra. Pode continuar discutindo, ou pode me deixar te abraçar até nós dois nos sentirmos melhor.

Ela está tão perturbada que segura minha mão e permite que eu a puxe para um abraço. Com seu braço colado ao meu, sinto os arrepios que a percorrem. Quero insistir para ela ir embora, mas Cassandra fez uma escolha que vou respeitar.

Também vou fazer tudo que eu puder para ela não pagar caro por ter ficado.

Mas, hoje à noite, farei tudo que eu puder para que ela se sinta melhor. Com qualquer outra pessoa, isso incluiria deitá-la na cama, embaixo das cobertas, e esperar a seu lado até que pegasse no sono. Mas aprendi a não tirar conclusões sobre essa mulher.

— O que precisa que eu faça?

Ela ri com o rosto apoiado em meu peito.

— Você vai pensar o pior sobre mim.

— Cassandra, eu nunca poderia pensar o pior sobre você.

Faz-se uma pausa longa. Afago suas costas ao esperar. Por fim, ela segura minha camisa com as duas mãos e murmura:

— Preciso que você me foda até eu não conseguir mais pensar.

Paraliso.

— Eu...

— Se não quiser, tudo bem. Sei que não é uma escolha convencional. — Cassandra ainda fala baixo e mantém a cabeça apoiada em meu peito para não ter de me encarar. — Mas se está pensando em dizer que não devo me sentir obrigada a transar com você, vou ser obrigada a repetir que o único poder que exerce sobre mim é aquele que te dou.

Meu coração palpita.

— Cassandra, olhe para mim.

Ela levanta a cabeça, relutante. Os tremores diminuíram.

— Por favor, Apolo.

Não posso lhe negar nada. Existe um tipo de cuidado no sexo, e essa não é uma rota que eu teria sugerido, mas se for disso que ela precisa, vai ser um prazer satisfazer Cassandra. Pelo menos *isso* eu posso resolver. Passo o polegar em seu rosto.

— Qual é a palavra de segurança?

Cassandra sorri, e o alívio é evidente em seu rosto lindo.

— Píton.

É fácil entrar no papel com ela. Beijo sua testa de leve e dou um passo para trás.

— Tire o vestido.

Minha voz é mais suave do que a que usei com ela nesses momentos, mas Cassandra precisa de um lugar macio onde cair, depois de tudo que aconteceu hoje.

E posso lhe oferecer. Eu *quero* oferecer.

Cassandra não é do tipo que obedece cegamente na vida, e aprecio muito essa sua característica. Com toda a sinceridade, esperava que ela fosse mais mimada nesse tipo de interação, mas ela se submete com muita doçura. Não hesita em puxar o cabelo por cima do ombro e me dar as costas.

— Pode abrir o zíper?

Eu me aproximo e seguro o zíper pequenino no alto do vestido. Seria muito fácil rasgá-lo, contudo, apesar de gostar desse tipo de brincadeira, nenhum de nós precisa disso agora. Sei que vamos fazer sexo, mas, desta vez, tem a ver com cuidado, não só com tesão.

Puxo o zíper para baixo por todo o comprimento do vestido e deslizo os nós dos dedos por suas costas. Ela é tão *macia* que me distraio. Apesar de ter ordenado que tirasse o vestido, sou eu quem desliza as alças por seus ombros e braços. Depois, passo as mãos pelos dois lados do corpo e pelos quadris, puxando o tecido para baixo.

Como descobri antes, Cassandra não está de calcinha. Mas *está* de sutiã. Eu o removo depressa, soltando o fecho e repetindo o gesto de deslizar as alças pelos ombros. Beijo um ombro e recuo um passo.

E, então, me permito admirar o quanto eu quiser.

Não demora muito para Cassandra se mexer, e cada movimento faz a bunda se contrair. Tenho de cerrar os punhos para conter o impulso de tocá-la. Ainda não. É uma dança cuidadosa entre nós, a tensão é grande. Muita expectativa vai fazer o cérebro dela acelerar; Muito pouca vai negar a fuga de que precisa. Além disso, adoro contemplá-la.

Ela é perfeita.

Cintura grossa, quadril largo e bunda grande, coxas grossas que adorei sentir apertando minha cabeça. Respiro fundo. Sim, isso é o suficiente.

— Vire-se.

Desta vez, Cassandra demora mais a obedecer. Quando fica de frente para mim, levanta as mãos para cobrir-se antes de deixar os braços caírem.

Ela é tão perfeita de frente quanto de costas. Não daquele jeito construído que muita gente parece querer buscar; Cassandra é *real*.

Mais importante, pela menos esta noite, ela é minha, e vou cuidar dela.

Olho em volta e escolho a cadeira no canto, ao lado da cômoda. Vou me sentar nela.

— Venha aqui. — Ela obedece quase hesitante. Eu me acomodo, relaxado, e a vejo se aproximar. Agora seus passos são mais firmes, mas ela ainda não está totalmente presente comigo. — Deuses, Cassandra, as coisas que você faz comigo... Você é a tentação em forma de gente.

Ela tropeça e olha para mim.

— Como assim?

— As saias justas. Toda vez que vira de costas, sua bunda está bem ali, e tenho de me esforçar muito para manter as coisas decentes e profissionais.

— Apolo, tenho uma confiança razoável na minha aparência, mas ninguém vai olhar para a minha bunda e pensar que é perfeita.

— Está me chamando de mentiroso?

Ela morde a boca.

— Acho que não. — E para na minha frente, a centímetros dos meus joelhos. — Também admiro você.

— Me conte.

O rubor fica mais intenso. Para alguém capaz de ser tão fria e contida diante de várias pessoas poderosas, ela cora com uma facilidade impressionante. Gosto disso. Tenho a sensação de que é só para mim. Cassandra ajeita o cabelo.

— Você sabe que é gostoso. Não tente fingir que não. E aparece todos os dias em um daqueles ternos perfeitos. Sou humana. É claro que observo.

Estudo sua expressão. Agora está totalmente focada em mim, não pensando mais nas situações assustadoras que aconteceram antes. Que bom.

— Já fez mais que olhar?

Ela lambe os lábios.

— Seria o auge da falta de profissionalismo me masturbar assim que entro em meu apartamento só porque passei duas horas na sala de reuniões olhando para o seu pescoço depois que você afrouxou a gravata.

Eu me inclino para a frente, seguro seus quadris e a puxo para meu colo. Agora Cassandra está montada em mim. Continuo tocando seu corpo enquanto me encosto na cadeira, deslizando os dedos de leve por suas coxas. Sua pele é muito macia. Tenho vontade de sentir o sabor de cada centímetro dela.

Tudo a seu tempo.

— Você fez isso, Cassandra?

— Fiz. Mais de uma vez. E fiquei furiosa em todas elas. Não queria te querer.

— E agora?

— Ainda não quero te querer. — As palavras não têm entonação hostil, mas caem entre nós como pedras. Cassandra também vai sofrer quando isso acabar. Talvez isso devesse bastar para eu mudar de direção, mas a verdade é que fomos longe demais para sairmos ilesos.

Já tínhamos ido longe demais antes do primeiro beijo.

— Você confia em mim, Cassandra?

— Sim. — Ela não hesita.

Ter a confiança dessa mulher faz meu peito doer do jeito mais glorioso. Amo Cassandra. Sei disso há algum tempo, mas agora posso admitir para mim mesmo, aqui, neste momento. Meu coração vai ficar despedaçado quando ela for embora, e não sou egoísta e cruel o suficiente para revelar meus sentimentos agora, com o prazo de validade da nossa relação logo a frente. Ela gosta de mim, mas, mesmo que sentisse exatamente a mesma coisa que eu, eu não a colocaria na posição de ter de escolher entre mim e a irmã. Ela já sofreu o suficiente por causa dos poderosos do Olimpo.

— Vá para cama e se deite de costas.

Ela me encara por um instante. Prendo o fôlego à medida que Cassandra me estuda, mas ela não me faz esperar muito tempo.

— Certo.

Continuo sentado enquanto ela obedece. Vejo de relance sua boceta enquanto engatinha pelo meio da cama e se deita, e a imagem me obriga a sufocar um gemido. Paciência. Posso ter paciência. Esta noite não tem a ver comigo e com meu desejo. Tem a ver com entregar aquilo de que ela precisa.

— Em que pensou na última vez que se tocou?

— Eu...

— Quero ouvir tudo. Com riqueza de detalhes. — Eu me levanto devagar e tiro o paletó. Meus dedos tremem um pouco ao desabotoar os punhos da camisa e abrir os botões no peito. Paro depois do segundo e arqueio as sobrancelhas. — Estou esperando.

Cassandra sorri.

— Gosta de me ouvir falar, não é?

— É uma das coisas de que mais gosto. Você é a pessoa mais inteligente que já conheci, e adoro essa sua cabeça. — Sorrio. — Também adoro ouvir você ofegar quando fala sobre as coisas que deseja.

— O que eu *desejo* é que você tire a camisa.

Abro o terceiro botão... e paro.

Ela bufa.

— Tudo bem, entendi. A última vez foi depois daquela reunião com Afrodite. A anterior.

Eu me lembro exatamente do que ela está falando. A última Afrodite foi exilada do Olimpo há alguns meses, mas ela não é do tipo que desaparece discretamente e deixa todo mundo em paz. No tempo que passou afastada, tentou promover três campanhas de difamação contra Psiquê Dimitriou. Seguindo instruções de Zeus, consegui antecipar todas e frustrar as tentativas; ele não quer ameaças de escândalo rondando a família da mulher com quem se casou recentemente.

A reunião a que Cassandra se refere aconteceu por chamada de vídeo com a equipe encarregada de derrubar todas as publicações que ela havia conseguido postar, bem como uma entrevista especialmente devastadora marcada para ir ao ar na manhã seguinte, ao vivo. Mais tarde, furioso por ter sido obrigado a repetir o ataque três vezes que ordenei minha equipe a plantar um vírus no computador de Afrodite e apagar tudo, com uma ameaça de que a próxima invasão seria em suas contas bancárias se ela continuasse por aquele caminho.

— O que te excitou naquela confusão?

— Você ficou muito bravo. — Ela se arrepia, e começo a salivar. Cassandra acompanha com atenção enquanto abro mais um botão da camisa, depois, continua: — Você nunca grita quando fica zangado. Só fica mais sério, e entrei em combustão quando imaginei você falando comigo daquele jeito.

— Nunca precisei falar com você daquele jeito.

— Falou ontem à noite. — Ela dá uma risadinha. — E está falando de novo.

Paro no quarto botão.

— Continue, Cassandra. Você foi para casa depressa depois daquela reunião.

— É claro que fui. Minha calcinha estava molhada, e quase gozei antes de passar pela porta. — Ela aperta as coxas uma contra a outra. — Imaginei você ordenando que eu tirasse a roupa no momento em que entrei, mais ou menos como fez ontem. E depois me toquei.

— Me mostre.

Sua mão desce imediatamente. Ela cria um V com os dedos e aperta com firmeza o clitóris, um dedo de cada lado.

— Eu estava tão perto que sabia que ia acabar logo, por isso brinquei um pouco. — E abre os dedos, afastando um pouco as dobras. — Queria sua boca em mim. Quero sua boca em mim agora.

Abro os últimos botões da camisa e me livro dela. Minhas mãos estão tremendo. Preciso tocá-la, sentir seu sabor, dar prazer a ela. Dou um passo antes de me conter e controlar meus impulsos.

— Quando te fodo nessas fantasias, o que eu faço?

Os dedos param, e ela olha para mim.

— Você me imobiliza, mas me sinto protegida mesmo assim. Você… — Cassandra fica vermelha. — Você não tem pressa e me atormenta até perder o controle, e então é um pouco ríspido e me toca exatamente onde preciso ser tocada.

— Que nem ontem à noite.

— Isso. Daquele jeito.

— Esta noite não vai ser ríspida, Cassandra. Não é disso que você precisa.

Ela franze a testa e abre a boca como se quisesse discutir comigo. Espero. Finalmente, ela solta um grunhido fofo.

— Certo. Tem razão. Não é disso que preciso hoje.

Olho para ela por um instante.

— Abra as pernas para mim. Quero ver você inteira.

Ela afasta as coxas. E, quando abre as pernas, Cassandra fica mais atrevida no jeito como toca o próprio corpo. Ela introduz um dedo na abertura e, então, usa o dedo molhado para acariciar o clitóris. Meu pau fica tão duro que sinto uma leve vertigem quando todo o sangue flui para a ereção.

— É melhor se apressar. — A voz dela agora soa baixa, ofegante. — Ou vou terminar antes de você alcançar a cama.

— Não, Cassandra. — A mão dela para, e balanço a cabeça com firmeza. — Continue. — Contorno a cama e hesito ao ver um lampejo de alguma coisa dourada e brilhante em minha mala, algo que certamente não estava ali quando saímos do quarto mais cedo. Eu me abaixo e pego o objeto, e a incredulidade me faz gargalhar.

— Mas que palhaçada, Hermes.

— O que é isso?

Mostro para Cassandra a corda dourada em minha mão.

— Sua ex deixou um presentinho para nós.

— Ela é muito atenciosa com essas coisas. — Cassandra não para de se tocar. — Provavelmente fez isso para te provocar.

— Sem dúvida. — Mas, pela primeira vez desde que me dei conta de que havia uma história entre Cassandra e Hermes, aquele sentimento cortante e incômodo não se faz presente. Pode ser por pouco tempo, mas Cassandra está nua e cheia de vontade na minha cama. Ela permitiu que *eu* cuidasse dela e suprisse suas necessidades.

Testo o comprimento da corda. É diferente de outras que usei no passado: sedosa, em vez de resistente.

— Cassandra...

— Sim, pode me amarrar. — Ela fala tão depressa que as palavras quase se atropelam. — Vou adorar e, sim, confio em você e, sim, prometo usar a palavra de segurança se algo der errado e avisar se sentir algum problema de circulação. Por favor, Apolo.

É bom que ela antecipe todas as contingências que me fariam parar, que se comunique sem hesitação. Estamos juntos nessa.

— Sente-se e coloque as mãos em posição de oração na frente do corpo.

Cassandra obedece imediatamente. Ela está ofegante, mas consegue levantar uma sobrancelha.

— Vou precisar te idolatrar hoje?

— Não, amor. Você vai ser idolatrada.

26

CASSANDRA

Com o passar do tempo, talvez eu me acostumasse com o modo como a voz de Apolo fica profunda e séria quando ele está excitado e me encarando desse jeito, como se eu fosse um bufê preparado para saciar seu apetite. Talvez.

Não interessa mais o que é verdade, não estou pensando em nada que não seja ele e o que vai fazer. É uma pausa na realidade de que preciso com desespero, e Apolo fornece exatamente o que lhe pedi.

Ele volta à cômoda e pega uma fita de cabelo aleatória que deixei lá. Isso me dá a chance de apreciar sua beleza por mais um momento. Seu tipo de corpo é o mesmo que se vê nas estátuas clássicas, musculoso, mas sem exagero. É óbvio que se exercita — coisa que eu sabia antes, já que ele treina na hora do almoço —, mas ver sua pele perfeita à mostra me enfraquece. Quero sentir seu sabor e tocá-lo, colar meu corpo no seu o máximo que puder.

Apolo me faz sentir segura, como se, enquanto estiver no quarto comigo, nada mais possa me tocar. Para ser honesta, ele tem me dado essa sensação de segurança há muito tempo.

Ele se vira, e vejo o volume do membro na frente da calça social. Engulo em seco.

— Devia tirar a calça.

— Vou tirar quando eu decidir fazer isso.

Balanço a cabeça.

— Quero que você também se divirta, Apolo. Não pode ser só para mim.

Ele abre bem os olhos, depois, os estreita.

— Cassandra. — Adoro esse tom firme que ele adota depois que faço alguma coisa para testar sua paciência. — Hoje vou tocar seu corpo nu. Não importa o que mais aconteça, estou me divertindo muito. — Ele sorri e sobe na cama, e meu cérebro não tem capacidade para processar Apolo engatinhando para mim com *aquela* cara.

Espero que pare um pouco antes de me alcançar, mas parece que ultrapassamos esse limite. Ele junta minhas pernas e, de joelhos, se coloca sobre elas. As coxas poderosas pressionam as minhas, e isso me faz arrepiar.

Apolo estende a mão e segura meu cabelo. Demora alguns instantes para prendê-lo em um coque bagunçado e, depois, desliza as mãos por meu pescoço, ombros e parte superior das costas, certamente em busca de fios soltos que possam enroscar na corda. Tenho de conter o impulso de praticamente ronronar ao ser tocada com todo esse cuidado. Satisfeito, ele começa a deslizar a corda entre as mãos.

Já vi dominadores cumprindo esse ritual de verificar a corda antes de usá-la em seus submissos, contudo a sensação é diferente. Apolo concede um nível de intenção novo e estranho ao processo. É *bom*.

O som suave da seda deslizando nas mãos dele me acalma, ao mesmo tempo que faz a tensão dentro de mim crescer como uma onda.

Não entendo como essas duas coisas podem coexistir, mas nenhuma das minhas regras se aplica a esse homem.

Apolo chega ao fim da corda e emite um som baixo de aprovação.

— Hermes cuida bem de seus brinquedos.

Engulo em seco. Seu tom não tem mais a rispidez de antes, mas isso não muda o fato...

— Não quero mais falar sobre ela.

Ele sorri.

— Entendido. — Novamente, Apolo desliza a mão pela corda até a metade do comprimento e contorna a minha nuca. Ele olha para mim e lambe os lábios. — Se alguma coisa... — Um movimento negativo de cabeça. — Precisa ser firme, mas não pode apertar. Se sentir algum formigamento, me avise imediatamente.

— Aviso. — Vejo que ele ainda hesita e acrescento: — Prometo.

Finalmente, Apolo assente e começa.

É um trabalho lento e sensual. A sensação de receber cuidados se intensifica e se expande a cada contato dos dedos e da pressão da corda com a qual ele me imobiliza. Ela a cruza na frente do meu pescoço, desce até os cotovelos para dar sustentação aos braços. Depois, cruza de novo entre os seios para imobilizar as mãos em posição de oração. O posicionamento dos braços eleva os seios e os pressiona contra os antebraços.

Ele recua e analisa o resultado.

— Perfeito. — Apolo se coloca atrás de mim e segura meu queixo com firmeza, virando meu rosto para o espelho acima da cômoda. — Veja como você está bonita, Cassandra.

Observo o espelho, mas não é o meu reflexo que encaro. É o de Apolo, é o jeito como *ele* está olhando para *mim*. Ele desliza as mãos por meus braços e roça a região inferior dos seios com os polegares.

— Está sentindo alguma coisa apertando demais?

Não tem ar suficiente no quarto. Ele está me estimulando agora, e posso morrer se não me tocar de verdade em breve.

— Está tudo muito bom.

— Hum. — Ele aperta de leve meus mamilos. Já estão duros, mas o contato os faz enrijecer ainda mais. Choramingo e me inclino para trás, tentando me esquivar do prazer tão intenso que parece dor.

Mas não tenho para onde ir. O corpo duro de Apolo está atrás de mim, e ele não cede, embora eu me contorça sob seu toque.

— Apolo, por favor.

— Vou te dar tudo de que precisa, amor. — É quase uma ameaça.

Não consigo processar o fato de ele me chamar de *amor*. Minha mente patina na palavra pronunciada com aquele tom profundo e firme.

— Mas...

Apolo belisca meus mamilos, arrancando de mim um gemido.

— Pode argumentar o quanto quiser, mas vai ser como eu quero.

Pressiono as coxas uma contra a outra, mas não adianta, nada alivia a necessidade pulsando entre ambas.

— Espero que queira me dar orgasmos, e logo.

A risadinha faz minha barriga se contrair. Uma parte de mim ainda não acredita que isso está acontecendo, nem quando ele volta à minha frente e me deita de costas. O toque de Apolo é tão suave e firme quanto ele próprio, suas mãos demoram em meu ventre e quadris de um jeito que é quase uma homenagem, uma adoração.

Tal como prometeu.

Ele afasta minhas pernas e suspira.

— Agora posso enfim te ver de verdade.

— Apolo...

— Quieta.

Levanto a cabeça e olho para ele, incrédula.

— Você acabou de me mandar ficar quieta? — Ele não responde com palavras. Em vez disso, desliza os polegares pela área externa da minha boceta e me abre, depois, suspira de novo. Mordo a boca. — Acho que posso ficar quieta se você continuar fazendo isso.

— Aprecio sua obediência — Apolo responde de um jeito distraído. Depois, introduz dois dedos em mim, e seu peito produz um som que é um grunhido. — Tudo isso para mim? — Ele entra e sai devagar, me explorando. É parecido com o que fez ontem à noite, mas, ao mesmo tempo, inteiramente diferente. — Está tão molhada que vai estragar todo o lençol.

Abro a boca para dar uma resposta incisiva, mas ele toca meu ponto G com a ponta dos dedos, e perco a capacidade de raciocinar. Tudo que resta é a verdade.

— É para você — gemo. — Tudo para você.

— Boa menina. — A voz baixa, o tom de aprovação e a resposta me levam ao ápice. O clímax me faz gritar, um grito que certamente é ouvido pela casa toda. Mas Apolo não para. Começa a acariciar meu clitóris com a outra mão, fitando meu rosto enquanto sustenta meu orgasmo.

— Mais um, amor. Você consegue.

Como se eu tivesse escolha.

Ele se inclina e beija meu joelho, me estimulando até fazer a onda se formar novamente. O jeito como Apolo me olha, deuses... Com o coração nos olhos, sinto que ele o coloca a meus pés, embora esteja no papel de dominador.

Cada toque e cada passeio dos olhos por meu corpo... são idolatria, sim, mas chegam a ultrapassar isso. Ele não está meramente feliz por estar comendo alguém.

Apolo *me vê.*

Noto quando se debruça e deposita um beijo lento em minha boceta. Continua me idolatrando com os dedos, mas a língua habilidosa desliza sem pressa sobre o clitóris, de novo e de novo. Sem pensar, tento tocá-lo, mas sou contida pela corda que mantém minhas mãos unidas e os braços dobrados.

— Quero... — Luto contra as amarras, o que aumenta a necessidade. — Preciso...

Ele levanta a cabeça para dizer:

— Quando eu terminar, você pode fazer seus pedidos.

— Quando terminar?

— Sim. Você me pediu para cuidar de você. Estou cuidando, do meu jeito. — E morde minha coxa de leve. — Se minhas noites com você são contadas, não vou deixar nada de lado. — Uma sombra passa pelos olhos dele mas desaparece rápido demais. Meu cérebro prejudicado pelo desejo não consegue identificá-la.

Alguma coisa estala e cede em meu peito. Horrorizada, sinto meu lábio inferior tremer.

— Apolo. — Uma palavra só, mas cheia de significados. *Gosto de você. Talvez seja mais que gostar, mas não posso admitir, porque, se admitir, nunca irei embora. Não posso ficar.*

— Cassandra. — A resposta dele também contém muitas camadas. Eu o conheço o suficiente para captar algumas, mas não todas. *Também gosto de você. Não vou pedir que fique.*

O momento se prolonga entre nós, e todas as coisas que não posso dizer pressionam meu peito. Não esperava esse conflito. Não esperava... nada disso. Mas nada muda as circunstâncias, e sabemos disso.

Mesmo se eu não planejasse fugir da cidade para salvar minha irmã, os acontecimentos desta tarde foram um lembrete do quanto é perigoso estar entre os Treze. Não foi Afrodite, Hefesto ou Dionísio que sofreu o ataque. Foi Pan. E poderia ter sido eu. Se eu ficasse, da próxima vez pode ser eu.

O que aconteceria com Alexandra se me acertassem?

Se eu morresse?

Apolo me beija antes que eu estrague tudo com emoções embaralhadas e uma situação impossível, a qual nenhum de nós pode resolver sem alguém se machucar. É melhor sermos nós os machucados, em vez de alguém que dependa de nós.

Tento mais uma vez tocá-lo, e, de novo, a corda me restringe.

Desta vez, ele não me deixa frustrada. Continua me beijando enquanto começa a remover a corda. O problema com formas mais elaboradas de contenção é que demora mais para sair dela do que para ser contida, mas, com ele, isso não parece ser uma tarefa complicada. É só uma forma diferente de preliminar.

A corda cede, e ele a remove por completo. Estendo as mãos para abraçá-lo, mas ele segura meus pulsos com firmeza.

— Não. — E morde meu lábio. — A noite é para você.

— Bom, *eu* quero te tocar.

Ele se inclina para trás e sorri com uma expressão triste.

— Mais tarde. Prometo.

— Apolo... *Por favor.*

O sorriso desaparece.

— Quando começamos, você me disse o que queria. É isso que vou te dar. — Ele pega a corda de novo. — Mas quero ter mais acesso aos seus seios. Às suas mãos.

Não é uma ordem, mas quase. Estendo os braços lentamente e o vejo amarrar meus pulsos. Ele é bom. A corda dá várias voltas nos antebraços, formando nós cuidadosos e evitando pressão excessiva em qualquer parte de mim. Apolo testa a corda.

— Muito apertado?

Quero protestar por ele ter me privado de novo da possibilidade de tocá-lo, mas não tenho força para isso.

— Não — respondo com honestidade.

— Ótimo. — Ele me deita de costas e passa a outra ponta da corda por trás da cabeceira da cama e por cima dela. Depois, o filho da mãe coloca a ponta solta nas minhas mãos.

— Confio na sua obediência, amor. Segure.

Segure.

O que ele quer é me manter cativa. Não posso fingir que é ele que me mantém amarrada, que não posso me soltar a menos que use a palavra de segurança. Não, ele está me fazendo ser uma participante voluntária, porque Apolo é assim.

É um jogo mental. Sinto vontade de soltar a corda só para ser perversa, só para ver o que ele vai fazer. Mas outra parte de mim só quer agradá-lo. Essa é a parte que vence. Enrolo a corda na mão e fecho os dedos.

— Combinado.

— Boa menina. — Ele se senta nos calcanhares e me contempla. De novo, não consigo me livrar da impressão de que ele me vê. Não só o corpo, em detrimento da mente. Não só a mente, em detrimento do corpo. *Eu.* Inteira.

Apolo lambe os lábios.

— Agora podemos começar de verdade.

27

APOLO

No passado, eu considerava o sexo uma dança complexa entre mim e meus parceiros. Uma dança de consentimento e troca de poder, de descobrir exatamente o que os excita para lhes dar o maior prazer possível. Todos esses impulsos estão presentes com Cassandra. Sou quem sou, afinal.

Mas eles são suplantados por pura necessidade.

Minha porção lógica desligou, e só restou desejo. Tenho de recorrer a toda minha força de vontade para não perder o controle, agora que ela está nua e de pernas abertas, olhando para mim como se eu tivesse a chave para todas as suas necessidades. Quero ser exatamente isso para Cassandra. Quero muito, desesperadamente.

Se não posso dar tudo a ela, pelo menos posso dar prazer. Fuga. Conforto. Afasto seu cabelo do rosto e beijo a testa, a ponta do nariz, os lábios. Ela tenta aprofundar o beijo, mas continuo me movendo. Não consigo manter a leveza, no entanto. Deslizo a boca pela curva do ombro e pela maciez do braço, subindo até onde a corda a imobiliza, e repito o processo com o outro braço.

Ela treme como uma vara, deixando escapar gemidinhos que talvez nem perceba. Afetar essa mulher autoconfiante com tanta intensidade é uma coisa inebriante. Ter a confiança dela para guiá-la, para levá-la aonde sei que ela precisa ir. Guardo esse sentimento dentro de mim e faço o possível para não o esquecer enquanto aproximo a boca de um de seus seios.

Dedico toda atenção a eles, juntando-os para poder alternar entre os mamilos. Nada é suficiente. Deuses, mal consigo acreditar que isso está acontecendo. É como uma fantasia especialmente nítida, como se a qualquer momento eu fosse abrir os olhos e me ver sozinho na cama, segurando o pau.

Continuo brincando com ela até os arrepios se transformarem em tremores. Cada inspiração é arfante e cheia de necessidade, seus olhos escuros cintilam de desejo. Só então sigo para baixo, dispensando o mesmo tratamento ao abdome e aos quadris. Ela é tão linda que fica até difícil de respirar.

Por mais que seja tentador fazê-la gozar de novo, prometi satisfazer sua fantasia, e é exatamente isso que pretendo fazer. Nego o prazer a nós dois e passo direto por sua vagina, me dedicando primeiro a uma perna, descendo ao tornozelo, depois à outra.

Quando finalmente me ajoelho entre suas coxas, estamos os dois ofegantes, e ela está tão molhada que brilha. Passo a articulação do dedo pela entrada úmida.

— Perfeita.

— Você fica repetindo isso. — A voz dela está rouca.

— E é verdade. — Observo seu rosto ao introduzir dois dedos. Cassandra está ainda mais molhada que antes, e seu corpo está pronto para o meu. — Você é atrevida, inteligente e bondosa, Cassandra. É um privilégio cuidar de você hoje, e fico feliz por ter confiado em mim para fazer isso.

Ela sorri, mas vejo um leve tremor em seus lábios.

— Está dificultando demais a tarefa de proteger meu coração.

Não precisa proteger seu coração de mim.

Mas não falo nada.

Deslizo as mãos por suas coxas e as afasto. Ela fecha um pouco os olhos quando pego uma camisinha e rasgo a embalagem. É um procedimento rápido, mas me obrigo a ir mais devagar que o normal, tomando todo o cuidado para colocá-la direito. Tão perto do paraíso, não quero fazer nada que prejudique a experiência.

Agora que o momento chegou, parece surreal. Apoio uma das mãos ao lado dela, na cama, para me sustentar, e a penetro devagar. Nós dois gememos enquanto entro lentamente, primeiro, com movimentos curtos. Ela envolve meu quadril com as pernas, me puxando mais para dentro.

— Mais. Quero mais.

— Que impaciente.

— Por você? Sempre.

Beijá-la é a coisa mais natural do mundo. Não posso acreditar que passei os últimos cinco anos *sem* beijar Cassandra Gataki. Ela me beija como se nunca fosse se fartar, como se quisesse gravar a experiência na memória com a mesma intensidade que eu.

Levo um momento para me controlar, sufocando o instinto de penetrar tão fundo quanto puder. Ela me disse o que quer, e não me permito lhe dar menos que perfeição.

Começo a me mover dentro dela, mas cada fricção diminui minha capacidade de pensar e planejar. É bom sentir Cassandra em meus braços, sentir seus tornozelos nas minhas costas. Eu me perco um pouco mais a cada onda de prazer.

O tempo deixa de ter significado. Tudo que existe é Cassandra. Seus ruídos de entrega. O corpo se movendo contra o meu em um ritmo tão antigo quanto o tempo. Os olhos vidrados de prazer, mas focados em mim com uma intensidade que me toca lá no fundo.

Não vá embora.

Amo você.

Palavras que nunca vou dizer.

Só posso mostrar isso a ela com a boca, as mãos, o pau. Neste momento, tudo de mim está dedicado ao seu prazer. Mudo de ângulo para conseguir encaixar a mão entre nós e afagar seu clitóris. Cassandra grita:

— Mais.

— Tudo que você quiser. — As palavras transmitem muita intensidade, muita verdade, mas agora não dá para voltar atrás.

Mantenho o toque que ela parece achar mais satisfatório e a vejo gozar embaixo de mim. Nunca vou me cansar do momento de rendição total quando ela chega ao orgasmo. A confiança que deposita em mim é estonteante. Vou fazer tudo que puder para garantir que ela nunca se arrependa disso.

Reduzo a velocidade dos movimentos, dando um tempo para ela voltar a si e para eu recuar da beira do precipício. Ela olha para mim, aturdida.

— Quero te tocar. — Hesito, mas ela insiste. — Apolo, por favor.

Não posso negar nada a ela. A verdade é que quero desesperadamente suas mãos em mim. Assinto com movimentos tensos.

— Sim. — Tento soltar a corda que envolve seus pulsos, e finalmente a solto com um palavrão que a faz dar risada.

A primeira coisa que Cassandra faz é segurar meu rosto entre as mãos e me puxar para um beijo devastador. Tudo se desfaz. Desta vez, quando me movo dentro dela, é com menos controle. É bom demais. *Ela* é uma delícia. Com uma das mãos no meu cabelo, ela se mexe comigo e desliza a outra pelas minhas costas até agarrar minha bunda.

E é assim que perco o controle. Projeto o corpo para frente com a necessidade de penetrar mais fundo, mais forte, simplesmente reduzido à *necessidade*. Ela grita com a boca na minha. Cedo demais. É muito cedo, mas nossos corpos não parecem se importar com isso. Cassandra tem outro orgasmo, e agora sinto sua vagina me apertando.

As palavras transbordam, levadas pela corrente da mais pura necessidade.

— Você é perfeita. *Perfeita,* porra. — Encosto o rosto em seu pescoço quando gozo. Meu corpo continua se movendo, embora a mente desligue, e nós dois gememos a cada movimento.

Bem devagar, os batimentos acelerados que ecoam em meus ouvidos vão voltando à normalidade. Sinto Cassandra desenhando padrões abstratos em minhas costas. É bom. Muito bom.

Mas tenho de dar atenção ao preservativo.

Gemo mais uma vez e começo a me afastar. Ela responde me prendendo entre as pernas.

— Só mais um pouquinho.

Ceder é tentador, mas, quanto mais tempo ficarmos assim, maior é a probabilidade de a camisinha não funcionar como deve. Eu me inclino para beijar sua boca.

— Já volto.

Deixá-la na cama e ir ao banheiro a fim de descartar a camisinha é mais difícil do que deveria ser. Demoro alguns segundos para me limpar e volto depressa ao quarto, quase certo de que o momento passou.

Cassandra está exatamente onde a deixei, relaxada e de olhos fechados. Ela os abre quando me aproximo da cama.

— Venha aqui.

Atendo-a com prazer. Vou me deitar ao seu lado. Abraçá-la é a coisa mais natural do mundo. Cassandra se encaixa em mim com perfeição e faz aquela coisa fofa de se aninhar em mim. Não está mais tensa e perturbada como antes. Dei-lhe exatamente aquilo de que ela precisava, e essa certeza se acomoda em meu peito como um peso confortável. Sei que deveria deixá-la mais solta em todos os aspectos, mas não consigo evitar: estreito o abraço e a puxo ainda mais para mim.

Se só posso ter isso por mais alguns dias, vou aceitar tudo que Cassandra oferece. Até esses pequenos momentos de intimidade. Especialmente esses pequenos momentos de intimidade.

— Apolo. — Ela pronuncia meu nome devagar, com uma entonação sonhadora. — Você falou "porra" três vezes. Deve ser um recorde.

Isso me faz rir.

— Eu estava... inspirado.

— Vou interpretar isso como o maior dos elogios. — Ela sorri com a boca em minha pele. — Acho que não consigo andar. Minhas pernas estão tremendo de um jeito que seria preocupante se eu não tivesse tido... vários orgasmos.

Meu peito não decide se quer se expandir ou... se fechar. Eu me contento com respirar. É o suficiente. Aqui, agora, isso é mais do que o suficiente.

— Você fica linda quando goza, Cassandra. Como eu poderia não querer testemunhar isso diversas vezes? — Hesito. Talvez não seja a hora de entrar nesse assunto, mas quero que ela saiba a verdade. — Lamento ter te trazido para cá e te colocado nesta situação, exposta novamente à violência, mas não lamento que isto tenha acontecido entre nós.

— Hoje à tarde... — Cassandra levanta a cabeça, e sua expressão séria me assusta. — Sei que não circulamos no mesmo mundo, apesar de ambos morarmos no Olimpo, mas nunca ficou tão nítido. — Ela engole com dificuldade. — Mas não me arrependo desse tempo com você.

Esse é o xis da questão. Se dependesse de dinheiro ou poder, eu poderia convencer Cassandra a ficar. Mas a verdade é que não posso garantir sua segurança se ela não for embora... Seria pedir demais. Independentemente do que sinto.

— Cassandra. — Seguro seu queixo com delicadeza. — Nosso tempo é contado em dias, em horas. Não vou fazer nada para abreviá-lo.

— Nem eu. — Ela apoia a cabeça em meu peito e me abraça com mais força.

O espaço entre nós é tomado por coisas sobre as quais aceitamos não falar. Eu a abraço e aliso seu cabelo com uma das mãos. Mais um momento para tatuar na memória. Tão valioso quanto o que o precedeu. Mais, na verdade.

Mesmo assim, não vou desperdiçar um segundo sequer do tempo que ainda tenho com Cassandra.

Começo a me virar para deitá-la de costas na cama, mas ela se solta. Quando levanto as sobrancelhas, ela ri.

— Já me sinto um pouco melhor, e acho que é uma pena desperdiçar todas essas horas sozinha com você. — Seu sorriso se torna diabólico quando desliza as unhas por meu abdome. — Posso, Apolo?

Não posso negar nada a ela.

— Tudo que quiser, amor.

28

CASSANDRA

Não dormimos muito na noite anterior. Cada vez que começávamos a cochilar, era como se um frenesi nos dominasse e fazíamos tudo de novo, destruindo o estoque de preservativos de Apolo. O jeito como esse homem olha para mim... Apesar do prazer afastando meus pensamentos de novo e de novo, não consigo superar o medo de nunca voltar a ter nada como isso.

Tenho medo de nunca mais estar com alguém que me toque como Apolo me toca.

De nunca mais estar com alguém que me enxergue como Apolo me enxerga.

A tentação de permanecer neste quarto e me esconder do mundo é quase irresistível. Ele sente a mesma coisa. Percebo no jeito quase desesperado como me toca ao acordar, me virando de bruços e me satisfazendo com a boca até eu implorar que meta em mim. Desta vez, não tem preliminar lenta ou joguinho de provocação. Ele só faz um intervalo para pegar mais uma camisinha e colocá-la, e, então, me segura pelo quadril e me fode como se não conseguisse se aproximar o suficiente. Amo cada momento, mesmo sem conseguir escapar completamente do espectro do que vem a seguir.

Gozo no pau dele tantas vezes que perco a conta, e nem isso é suficiente para banir a ameaça do futuro.

Ou a lembrança do que aconteceu na biblioteca.

Ele termina com um palavrão, movendo-se dentro de mim com tanta intensidade que tenho mais um orgasmo. Soluço com o rosto nos lençóis. É demais e, ao mesmo tempo, estou apavorada pensando que nunca será o suficiente. Não haverá prazer nem lembranças o bastante para enfrentar a passagem do tempo. O passar dos anos sempre apaga os detalhes, os bons e os maus. Sei disso melhor que a maioria das pessoas.

Nunca vou esquecer Apolo, mas será que sempre vou me lembrar da pressão de seus dedos nos meus quadris? Será que o tempo vai acabar apagando o jeito exato como ele olha para mim, como se o sol nascesse e se pusesse em torno do meu prazer?

Tenho medo da resposta.

Apolo beija minha nuca e desaparece pelo tempo necessário para descartar a camisinha. Assim que volta para a cama, me toma nos braços. Tudo que quero é aceitar o conforto de sua presença, seu corpo, seu controle. O mundo agora parece muito distante, e uma parte egoísta de mim quer mantê-lo assim.

Porém, não podemos continuar com isso. Precisamos conversar sobre a festa. Sobre Pan.

— Com tanta gente aqui, por que atacar Pan? Ou fazer Atalanta desaparecer, quer dizer, se é que foi isso que aconteceu? Ou *me* ameaçar? Por que mirar nos acompanhantes? É isso que não consigo entender.

— Também não consigo. Pan é querido por todos, e não existe razão estratégica para atacá-lo. É possível que ele tenha segredos perigosos, mas não sei por que o ataque aconteceria aqui, entre tantos outros lugares.

Essa é a questão. A probabilidade de quem atacou Pan *não* ser um convidado é quase inexistente. Examinar a situação por esse ângulo é a escolha errada; tenho certeza disso.

— Tem de ser alguém que está aqui. Talvez Minos queira o Dryad?

— Todo mundo quer o Dryad. — Apolo está tão frustrado que quero abraçá-lo. — Talvez seja um exagero, mas acho que pode ter relação parcial com isso. Pan não tem família. Se ele morrer sem deixar um testamento, o Dryad vai a leilão. Mas isso tudo é uma coleção de suposições, e, mesmo se o restaurante fosse a leilão, tem gente com muito mais dinheiro que ele na cidade. Dionísio, por exemplo, seria o primeiro na fila, e ele pode pagar por um lance bem alto.

Penso em como ele pareceu se sentir mal depois do ataque. Com certeza... Eu me sento na cama.

— Acha que Minos está se oferecendo para sujar as mãos no lugar dos convidados? — É uma hipótese quase absurda, se pensarmos que os Treze são perfeitamente capazes de matar por conta própria, mas o Zeus atual é diferente do anterior. *Esse* Zeus busca estabilidade, e não dá para alcançar estabilidade em um momento como agora, matando por vantagem financeira.

Não gosto de pensar em Dionísio aceitando esse tipo de negócio, mas ele é um dos Treze. Não posso presumir nada.

— É... possível. Deuses, eu ainda nem havia considerado que essa poderia ser uma opção. — Apolo franze a testa. — Mas isso não explica as ameaças contra você.

— Verdade, mas você não veio para negociar com Minos. — Quanto mais argumento e penso, mais a ideia começa a fazer sentido. — Talvez ele tenha pensado que a ameaça contra mim distrairia você da tarefa.

Apolo mira o teto.

— Se foi isso, ele não errou. — E belisca a região entre os olhos. — Mas e Atalanta? Ela é de uma família poderosa, apesar de não ter empresas como o Dryad.

Suspiro.

— Não sei. Talvez ela tenha alguma coisa que Ártemis quer, mas não sabemos. — Esse é o problema. Mesmo com o progresso que fizemos, não sabemos o suficiente. — No entanto, isso explicaria ao menos por que nenhum deles está preocupado com a chance de ser um alvo, já que trouxeram os alvos consigo. — Essa tese não se aplica a Caronte e Eurídice, mas eles estão aqui pelo mesmo motivo que nós: encontrar respostas.

Queria poder dizer a mesma coisa sobre Afrodite e Adônis, entretanto, por mais que goste dela, não consigo esquecer que a mulher é uma Kasios, e essa família já provou ser capaz de pisar em qualquer um para alcançar seus propósitos. Não tenho certeza absoluta do propósito que seria alcançado com a remoção de Adônis, mas não posso ignorar a possibilidade de ela ser implacável o suficiente para tomar essa atitude.

Passo os dedos pelo cabelo.

— Preciso tentar conversar com Hermes de novo. De todo mundo aqui, ela é quem mais parece ter ideia do que está acontecendo de fato. Não sei se vai me contar a verdade, mas tenho mais chances do que qualquer um. — Tenho quase certeza de que Tyche nunca chegou à festa. Não a conheço bem, mas ela é a filha caçula e travessa de uma das famílias herdeiras. Não está na linha de sucessão de nenhum título e é querida por quase todo mundo.

Exceto pelos pais de Tyche, que não gostam do tempo que ela passa com Hermes.

Sem dúvida, Hermes não faria mal à mulher para punir os pais dela, faria?

Não. Sei que não. Hermes pode ser tão implacável quanto o restante dos Treze, e até cruel se lhe for conveniente, mas não prejudicaria uma amiga para punir um inimigo.

Certo?

— Você tem mais chance do que eu de conseguir informações com Hermes. — Apolo faz uma careta. — No entanto, depois de ontem, não gosto da ideia de não ter você ao alcance dos olhos.

Também não gosto de pensar em andar pela casa sem Apolo ao meu lado.

— É o único jeito. Ela não vai falar comigo abertamente se você estiver lá.

Talvez não fale nem se estivermos sozinhas, mas... tenho de tentar. E não só para cumprir minha parte do acordo com Zeus. O que aconteceu com Pan ontem provou que o aviso de Hermes faz todo sentido. Mesmo sem entender completamente por que Pan foi atacado, quem fez isso ou se a pessoa pretende atacar de novo. Ou seja, *Apolo* também pode estar em risco.

Preciso continuar repetindo para mim mesma que ele já se movia pelo tanque infestado de tubarões do Olimpo mesmo antes de eu ter entrado em sua vida, e durante todo esse tempo ninguém enfiou uma faca em sua barriga. E é improvável que o façam agora, mesmo Minos sendo um fator desconhecido. Apolo não *precisa* de mim para guardar suas costas. O único valor real que tenho é que, depois de passar tanto tempo vivendo na periferia disso tudo, estudando os poderosos para poder escapar da ira de todos, tenho um conhecimento que Apolo não tem sobre as motivações das pessoas. Mas, se chegarmos a qualquer tipo de luta, serei pior que inútil.

Apolo não precisa de mim.

Pensar nisso devia me deixar mais tranquila, mas me causa a estranha sensação de estar mentindo.

— Tome cuidado, por favor — falo de repente.

Ele franze a testa.

— Não vou ser inconsequente, mas não sei se posso prometer que vou tomar cuidado. Se houver uma oportunidade de obter as informações de que precisamos, vou ter de aproveitá-la.

Sei disso. É claro que sei. Mas o pânico que berra dentro de mim não escuta.

— Vale mesmo a pena arriscar sua vida pelo Olimpo?

Ele ajeita meu cabelo. Qualquer outro tentaria me acalmar com garantias vazias. Não Apolo. Ele fica muito sério e me encara.

— Você não tem uma boa opinião sobre os Treze, e tem motivos para isso. Mas a verdade é que trabalhamos em benefício do Olimpo. — Apolo se corrige diante do meu olhar incrédulo. — *Alguns* trabalham em benefício do Olimpo. Você pode não gostar do método, mas o povo está protegido, tanto da cidade superior quanto da inferior. Ninguém passa fome. Os índices de criminalidade são mais baixos do que os de qualquer cidade de tamanho parecido.

— Tudo isso pode até ser verdade, mas não é o cenário completo. — Balanço a cabeça. — Nós dois sabemos que crimes cometidos pelos poderosos são varridos para baixo do tapete.

Apolo abre a boca, reconsidera e assente.

— É verdade. Não é um sistema perfeito, e eu estaria mentindo se dissesse que é. — Ele suspira. — Não assumi o título de Apolo para ter poder. Talvez fosse isso que minha família queria, mas eu sabia que ser membro dos Treze envolveria sacrifícios. Vou fazer o que for preciso para manter a cidade e seu povo em segurança.

A resposta é puramente Apolo.

No meio de todas as pessoas que detêm títulos por razões egoístas na atualidade, ele vê o título como uma chance de ser um guardião, não como um trono que o coloca acima dos que estão em posições inferiores.

Eu te amo.

Fecho a boca com firmeza para evitar que as palavras escapem. Está ficando cada vez mais difícil não contar para ele o que sinto, por mais que seja injusto e egoísta confessar. Não há mais nada a fazer, senão me arrumar e levar a missão adiante. Por mais tentador que seja tentar seduzi-lo para ficar na cama comigo e fingir que o restante da festa não existe... é impossível.

Tudo nessa situação é impossível.

— Vou tomar um banho, então.

Ele toca meu ombro.

— Não vou deixar nada acontecer com você.

Forço um sorriso.

— E quanto a você? — O risco para os outros convidados da festa de Minos podem ser inexistentes se minha teoria estiver correta, mas não podemos dizer a mesma coisa sobre Apolo. Ele é uma ameaça, e Minos sabe disso.

Apolo dá de ombros.

— Como eu disse, o risco faz parte do posto.

Podemos ficar dando voltas e discutindo por horas, mas nada vai mudar. Eu vou embora. Ele vai ficar, o nobre cavaleiro branco que é. É por isso que o amo, mesmo agora eu preferindo que ele fosse egoísta pela primeira vez, que cuidasse dos próprios interesses, em vez dos do Olimpo.

Porém, mesmo se eu fosse ficar, isso nunca funcionaria a longo prazo. Ele se sente à vontade nadando em águas suficientemente profundas para eu me afogar.

Vou ao banheiro e me arrumo sem pressa. Em geral, meus rituais matinais e minha rotina de beleza me fazem sentir melhor e mais centrada. É o tipo de repetição automática que normalmente permite que meu cérebro resolva problemas, como dirigir.

Hoje, no entanto, tenho a impressão de que pisquei e fiquei pronta. Não consigo encontrar paz. Olho para a porta do banheiro e sinto a preocupação fervendo no estômago. Quando aceitei vir para cá, pensei que a única coisa que estaria em perigo seria meu coração. Não esperava violência real.

Estou fazendo isso por Alexandra.

Num impulso, pego o celular e ligo para minha irmã. O telefone toca várias vezes antes de a ligação cair na caixa postal. Sua voz animada diz: "Você ligou para Alexandra Gataki. Devo estar na aula ou trabalhando, mas, se deixar seu recado, ligo de volta assim que puder. Tenha um ótimo dia!"

Suspiro e desligo. Ela está se dedicando muito para pavimentar a própria estrada para um futuro melhor. Não posso fazer menos que ela.

Abro a porta e encontro Apolo na cama, trabalhando no notebook. Está deliciosamente bagunçado com os lençóis embolados em torno da cintura e o cabelo preto despenteado. Quando levanta a cabeça e sorri, é como se me ver fosse suficiente para salvar seu dia.

Os dias poderiam ser assim...

Ignoro a vozinha na minha cabeça e vou me vestir. Eu me sinto um pouco trêmula, como se o chão se movesse embaixo dos meus pés, por isso escolho o vestido que reservei para um momento em que tivesse necessidade de uma injeção de ânimo. Meu favorito. O tecido é de um tom tão escuro de prateado que é quase preto, e me sinto melhor assim que o visto. Aprendi há muito tempo que a roupa pode mudar a perspectiva de uma pessoa, tanto a que tem de si quanto a de quem a olha. É um tipo de armadura diferente daquela usada pelos soldados de Ares, mas serve ao mesmo propósito, ainda que as armas afiadas pela nata do Olimpo sejam palavras e ambição, em vez de pistolas e facas.

Mas o vestido não vai me proteger contra nenhum dos dois tipos.

Apolo não demora para tomar banho e se vestir. Ele me observa ao sair do banheiro.

— Você está um arraso — ele diz.

— Obrigada. — Verifico o batom no espelho e calço os sapatos de salto. Não posso fitá-lo diretamente, porque, se o fizer, vou querer tocá-lo e, se eu o tocar, não vou poder me responsabilizar pelo que ocorrerá em seguida. É tentador prolongar a relativa paz existente quando estamos só nós dois, mas consigo me conter.

— Heitor ainda está trabalhando nos e-mails?

— Sim. Conseguiu eliminar tudo que não era útil, e agora está analisando o restante. — Apolo termina de abotoar a camisa. — Leva tempo para rastrear todas as interações, mas deve ter alguma atualização mais tarde.

— Que bom.

Ele me oferece um braço.

— Vamos?

Lá embaixo, a maioria dos convidados já está à mesa. Os últimos lugares disponíveis são as cadeiras entre Hermes e Pandora. Fico surpresa quando Apolo toca a parte inferior das minhas costas e me guia para a cadeira ao lado de Hermes. Por outro lado, será que isso é assim tão surpreendente? Desde o início, ele fez de tudo para me proteger. Porém, considerando o sorriso radiante de Pandora quando ele se senta ao seu lado, é provável que ele tenha mais sucesso que eu na conversa.

Então, ela me encara.

Pandora me lembra Perséfone Dimitriou, pelo menos antes de ter fugido, se apaixonado por Hades e abandonado a persona da princesa feliz. Mas... ter essa mulher sorrindo para mim é como sentir um raio de sol no verão. Minha única reação é piscar.

— Acho que não fomos apresentadas. — Ela estende a mão do outro lado de Apolo e dá de ombros como se pedisse desculpas. — Sou Pandora.

— Cassandra. — A mão dela é morna e macia. — É um prazer. — Não gaguejo, mas falta pouco. Ela é *bonita.*

— O prazer é todo meu.

Do meu outro lado, Hermes ri baixinho. Eu me recupero o suficiente para me virar e encará-la.

— Cale a boca.

— Sempre rabugenta, até ver um rostinho bonito. Aí esquece até que sabe falar. — Hermes me empurra de leve com o ombro. Não tem acusação em sua voz, só uma ternura profunda que fala de nossa longa história.

Mas Apolo fica tenso.

— Deixe-a em paz, Hermes.

Ela levanta um dedo, e vejo a unha pintada de preto.

— Primeiro: você já devia saber que não deixo ninguém em paz. — Ela levanta outro dedo. — Segundo: Cassandra é capaz de se defender sozinha se sentir que é necessário.

— O fato de ser capaz não significa que deva.

Que estranho. Não consigo decidir se é "estranho bom" ou "estranho ruim", mas não vou deixar os dois discutirem por minha causa como cachorros disputando um osso. Mesmo que os dois tenham iniciado a conversa com a intenção de *me* proteger.

— Chega.

Apolo abre a boca, mas reconsidera o que diria. Depois, assente e mira o prato. Hermes estreita os olhos como se quisesse continuar com a provocação, mas olho para ela e balanço a cabeça em silêncio. Ela suspira.

— Tudo bem. Vou me comportar.

O almoço é uma experiência surreal. É muito... normal. Todo mundo conversa tranquilamente, como se um homem não tivesse sido quase assassinado em um cômodo próximo há menos de vinte e quatro horas. Eu sabia que os Treze e as pessoas próximas a eles eram criaturas diferentes, mas isso nunca ficou mais evidente do que no período desde que Pan foi atacado.

Ainda mais se eu levar em conta minha teoria de que eles estão aqui para Minos fazer o trabalho sujo em troca de parte dos lucros.

Não percebem que isso vai dar ao homem uma vantagem sobre eles? Ou acreditam mesmo que sejam intocáveis?

Talvez estejam planejando trair Minos depois que conseguirem o que querem dele? Apenas ganhos, sem nenhuma possibilidade de compartilhar as recompensas ou sofrer chantagem no futuro.

As possibilidades me deixam tonta. Não posso ser a única que enxerga os perigos. Certamente, não sou. No entanto, até agora ignoraram meus alertas. Acreditam que de fato são intocáveis. Inclusive Apolo, à sua maneira. Ele está disposto a se colocar em risco pelo bem maior.

Quando perceberem que podem estar errados, vai ser tarde demais.

29

APOLO

Pandora tem ótimas habilidades de socialização, e percebo algum treinamento social em como consegue abordar temas leves, mas interessantes, sem esforço algum. Também se esquiva com habilidade das minhas cuidadosas investidas em busca de informação. Ela é extremamente alegre, mas não é boba.

Por outro lado, ninguém no grupo de Minos parece ser bobo. Infelizmente.

Até Ariadne se mantém afastada, depois de ter se sentado ao meu lado no jantar da noite anterior.

Minos pigarreia e não consigo evitar a tensão. Outro jogo a caminho, outra sequência frustrante de movimentos para que o homem se divirta. Essas brincadeiras eram irritantes antes. Agora, participar delas é especialmente macabro.

Hoje Minos abandonou o ar preocupado. Sorri como de costume, e sua voz é retumbante quando comenta sobre a qualidade da refeição que acabamos de consumir. Mas tem alguma coisa... Não consigo identificar o quê. Algo não se encaixa.

Cassandra toca meu joelho e se inclina para mim.

— Você está carrancudo.

Faço um esforço para suavizar a expressão, mas é mais difícil do que o normal. O que ele tem que provoca meus instintos?

Minos abre os braços.

— A semana tem sido mais do que eu poderia ter sonhado. Sou incrivelmente grato por todos vocês terem aceitado o convite e minha proposta de entretenimento.

Mas é *ele* quem se diverte com todo o processo sem estar participando dele. Está sentado assistindo a tudo — me observando — à medida que corremos como ratos em um labirinto. Percebo que contraí o maxilar e relaxo a expressão mais uma vez.

— Sabiam que minha querida e falecida esposa Pasífae era uma grande fã de romances históricos? — Minos continua sem esperar uma resposta. Vejo Ariadne do outro lado da mesa, e ela parece querer sumir em um buraco no chão. — Os jogos são em homenagem a ela.

Levanto as sobrancelhas. *E eu aqui pensando que era só para humilhar algumas das pessoas mais poderosas do Olimpo e se divertir com isso.* Ou, se Cassandra estiver certa, para cometer atos violentos e obter vantagem sobre essas pessoas.

Como se sentisse meus pensamentos, Cassandra afaga minha coxa. Não olha para mim, mas o contato é um lembrete eficiente para eu parar de fazer cara feia. Nunca tive tanta dificuldade para controlar a expressão, porém nunca lidei com uma frustração como a que Minos representa. Mesmo com o progresso que fizemos, ele representa tudo de errado na cidade. Poder e corrupção, e muitos dos meus pares estão dispostos a chafurdar nessa lama se isso lhes garantir algum progresso.

Minos continua a falar, e ignora as trocas de olhares entre as pessoas à mesa:

— Pensando nisso, a tarde de hoje será dedicada a seu jogo favorito, e quem vai participar é o filho preferido *dela*. Não sei bem por que ela gostava tanto dele. Desde pequeno, ele nunca fez nada direito. Sempre o ferrado, não é, Ícaro? — Ele ri, mas ninguém o acompanha.

Não é a primeira vez que testemunho um pai sendo horrível com um filho em um ambiente que pode ser considerado público.

É extremamente incômodo. Ícaro parece indisposto, mas esteve especialmente quieto durante toda a refeição, retraído e com olheiras profundas.

Minos continua o discurso, ignorando deliberadamente a estranheza que causou:

— Cabra-cega.

— Que porra é essa? — Cassandra murmura.

Não existe a menor possibilidade de Minos tê-la ouvido, mas ele responde mesmo assim:

— Alguém do grupo tem os olhos vendados e é desorientado, e tem de adivinhar a identidade da pessoa que ele ou ela encontra.

É um jogo estranho, e uma escolha ainda mais estranha para escolher um "vencedor". Afrodite se encosta na cadeira, e seus olhos escuros ganham um brilho desafiador. Está acomodada sob o braço de Adônis, mas, desde os acontecimentos do dia anterior, tem deixado transparecer uma tensão antes inexistente. Ela o toca de um jeito quase possessivo e, embora não tenha olhado para Teseu uma vez sequer durante toda a refeição, não há dúvida de que o espetáculo é para ele.

Agora ela levanta uma das mãos com uma atitude sarcástica.

— Tenho uma dúvida.

O sorriso de Minos não muda.

— Sim, Afrodite?

— O jogo acaba quando a pessoa vendada adivinha a identidade da pessoa que encontra. E como se decide quem é o vencedor?

— Ah, sim, essa é a maneira tradicional de jogar o jogo. Mas, aqui, proponho um jeito alternativo. — Ele ri. — A pessoa que estiver vendada vai percorrer o círculo e adivinhar o máximo de identidades que puder. A pessoa com o maior número de acertos vai tirar Ícaro das minhas mãos. — A risada se torna uma gargalhada retumbante. — Desculpem, eu me expressei mal. Vai ganhar um *encontro* com Ícaro. Como se me livrar desse filho fosse tão fácil!

— Entendi — ela fala lentamente.

— Vamos começar? — Minos se prepara para levar o grupo para fora da sala de jantar.

Cassandra e eu nos entreolhamos.

— Deixe para mais tarde. — Não me atrevo a dizer mais que isso com tantas testemunhas, mesmo falando baixo em seu ouvido. Ela vai entender. É inútil tentar falar com Hermes agora.

— É claro. — Ela revira os olhos, mas a expressão é branda. — Vamos nessa.

Mais uma vez, voltamos à elaborada sala de estar. Se antes eu não conseguia determinar por que Minos fazia suas escolhas com esses jogos, hoje está muito nítido que ele pretende humilhar Ícaro por alguma razão desconhecida. Minos se senta no suposto lugar de honra, uma cadeira com encosto alto em torno da qual formamos um círculo relutante, com Ícaro na ponta. Assim como à mesa, ele parece querer estar em qualquer lugar, menos aqui.

Isso me faz pensar se está infeliz por ter vindo ao Olimpo, tal como Ariadne parece estar. Se uma filha está disposta a agir contra o pai, talvez o outro também esteja. Vou perguntar o que Cassandra pensa disso. Meus instintos às vezes se enganam, mas os dela raramente erram. Ela enxerga coisas que eu não vejo. Talvez agora seja uma dessas ocasiões.

— A primeira tentativa... — O sorriso de Minos é ardiloso. — Afrodite, nos faça a gentileza.

Ela se levanta com elegância. Hoje, veste calça social preta e blusa de seda lilás que deixa os braços à mostra. O cabelo escuro é como uma cortina sobre as costas quando ela se aproxima de Minos e se vira para ele pôr a venda em seus olhos.

— É claro que não vamos facilitar muito. Mudem de lugar na sala, por favor.

Cassandra bufa, irritada, e eu a sigo. Paramos ao lado da lareira, do outro lado de onde estávamos. Mas ela não se manifesta. Estamos ocupados demais observando Minos, que gira Afrodite algumas vezes. Muitas vezes, na verdade, mas não sou eu quem comanda o jogo.

Quando o homem a solta, ela cambaleia. Ninguém fala nada. Nenhum som. É estranhamente sinistro vê-la se mover com as mãos estendidas. O primeiro que Afrodite encontra é Adônis. Ele permanece imóvel ao passo que as mãos tocam seu peito. De onde estou, vejo o sorriso dela de perfil. Afrodite sobe as mãos até os ombros, pelo pescoço e pelo queixo forte de Adônis. Ela sorri enquanto explora seu rosto com a ponta dos dedos.

Afrodite ri baixinho.

— Eu reconheceria esse sorriso em qualquer lugar, Adônis. — E se inclina para beijar os lábios dele.

Depois, segue em frente. Ela é melhor no jogo do que eu teria imaginado. Confunde Minotauro com Teseu, mas pode ser por causa da relutância em tocá-los. Também confunde Eurídice com Ártemis, o que deixa Ártemis furiosa, abrindo buracos nas costas dela com o olhar. Mas acerta todos os outros, percorrendo o círculo até parar na frente de Pandora, que está do meu outro lado.

Embora ninguém tenha confirmado ou negado as identificações, ela *deve* saber quem é a pessoa quando toca de leve os braços da outra mulher e segura seu rosto com mãos surpreendentemente gentis. Afrodite sorri com malícia.

— Só tem um jeito de ter certeza.

E ela beija Pandora.

Sem pensar, olho para Teseu. É só mais um jogo de poder entre ele e Afrodite, mas é impossível não identificar a fúria em seus olhos. Não cheguei a rotular o relacionamento dele com Pandora como abertamente romântico, mas percebi a proximidade óbvia, e é inegável que está enfurecido por ver o beijo entre ela e Afrodite.

Afrodite recua e sorri.

— Oi, Pandora.

— Oi. — Pandora está um pouco ofegante.

E o jogo continua. Minos gira a pessoa vendada e os convidados mudam de posição. Desisto de tentar ficar ao lado de Cassandra depois da segunda rodada. Não há motivo para isso. Eu a vejo o tempo todo.

O Minotauro tem um péssimo resultado, só adivinha corretamente a identidade de Teseu, Ícaro e Pandora. Caronte e Hefesto se saem só um pouco melhor. Dionísio parece ir mal de propósito, embora com ele seja impossível determinar se é encenação ou não. Adônis nem parece se esforçar, sai chutando nomes no momento que toca alguém, e normalmente erra. Ártemis se sai quase tão bem quanto Afrodite. Cassandra acerta todos, menos o Minotauro.

Hermes faz a rodada perfeita, é claro. Ela puxa a barba de Teseu, beija a testa de Dionísio, flerta descaradamente com todo mundo que toca, e beija Cassandra com um entusiasmo um pouco excessivo para o meu gosto.

Quase não sinto mais ciúme, porém, nada tão incisivo quanto senti no dia anterior. Vermelha, Cassandra me fita como se pedisse desculpas no momento que Hermes segue em frente, e seu olhar permanece *em mim* quando é a vez de Eurídice ter os olhos vendados, e ela acerta mais ou menos metade dos convidados.

Enfim, chega a minha vez.

Conforme observava todos os outros, subestimei quanto seria desorientadora a experiência de ter os olhos vendados. Tento ouvir os movimentos das pessoas, mas com Minos me girando, é uma tarefa impossível. Quando enfim me solta, não tenho a menor ideia de onde cada um se colocou.

Odeio esse jogo.

Eu me sinto um completo idiota com as mãos estendidas, andando para a frente. Não gosto dessa distorção dos sentidos, e a sensação só piora quando toco um homem. Ele é esguio, e no momento que encontro uma barba, sei quem é.

— Dionísio.

Percorro o círculo devagar.

Não chamaria de "amigo" a maioria dessas pessoas, e não tocaria de propósito quase nenhum ali. Tento manter as mãos bem altas para não tocar acidentalmente o que não devo, mas isso significa que acabo batendo na testa de Hermes quando a toco, em vez de encontrar seus ombros.

— Desculpe, Hermes.

Sigo tateando e tocando o restante dos convidados. A ideia de ir mais depressa é tentadora, mas meu orgulho não me permite. Adivinho identidades tão bem quanto penso e, por fim, chego em Cassandra. Sei que é ela no momento que minha mão segura um ombro macio. Mesmo assim, deslizo os dedos para segurar seu queixo e sentir os lábios distintivos.

Sorrio.

— Oi, Cassandra.

É ela quem remove a venda dos meus olhos e sorri quando me vê piscar com a mudança repentina de iluminação. Não tenho tempo para dizer nada — não sei nem o que dizer, já que é só um jogo bobo. Minos entra no círculo.

— Temos uma vencedora óbvia! Hermes, parabéns!

Hermes sorri e pisca para Ícaro.

— A gente vai se divertir.

Diante de sua alegria inabalável, até Ícaro consegue reagir com um sorriso.

Minos ri.

— Sem dúvida. Bem, acho que o chá já está servido. Vou confirmar. Por favor, fiquem à vontade. — Ele sai da sala sem olhar para trás.

— Hora do chá. É claro. Por que não? — Eurídice balança a cabeça e se senta ao lado de Caronte no sofá de dois lugares. Os dois estão semivirados um para o outro, de forma que os joelhos se tocam, e o jeito como ele se mantém a uma distância respeitosa ao prolongar o toque nem tão casual me faz sentir feliz por Eurídice e triste pelo bobo do meu irmão.

Caronte sorri.

— Você gosta de chá — ele constata.

— É, eu gosto. E também estou pronta para ir para casa. Isso já não tinha graça antes de Pan ser atacado, agora estou me assustando com qualquer barulho. Pensei que ficar fosse a atitude certa, mas estava enganada. Estamos perdendo tempo aqui — Eurídice resmunga.

Caronte segura a mão dela, abaixa a cabeça e fala tão baixo que não consigo ouvir o que diz. Pelo que vejo, imagino que vão embora antes do jantar. Não sei o que Caronte veio procurar, mas, se não encontrou nada até agora, duvido que mais um ou dois dias mudem alguma coisa.

Falando nisso...

Eu me viro para sugerir que Cassandra aproveite a oportunidade para falar com Hermes, mas não a vejo em lugar algum. As duas sumiram.

30

CASSANDRA

Hermes sai pela porta enquanto as pessoas se acomodam para o chá que está sendo servido, e não paro para pensar. Vou atrás dela. No corredor, avisto o cabelo escuro e o suéter amarelo e vibrante desaparecendo em uma esquina.

Aonde ela vai?

Ela já passou pelo banheiro, localizado convenientemente no meio do corredor, e não seguiu na direção da escada para o segundo andar.

Intrigada, vou atrás. Chego à esquina a tempo de vê-la entrar em uma sala qualquer. Estranho.

Olho para trás, para a sala de estar. A tentação de ir falar com Apolo antes de seguir em frente é quase maior que tudo, mas já contei para ele que planejava conversar com Hermes. Isso pode não estar saindo como eu esperava, mas todos na casa estão naquela sala de estar, e duvido que alguém da criadagem possa me fazer algum mal. Provavelmente.

Espero muito que esse não tenha sido o último pensamento de Pan.

Preocupada, caminho apressada até a porta por onde Hermes passou. Entro no aposento e paro.

A sala está vazia.

— Hermes? — É só um sussurro, mas não posso erguer a voz. Olho ao redor. É um aposento de aparência comum, sem a elegância das salas de estar no andar de baixo. A cama king-size é tão simples quanto a cômoda e as mesas de cabeceira. Não tem nem uma porta que indique uma suíte. E também não tem nenhum lugar onde Hermes possa ter se escondido, a menos que esteja embaixo da cama.

Sinto um arrepio, mas vou verificar. Nada. Apesar da reputação que tem, Hermes é de carne e osso. Se não está aqui, é porque o quarto tem outra saída. Uma porta secreta. Estou certa disso.

Endireito os ombros e examino as paredes com mais atenção. Ela não poderia ter empurrado a cômoda, por isso passo direto e vou olhar o espelho na frente da cama. Não é tão ornamentado quanto aquele no quarto de Ariadne, mas ainda tem uma moldura robusta e pouco mais de dois metros de altura, do chão até perto do teto. O tamanho perfeito para uma porta. Eu me sinto um pouco boba, mas prendo a respiração ao tocar a moldura.

Ela se move sob meus dedos.

— Que porra é essa? — sussurro. Encaro a porta mais uma vez, mas o instinto me diz que é uma oportunidade por tempo limitado, e, se eu voltar para buscar Apolo, vou perdê-la.

Se eu conseguir encontrar respostas, não teremos motivos para ficar aqui. Iríamos embora, e ele estaria seguro do destino que Minos pode ter planejado para o espião de Zeus.

Isso, mais que tudo, me faz decidir.

Tiro os sapatos de salto e termino de abrir o espelho. O corredor à minha frente é tão empoeirado que vejo as pegadas dos All Star se afastando do ponto onde estou. Não preciso de confirmação para saber que Hermes passou por aqui, mas a tenho, mesmo assim.

Segui-la significa deixar um rastro, mas trata-se de uma oportunidade boa demais para não ser aproveitada. Mais tarde, resolvo o problema de Hermes saber o que estou fazendo aqui. Entro no corredor escuro e puxo o espelho até quase fechá-lo atrás de mim.

O espaço é estreito o bastante para fazer com que eu me sinta um pouco claustrofóbica, mas as paredes não tocam meus ombros quando começo a andar.

Por que ela se daria ao trabalho de lidar com passagens secretas agora? A casa está praticamente vazia, e todos que talvez estejam curiosos sobre as tramoias de Hermes estão na sala de estar. Só quando começo a andar pela passagem escura me ocorre a dúvida: Minos contratou um corpo de funcionários novo, ou as pessoas que trabalham aqui eram parte do pacote quando comprou a casa? Ele deve ter trocado a equipe. Minos é inteligente o bastante para perceber que haveria pessoas leais a Hermes e prontas para transmitir a ela todas as informações que obtivessem. Então, por que permitiu que isso acontecesse? A menos que... A suspeita é inevitável.

Hermes não faria isso.

Ela *não* faria isso.

Acelero o passo o máximo que posso e quase me choco contra a parede no fim da passagem. Paro no último segundo. Agora que estou bem perto, vislumbro a linha de luz fraca que contorna o batente. Um contorno invisível a trinta centímetros de distância. Toco na porta, mas hesito.

É um erro invadir o que pode ou não estar acontecendo do outro lado. Segui Hermes com a intenção de conversar com ela, mas estou aqui para conseguir informações, no final das contas, e esta parece ser justamente a situação que pode revelar o tipo de informação que Apolo procura.

Levando isso em consideração, me inclino com todo o cuidado e colo a orelha à madeira da porta. Imediatamente, fico feliz por não a ter aberto. É fácil identificar as duas pessoas que conversam do outro lado.

Ao que parece, Minos fez uma parada rápida no caminho de volta depois de pedir o chá.

Queria poder ver, mas não me atrevo a abrir a porta. Em vez disso, fecho os olhos, bloqueando até a luz pálida para me concentrar. Minos está andando; conheço os passos de Hermes, pelo menos quando se deixa ouvir, e as pisadas pesadas que fazem o chão praticamente vibrar sob meus pés não são dela.

— Tem certeza de que isso vai funcionar?

Hermes responde com aparente tranquilidade no tom:

— Funcionaria, se você não estivesse desperdiçando oportunidades com pessoas inocentes. Pan não fazia parte do acordo. Nem Atalanta.

— Isso faz parte da experiência de ter um filho todo fodido. Falei para Ícaro dar um jeito em Afrodite, mas ele conseguiu confundi-la com Pan. — Ele resmunga um palavrão. — Não olhe para mim com essa cara, Hermes. Foi a história que ele contou.

— É bem ruim.

— Não vai se repetir. Meus outros garotos não são tão ineptos. — Ele ri. — E Atalanta está amarrada no porão. Ela está bem. Só não posso correr o risco de uma interferência no que vai acontecer a seguir. Você a viu nas provas do torneio de Ares. A mulher é formidável.

— O suficiente para quase vencer um dos seus valiosos filhos de criação.

— Suas piadas são péssimas. — Faz-se uma pausa. — Tem certeza de que não vão nos expulsar da cidade por isso?

— A lei é a lei, mesmo que a maioria das pessoas nem imagine os segredinhos que nós, os Treze, escondemos durante todos esses anos. Se os seus meninos seguirem minhas instruções ao pé da letra, a cláusula vai ser acionada. Mas nunca prometi que funcionaria.

— Hermes. — Minos praticamente grunhe o nome dela.

— O que quer que eu diga, Minos? Não existem garantias nesse mundo. Você me perguntou como poderia alcançar seus objetivos, e eu te expliquei. — A voz dela endurece. — Agora pare de brincar comigo e me dê a informação que prometeu.

Há um silêncio por vários instantes. Não preciso ver a cara dele para saber que está considerando o risco de desafiar Hermes. Por fim, ele pragueja.

— Tudo bem. A mulher que você procura é minha benfeitora.

— Como é que é?

— Ela me abordou um ano atrás com uma oferta que incluía o Olimpo como prêmio. Mas ela não faz parte do grupo que eu trouxe.

— Minos. — Alguma coisa sombria e perigosa permeia a voz de Hermes. — Você me enrolou durante meses com a promessa de informações precisas sobre ela. Eu te dei casa, te informei sobre assuntos internos e votei para que fosse trazido ao Olimpo e tivesse a cidadania. Espero sinceramente que tenha mais que "ela é minha benfeitora" como pagamento.

Mal consigo processar o que estou ouvindo. Durante todo o tempo, desde que conheci Hermes, ela foi um enigma. Mesmo quando compartilhava de sua cama, sempre havia uma parte dela que era mantida em segredo, e respeitei isso porque eu também guardava partes de mim mesma. Mas nunca duvidei de que proteger o Olimpo fosse seu principal objetivo.

Eu...

Fecho os olhos e tento controlar a respiração. Não sei de quem ela está falando ou o que está acontecendo, então tudo que posso fazer é ouvir. Posso ter uma reação emocional a tudo isso mais tarde, quando for seguro.

Mas...

Que merda, Hermes.

Minos fica em silêncio por tanto tempo que começo a pensar que talvez não responda à ameaça. Por fim, ele suspira.

— Concordei com aqueles termos antes de perceber que você sabe mais sobre ela do que eu. — Há uma hesitação. — Tenho um canal de contato com ela, mas não posso garantir que isso dê em alguma coisa.

— Só isso?

Minos não parece abalado com a raiva gelada exalada por Hermes.

— Ela não é do tipo disponível, coisa que você deveria saber muito bem. Isso é tudo que tenho.

Ouço o som de pés batendo no assoalho de madeira.

— Estou muito aborrecida, Minos. Pode brincar com o restante dos Treze o quanto quiser, mas comigo? — A risada dela é gelada. — Sugiro que consiga algo mais, e depressa. — Então há o ruído de uma cadeira sendo arrastada. — Não conte para ela que a estou procurando ou você não vai viver para ver seu próximo plano ser posto em prática.

— Entendo — ele resmunga.

A conversa está acabando. Não consegui informação suficiente para entender qual é o jogo de Hermes, exceto que ela está esperando informação sobre... alguém... Mas sei o suficiente. Só podem estar falando de uma cláusula que eu conheço bem, graças à ambição dos meus pais.

Minos quer matar um membro dos Treze e assumir o posto vago. Possivelmente, *vários dos* membros dos Treze.

Pensar a respeito disso me faz estremecer. Não tenho nenhum amor pelos Treze de maneira geral, mas Minos é um desconhecido em vários sentidos. Vi a brutalidade de um de seus filhos de criação na arena. Se eles trouxerem essa violência para o corpo diretivo da nossa cidade...

Não estarei aqui para ver isso. Talvez por isso não devesse me importar, mas me importo.

Não tenho como esconder minhas pegadas, e Hermes é experiente demais para não as notar, a menos que esteja distraída com a nova informação, mas não posso contar com essa ocorrência improvável. Limpar as provas também seria perda de tempo.

Na fração de segundo que levo para compreender que não tenho como esconder a evidência de que alguém os ouviu, Hermes e Minos encerram a conversa. Não tenho mais tempo.

Volto correndo o mais rápido que posso, incapaz de resistir ao impulso de olhar para trás várias vezes. A porta continua fechada quando viro a esquina e passo pelo espelho ao quarto onde deixei meus sapatos. Olho para os pés sujos, mas não há o que fazer. Não tenho tempo para isso.

A tentação de confrontar Hermes é grande. Mesmo agora, enquanto questiono tudo, não há dúvida de que ela não tem a menor intenção de *me* prejudicar. Não teria me alertado para ir embora daqui, da festa, se não se importasse comigo.

Também não consigo acreditar que ela colocaria o pescoço de Dionísio em risco. Deve ter negociado a segurança dele com Minos.

Mas e quanto a todos os outros?

Pensar neles me deixa gelada. Calço os sapatos e saio do quarto, fechando a porta com cuidado. Quero correr para a sala de estar, pegar Apolo e levá-lo para o mais longe possível daqui, mas me obrigo a andar devagar até o banheiro. Lavo as mãos e tento me acalmar, mas é inútil. Meu reflexo é muito pálido, os olhos estão arregalados. Estou trêmula e não consigo parar.

Estávamos errados. Errados para cacete. Pan foi um engano. Atalanta desapareceu por ser formidável demais e porque se colocaria entre Ártemis e uma ameaça. Hermes está trabalhando com Minos para assassinar um ou mais líderes bem quando a cidade está mais vulnerável do que nunca à ameaças externas. E tem uma ameaça externa para a qual Minos parece estar abrindo caminho.

Traição.

Estavam falando sobre *traição.*

Os assassinatos têm de acontecer na festa. E logo. Foi uma sorte o erro com Pan não ter afugentado todo mundo. Quando retomarem a vida no centro da cidade, haverá seguranças e outras coisas a serem levadas em consideração, aspectos que dificultarão um ataque contra eles. Ninguém trouxe seguranças à festa, o que não estranhei até agora. Sei por que Apolo tomou essa decisão, mas os outros...?

A não ser que...

Talvez eu não estivesse tão errada quanto pensei. Talvez seja realmente um blefe duplo; só está acontecendo mais cedo do que todo mundo poderia ter imaginado. Vi a cara de Dionísio depois que Pan foi atacado. Ele parecia indisposto. Seria culpa?

Se acreditavam que fariam acordos obscuros com Minos, não trariam seguranças para testemunhar tudo por aqui. As pessoas falam, e se você começa a trair seus amigos e seu povo abertamente, não vão restar muitos amigos ou pessoas por perto no futuro.

Só os Treze seriam arrogantes o suficiente para pensar que não tinham nada a temer.

Caronte, Adônis e Eurídice devem estar seguros, salvo mais *enganos*. A importância deles está na conexão com vários membros dos Treze e no poder que têm individualmente, mas matá-los não beneficiaria em nada Minos e sua gente.

Quem será o alvo?

Estou tão compenetrada na reflexão que não ouço Hermes entrar, só percebo sua presença quando ela aparece atrás do meu ombro.

— Alguém esteve ouvindo conversas.

Dou um pulinho e me condeno mentalmente pela reação. Não havia planejado esse confronto, mas ela está aqui, e há muita história entre nós para deixarmos as coisas como estão.

— Onde você está com a cabeça? Minos? Assassinato? *Traição?*

— Todo mundo que está em perigo conhece a cláusula. — Pela primeira vez, não vejo aquele sorriso tranquilo. — Da mesma forma que todos entendem que aceitar um título dos Treze implica correr riscos. Se escolheram ignorar tudo isso, o erro é deles.

— Você é um membro dos Treze — argumento. — Ele pode enfiar uma faca nas suas costas, e tudo que você planejou e tramou vai por água abaixo.

— Ele pode tentar, mas sou melhor nisso, e ele sabe.

— Hermes... — Estudo seu rosto em busca da mulher por quem me apaixonei tantos anos atrás. — Nunca pensei que prejudicaria a cidade para favorecer suas ambições. Por quê?

— Tenho meus motivos. — Uma resposta que não é uma resposta.

Balanço a cabeça lentamente.

— Você não vai sair dessa impune. Nem você nem ele. Vou contar para todo mundo. Todos irão embora e a oportunidade vai passar, Zeus e Apolo vão expulsar Minos e sua gente da cidade. E tudo isso terá sido em vão.

— Pode contar para eles, Cassandra. — Agora, ela sorri, mas é um sorriso cheio de amargura. — Mas, benzinho... ninguém além de Apolo vai acreditar em você. Não até que seja tarde demais, pelo menos.

31

APOLO

Sei que tem alguma coisa errada no momento em que Cassandra entra na sala. Ela está pálida, quase verde, e seus olhos estão muito abertos. Em todos os anos desde que a conheço, nunca a vi entrar em pânico — nem quando encontramos Pan —, contudo tenho a sensação de que é isso que estou testemunhando agora.

Meu corpo entra em ação enquanto a mente ainda processa as minúcias. Suas mãos estão úmidas, e os pés parecem empoeirados nos sapatos de salto. Eu me aproximo dela com passos largos.

— O que aconteceu?

— É grave — ela sussurra.

Nem penso em pedir licença ou inventar desculpas, só passo um braço sobre os ombros dela e a conduzo sala afora. De perto, sinto os tremores que fazem seu corpo vibrar e ranjo os dentes, me controlando para não disparar todas as perguntas que se acumulam.

Ela desapareceu por menos de quinze minutos. Eu sei, porque fiquei de olho no relógio ao conversar com Caronte e Dionísio sobre uma nova safra de vinho que Dionísio produzira no inverno. Ainda não estava no mercado para distribuição, e Caronte queria negociar uma espécie de contrato exclusivo com a cidade inferior.

Nesse meio-tempo, alguma coisa aconteceu para deixar Cassandra abalada desse jeito, e eu não estava lá para protegê-la. Eu a abraço mais forte quando chegamos à escada.

— Está machucada?

— Não.

Isso basta para me manter calado durante o restante do caminho de volta ao nosso quarto. Fecho a porta, e ela cambaleia até a cama e se senta na beirada do colchão. Agora que a vejo com mais clareza, parece ainda pior. Isso me assusta.

Eu me aproximo e caio de joelhos diante de Cassandra.

— Me conte o que aconteceu.

— Ninguém vai acreditar em mim. — A tristeza que transborda dela faz meu peito doer. Eu faria qualquer coisa para dissipá-la.

Seguro suas mãos.

— Eu vou. Me conta o que aconteceu — repito com firmeza.

Ela não me encara. Seus olhos vagam pelo quarto, e o lábio treme.

— Não sei nem se *eu* acredito em mim, e olha que ouvi a conversa. É muito maluco, demais.

Penso um pouco a respeito disso e faço algumas conexões.

— Hermes e Minos. — Tem de ser. Certamente, uma conversa entre os empregados não deixaria Cassandra tão perturbada. A partir daí, dou outro salto lógico para adivinhar o que a assustou tanto. — Estavam falando sobre a verdadeira razão para ele ter convidado todo mundo aqui. É pior do que imaginávamos.

— Pan foi um erro. — Ela fecha os olhos e deixa os ombros caírem. — Minos vai matar um dos Treze e assumir o posto vago.

Impossível. Quase não consigo engolir a palavra, mas, de algum jeito, ela sabe. Abre os olhos e me encara.

— Sei que parece inacreditável. Confie em mim, já passei pela fase da negação, mas a verdade é que Minos planeja usar a mesma cláusula que meus pais tentaram explorar para se tornar um membro dos Treze. — Cassandra dá uma risadinha amargurada. — E certamente tem várias opções nessa festa.

Mais uma vez, quase deixo escapar uma negação. Seguro suas mãos com mais força.

— Como ele pode saber sobre a cláusula? A maior parte da cidade nem imagina que ela existe. Os Treze mantiveram a tentativa de seus pais em sigilo. Ninguém quer que cada pessoa ambiciosa do Olimpo comece a afiar as facas. — Ninguém derruba um membro dos Treze desse jeito há gerações, desde muito antes de nos tornarmos o centro de uma cultura de fandom, redes sociais e sites de fofocas.

— Ele sabe, porque Hermes contou — ela responde com simplicidade. — Não tenho os detalhes, mas ela está trabalhando com Minos em troca de alguma informação sobre a benfeitora dele, a pessoa que é a verdadeira ameaça contra o Olimpo. Você estava certo sobre ele ter informações internas, mas Hermes está atrás dessa pessoa por razões próprias. Ela mesma admitiu quando a confrontei depois de ouvir a conversa.

Fico tenso.

— Falou com ela? Ela sabe que você ouviu tudo?

— Sim.

Hermes podia ter matado Cassandra. Teria sido a atitude mais sensata para garantir que o plano dela e Minos continuasse secreto. Ou, no mínimo, poderia ter trancado Cassandra em algum lugar e fingido que ela havia retornado à cidade. Eu não teria acreditado nisso, mas não teria provas para desmenti-la. A maioria dos convidados não se incomodaria o suficiente para desconfiar.

— Por que ela não fez nada contra você?

— Não sei.

Cassandra está tão arrasada que quero abraçá-la. Mas, se o que ela diz é verdade — e por mais que eu não queira acreditar, deve ser verdade —, precisamos agir. Agora.

— Se ele tentar o que pretende, vai gerar insegurança para todo mundo — comento. — Não consigo acreditar que Hermes entregou a ele esse tipo de informação perigosa. Ela pode se prejudicar também. — Nós podemos, *talvez*, manter isso em sigilo, mas a cidade inteira está atenta a Minos.

Zeus garantiu essa atenção quando conferiu cidadania ao homem e à sua família em uma cerimônia pública. Se Minos for bem-sucedido, vai desestabilizar o Olimpo com mais eficiência do que qualquer coisa, literalmente. Casamento, política ou os meios normais de obtenção de poder virão sempre depois de assassinato. Sinto um arrepio.

— Precisamos agir agora, antes que o grupo se disperse. Precisamos avisar todo mundo — afirmo.

— Não vão acreditar em você. Não se souberem que eu sou a fonte da informação.

— Vou fazer com que acreditem. — Fico em pé e a puxo para se levantar. — Troque os sapatos por alguma coisa em que consiga se mover com mais facilidade. Depressa.

— Apolo...

Mesmo com a urgência vibrando em minhas veias, não consigo ignorar a infelicidade estampada em seu rosto. Eu a abraço com força.

— Acredito em você, amor. Todos os outros estão interessados demais na própria segurança para ignorar uma ameaça de morte. Você precisa confiar em mim quanto a isso.

Ela assente com a cabeça em meu peito.

— Tudo bem. — Faz-se outra pausa. — Tudo bem. — Cassandra se afasta de mim. — Vamos.

Espero-a trocar de sapatos, já pensando sobre o que virá a seguir. Apesar do que eu disse a Cassandra, haverá resistência por parte de alguns convidados. É da natureza competitiva dos Treze. Se eu disser que o céu é azul, vários membros vão gritar que é verde. Espero que o senso de autopreservação supere o desejo instintivo de protestar só por ser eu o portador da notícia, mas vou deixar para lidar com o que acontecer quando chegarmos lá embaixo.

Cassandra calça um par de sapatilhas e corre rumo à porta. Eu a acompanho. Ela mantém um bom ritmo quando começamos a andar pelo corredor, mas ainda tenho de controlar o meu para não precisar arrastá-la. Ela arfa.

— Pode ir.

Não vou deixar Cassandra sozinha em circunstância alguma. Hermes a poupou, mas, se Minos descobrir que ela está a par do plano, a reação dele vai ser diferente.

— Vamos juntos.

Ela bufa de novo, mas, desta vez, é quase afetuoso. Ela franze a testa quando chegamos à escada.

— O que vai acontecer com Hermes?

— Provavelmente nada. Ela não desrespeitou nenhuma lei. — Mesmo que, sob o meu ponto de vista, convidar um inimigo à nossa cidade seja traição, isso não é algo ilegal.

O mais imperdoável é que ela pôs Cassandra em risco nessa confusão, mas não posso dizer isso em voz alta. Cassandra não vai me agradecer por querer protegê-la, e Hermes não tinha como saber que eu traria Cassandra à festa.

O que é suficiente para me fazer pensar... Hermes planejava *me* tornar uma das vítimas?

Descemos a escada às pressas e atravessamos corredores em direção à sala de estar. Tenho de me controlar para não empurrar a porta e entrar como um furacão. A cena que encontramos me desanima.

A sala está meio vazia. Faltam cinco pessoas. Minos, Teseu, o Minotauro... Ártemis e Hefesto.

— Não. — Olho para Hermes, furioso. Ela está reclinada no sofá, a cabeça apoiada em uma das mãos e puxando um fio solto da almofada. — Onde eles estão?

— Como eu saberia? Não sou guardiã de ninguém.

— Hermes. — Cassandra para diante dela. — *Por favor.*

Afrodite se levanta e encara cada um de nós. Seus olhos escuros ficam mais estreitos.

— O que está acontecendo?

É tarde demais para esconder o jogo.

— Minos pretende usar a cláusula do assassinato.

Ela se retrai, a pele dourada empalidecendo. Mas não demora para se recuperar. Ela olha para onde Ariadne, Ícaro e Pandora estão, no sofá em frente de Hermes.

— Isso é verdade?

Ariadne não olha para ninguém, mas Ícaro ergue o queixo.

— Pergunte ao nosso pai. É ele quem está fazendo os planos.

— Ah, eu vou perguntar — Afrodite retruca com tom ácido. Ela se vira para sair, mas Adônis está na porta. Ele se move mais depressa do que eu espero e a segura pelo braço. — Me solte.

— Vamos embora daqui.

Ela se surpreende.

— Como é que é?

Adônis olha para mim, depois, para ela.

— Não é seguro, Éris. Pode pedir a cabeça de Minos mais tarde se quiser, mas, agora, minha prioridade é te levar para um lugar seguro.

Por um instante de silêncio, tenho a impressão de que ela vai continuar discutindo, mas assente.

— Vamos.

Os dois saem correndo da sala.

Por mais que não me agrade essa divisão do grupo, Adônis foi treinado por Atena. Não permaneceu nas forças especiais dela, mas é perfeitamente capaz de garantir a segurança de Afrodite. Melhor assim. Se acontecer alguma coisa com a irmã de Zeus, não sei o que ele pode fazer. O pai deles não deixaria o assassinato de alguém da família prejudicar suas ambições, mas Perseu — Zeus — é um tipo diferente de homem. Mais severo, sim, mas gosta muito dos irmãos.

Ele é capaz de atear fogo à cidade para encontrar quem fizer mal à sua família.

Quando me viro, vejo Caronte puxando Eurídice do sofá.

— Vocês estão relativamente seguros.

— "Relativamente" não é *seguro*. — Ele começa a levá-la para a porta. — Além do mais, Hades e Perséfone precisam de um relatório sobre o que aconteceu aqui, mesmo que não saibamos qual vai ser o desfecho. Boa sorte. — E vão embora.

Restam apenas Dionísio e Hermes. Olho para eles.

— Onde estão Ártemis e Hefesto?

Ela puxa o fio da almofada do sofá de novo, soltando mais alguns pontos da costura. Cerro os punhos. Se Hermes não responder, ficaremos em séria desvantagem, mas não podemos nos dar o luxo de esperar por muito mais tempo. Finalmente, ela levanta a cabeça, embora não esteja olhando para mim.

— O Minotauro convidou Ártemis para ver o lago dos patos. Hefesto foi à garagem com Teseu — ela revela para Cassandra.

— Obrigada — Cassandra sussurra.

Ninguém se move, o que significa que ninguém vai nos ajudar a impedir o que está prestes a acontecer. Talvez seja bobagem minha. É bem possível que Minos pretenda esperar, em vez de atacar neste momento específico.

Mas não posso ter certeza.

Saio correndo da sala e Cassandra me segue. Para onde ir?

Os locais são muito afastados para conseguirmos visitar os dois em pouco tempo. Tenho de escolher. Passo a mão pela cabeça.

— Que merda.

— A gente se separa.

Olho para ela. Está assustada, vejo em seus olhos, mas o queixo erguido sugere determinação.

— É o único jeito de avisar os dois. Você fala com Hefesto, eu vou atrás de Ártemis.

Ela está certa, sei que está. Mas, mesmo assim, não há garantias de que chegaremos a tempo. Se eu mandar Cassandra para alertar um deles e ela chegar tarde demais, o Minotauro pode decidir que ela é uma ponta solta que precisa ser amarrada. Não consigo esquecer como o vi, grande e ameaçador, ao lado dela naquela noite no lago. Ele poderia dizer que foi um acidente.

— Não — protesto.

Ela segura meu braço.

— Apolo, é o único jeito.

— Não — repito, impaciente.

— Se um deles se tornar membro dos Treze...

— Não importa! — Paro e baixo o tom. — Quero que se *fodam*, Cassandra. Não vou pôr você em risco. — Nem pelo Olimpo, nem por nada. — Eu te amo, e vou deixar essa cidade pegar fogo antes de colocar você em perigo de propósito. Primeiro, vamos atrás de Ártemis. Juntos. Ela está mais perto e, embora seja forte e competente, não dá para garantir que vencerá o Minotauro.

Cassandra está boquiaberta.

— Apolo... — Ela balança a cabeça. — Certo. Ártemis. Entendido.

Saímos pela porta dos fundos e corremos para o lago dos patos. Parei de controlar meu ritmo, mas Cassandra me acompanha bem, e logo passamos pelo labirinto. Só então me dou conta de que não temos uma arma. Superioridade numérica vai ter de bastar.

O caminho fica mais amplo e temos uma vista do lago. Ártemis está debruçada sobre a água, olhando para alguma coisa a que o Minotauro aponta. Ela não vê a mão grande se aproximando de suas costas. Assim que ele tocar o pescoço dela com aqueles dedos fortes...

— Ártemis, *corra*!

Muito longe. Estamos muito longe.

O Minotauro avança com a mão estendida para o pescoço dela, mas Ártemis já está em movimento, graças aos deuses. Os dedos tocam de raspão o cabelo comprido, antes de ela se esquivar. Mas ele é rápido. A mesma velocidade que o ajudou no torneio de Ares o favorece agora.

Ela mal tem tempo de dar um passo para trás quando ele ataca, enterrando um punho impressionante na barriga dela. Ártemis se dobra.

— Não! — Cassandra grita.

O Minotauro olha para nós. É uma hesitação breve, mas Ártemis não é uma civil indefesa. Ela conquistou o título por meio da violência de uma caçada, e é evidente que mantém suas habilidades em dia ao longo dos anos. Ela pode não entender todo o escopo do que está acontecendo, mas está preparada para se defender.

Ártemis ataca com os pés, dando a impressão de que vai buscar os joelhos do Minotauro. O homem dá um passo para trás, e ela, preparada para o movimento, chuta os pés dele e os tira do chão. Uma armadilha bem-sucedida.

Ele cai no chão com um impacto que tenho certeza de que posso sentir daqui, e Ártemis não hesita. Ela se levanta e mergulha no lago. Cai na água a quase um metro e oitenta da margem e, ainda submersa, começa a nadar. É tão rápida que o Minotauro não tem esperança de pegá-la, e é esperta o suficiente para desaparecer em meio à vegetação no momento que chega à margem do outro lado.

Ártemis está segura, por enquanto.

Paro a vários metros de distância e estico um braço para impedir Cassandra de me ultrapassar. O Minotauro se senta e vê a presa escapar.

— Chegaram bem na hora. — Não consigo decidir se ele está com raiva ou decepcionado por ter sido interrompido. Seu rosto e a voz não revelam nada.

— Não vai ter outra chance. Vou tomar as providências para isso — falo.

— Hoje, não. — Seu sorriso é lento, feroz. — Mas será que vai conseguir deter meu irmão? Duvido. — A risada dele é seca e rouca. — Já ganhamos.

É disso que tenho medo.

32

CASSANDRA

Estou atrasando Apolo.

Sou saudável, mas não sou e nunca serei uma corredora. Não como ele. Não como ele precisa que eu seja neste momento. Estamos atravessando a casa a caminho da garagem, e meus pulmões estão em chamas. Sinto uma pontada de um lado do corpo a cada vez que respiro mais fundo. Estou perdendo velocidade, sendo que já nem era muito rápida desde o início.

Apolo reduz o ritmo para me esperar. Eu arfo e resmungo um palavrão.

— Vá. Eu vou ficar bem.

Apolo balança a cabeça, recusando-se.

— Não.

Já demoramos demais. Para acionar a cláusula, o assassino tem de matar o alvo com as próprias mãos em combate próximo. Considerando como se sentia intocável, Hefesto não está em alerta... e Teseu teve tempo mais que o suficiente para encurralar a presa. Se Hefesto estiver vivo, vai ser por milagre.

— Apolo, por favor!

— Não vou sair de perto de você. — A veemência na declaração dele quase me faz tropeçar nos próprios pés. É o mesmo tom que usou mais cedo, quando disse que não nos separaríamos.

Quando disse que deixaria o Olimpo pegar fogo se, com isso, pudesse me manter segura.

Quando disse que me amava.

Se Apolo não for me deixar, não tenho opção além de me esforçar. Respiro fundo e faço o possível para recuperar a velocidade. Atravessamos a casa e saímos pela porta da frente. Não me permito parar; se parar, nunca mais vou recuperar o ritmo.

Há alguns dias, verificamos a garagem logo que chegamos, e sigo para lá com Apolo ao meu lado. O filho da mãe não está nem ofegante, e vou odiá-lo por isso mais tarde. Ele estende o braço na minha frente quando alcançamos a garagem.

— Eu entro primeiro.

A tentação de discutir só pelo prazer de contrariá-lo é esmagadora, mas fecho a boca e assinto. Ele abre a porta e passa por ela. Eu o sigo de perto. Não vou perdê-lo de vista.

A garagem, afastada da casa, é grande o bastante para eu me questionar por um momento que porra Hermes guardava ali antes de vender o imóvel. Certamente, não eram carros. Ela tem um, o que já é mais do que eu tenho ou do que eu preciso, mas não é do tipo que mantém uma garagem cheia de veículos que nunca vai dirigir. Minos não parece pensar como ela, porque tem cinco automóveis ali. Além de um conversível vermelho que parece caro, todos os outros são SUVs comuns e carros grandes e pretos de quatro portas, semelhantes aos que qualquer família rica do Olimpo dirige.

Do outro lado de uma fileira de veículos, há um conjunto de prateleiras cheias de porcarias que se encontra em todas as garagens. Ao que parece, os ricos também gostam de acumular pneus e ferramentas, como qualquer pessoa normal. *Pessoas ricas são exatamente como nós.* Engulo uma risadinha histérica provocada por exaustão e estresse.

Apolo estuda os arredores. A iluminação é relativamente fraca, graças às janelas pequenas e altas, mas podemos enxergar com nitidez suficiente para deduzir que, aparentemente, não tem ninguém aqui. Apolo olha para mim e move o queixo, me chamando para perto.

Ele não tem com que se preocupar. Sei que sugeri que a gente se separasse a fim de avisar os que estavam em perigo, mas não sou nenhuma heroína. Não tenho a menor vontade de morrer por um membro qualquer dos Treze que sequer mijaria em mim se eu estivesse pegando fogo.

Um baque surdo soa em algum lugar ali perto.

Apolo corre na direção do som, e tenho de me esforçar para segui-lo. Quando ultrapasso a frente da SUV mais afastada, preferia não ter chegado até ali.

Teseu está montado no peito de Hefesto, usando os punhos em um ritmo regular para surrar o outro homem. Não sei se Hefesto está vivo, mas ele não reage. E tem... tanto sangue que cubro a boca com a mão e dou um passo para trás.

Apolo não hesita.

Ele se joga em cima de Teseu e o derruba no chão. Uma pessoa normal reagiria ao ataque com surpresa ou paralisia. Mas não Teseu. Não fui treinada em combate, mas ele parece simplesmente desviar o movimento dos socos do corpo inerte de Hefesto para Apolo. Sinto daqui o impacto do punho encontrando as costelas dele.

Tenho quase certeza de que ouvi alguma coisa se quebrar, um estalo. Não, deve ser minha imaginação. *Tem* de ser. Fico ali, impotente, à medida que os dois lutam. Por alguns segundos, parece que Apolo vai vencer. Ele é forte e bem treinado, e está furioso o suficiente para superar o oponente.

Mas os socos de Teseu são potentes.

A cada vez que ele acerta um golpe, Apolo se encolhe um pouco mais. Vejo daqui a precisão dos ataques de Teseu. Ele procura as costelas e a lateral do corpo de Apolo. Em um desses avanços fortes, Apolo abaixa o braço para se defender.

E Teseu acerta o rosto dele. Então, tira proveito do momento em que Apolo parece atordoado e rola, invertendo as posições. Agora está no peito de Apolo, da mesma forma que estava em cima de Hefesto.

Hefesto... que ainda não se moveu.

Meu coração para quando Teseu ergue um de seus punhos enormes.

Ele vai matar Apolo. Hefesto pode até ser um título poderoso, mas *Apolo* é mais, indiscutivelmente. Se matar os dois, Teseu vai poder escolher. Pelo sorriso ensanguentado em seu rosto, ele sabe disso.

Não é que ajo com base em uma decisão. Eu pisco e me pego olhando em volta, procurando uma arma. Vejo os pneus nas prateleiras, todos perfeitamente guardados em bolsas. Deve ter alguma coisa ali.

Corro até eles e puxo um dos pneus para baixo. É mais pesado do que eu esperava, e ele escapa da minha mão no mesmo instante.

— Porra! — Olho para trás. Apolo ainda mantém os braços levantados, protegendo o rosto dos ataques de Teseu, mas não dá para saber quanto tempo vai aguentar. Está ensanguentado e machucado.

Procuro nas prateleiras de novo.

— Vamos, vamos, vamos! — Precisa ter alguma coisa que eu possa usar. *Precisa* ter.

Um brilho metálico chama minha atenção. Uma chave de roda. Eu a pego e tenho de mudar a posição das mãos, porque estão suadas. Mas não me permito hesitar. A vida de Apolo está em jogo. Eu só ajo.

Corro para onde Teseu continua a bater nele. E, sem aviso algum, porque não posso me dar esse luxo, planto os pés no chão e faço um movimento de arco com a chave de roda, usando toda a minha força. Teseu deve ter me visto no último instante, porque não acerto sua cabeça, como pretendia. Ele levanta um braço e geme quando um impacto acontece. Mas quase nem se move.

Se eu não fizer o desgraçado parar, ele vai matar o homem que eu amo.

Medo e pânico me dão forças para bater nele de novo.

— Solte-o!

— Pare de me bater ou vai ser a próxima.

— Fuja, Cassandra — Apolo pede com a voz rouca.

Até parece, porra. Não vou deixá-lo morrer, nem para me salvar. Uso a chave de roda pela terceira vez. Não consigo nem acertar o golpe. Teseu a segura e puxa, arrancando-a das minhas mãos. Depois, sorri para mim com a boca cheia de sangue.

— Xeque-mate.

— Não! — Apolo levanta o tronco e derruba a chave das mãos de Teseu. O grandalhão se vira para bater nele, mas Apolo já está invertendo as posições. Agora está por cima. E bate em Teseu. Uma vez. Duas. Na terceira, Teseu revira os olhos e fica inerte no chão.

Olho para o homem inconsciente, quase certa de que se trata de um truque e de que vai atacar assim que eu piscar.

Apolo fica em pé, cambaleante.

— Você está bem?

— Eu? — Tenho que desviar o olhar de Teseu quando Apolo quase cai de lado. Seguro seu braço para mantê-lo em pé. Ele geme e segura as costelas. Acompanho o movimento. — Quebrou alguma coisa?

— Não. — Ele se encolhe. — Acho que não.

Olhamos ao mesmo tempo para Hefesto, que ainda não se mexeu. Não sei se é a adrenalina, mas continuo no mesmo lugar, incapaz de me aproximar. A cena é muito pior do que a de ontem, quando encontramos Pan. Há respingos de sangue por todos os lados, em toda a área de entorno. É muita violência. Nunca concordei com isso.

Hefesto nunca me fez gentileza alguma — na verdade, foi cruel nas poucas ocasiões em que tivemos motivos para interagir —, no entanto, crueldade não deveria ser uma sentença de morte. Ninguém merece morrer desse jeito, sozinho e com dor.

Apolo se solta das minhas mãos com delicadeza.

— Fique aqui.

— Apolo...

Ele se abaixa, pega a chave de roda do chão e a põe em minha mão.

— Preste atenção em Teseu.

É uma tarefa de mentirinha, e nós dois sabemos disso, mas não consigo evitar a gratidão que desabrocha dentro de mim. O homem continua me protegendo da melhor maneira possível. Assinto, incapaz de afastar o ardor dos olhos.

— Certo.

— Cassandra. — Ele segura meu queixo por um breve instante. — Obrigado. Se você não tivesse interferido...

A umidade que transborda do canto de um dos meus olhos me trai. Não consigo fazer meu lábio parar de tremer. *Você podia ter morrido.* Não consigo nem pensar nisso, muito menos falar a respeito disso. Não posso imaginar um mundo sem Apolo.

— Vá ver como ele está — murmuro finalmente.

Apolo hesita pela primeira vez.

— Você está bem?

— Não. Nem um pouco. — A chave de roda escorrega da minha mão suada, e tenho de segurá-la com mais força. — Precisamos saber, Apolo. Temos de acabar com isso.

Ele assente, por fim. Eu o observo com atenção enquanto se aproxima de Hefesto. Apolo está coberto de sangue e segura as costelas de um jeito que me assusta. Ele saberia se tivesse alguma fratura, certo? *Sim, mas, se soubesse, diria a verdade?* A resposta é um retumbante "não". Não posso esperar que ele cuide de si mesmo caso pense que estou em perigo.

— Apolo...

— Porra — ele murmura. — Está morto.

Meu estômago tenta se rebelar, mas luto contra a náusea que me atinge em ondas. Chegamos tarde demais, e agora um homem está morto.

— Sinto muito. Se eu não tivesse...

— Não é sua culpa. — Ele se levanta, cambaleando por um momento, depois, olha para mim. Um de seus olhos inchou até quase fechar por completo. — Tenho de ligar para Zeus.

Assinto depressa demais. Não posso olhar para o homem — para o cadáver no chão.

— Vou...

— Cassandra, você precisa ficar na garagem, onde posso te ver. — Ele se aproxima de mim e vira meu rosto para o outro lado. — Não olhe, amor. Mas não saia daqui. Não é seguro.

Considerando que um dos culpados está gemendo baixinho a metros de nós, não sei se *aqui* é seguro, mas, pelo menos, não estou sozinha nem indefesa. Seguro a chave de roda com mais força e assinto.

— Está bem.

— Não vou demorar. Vi um telefone perto da entrada. Você vai me ver daqui. — Ele se move naquela direção, e fico com o cadáver e o assassino. Para vigiar? Ou por que estão entre mim e a entrada? É impossível dizer, mas é mais fácil me concentrar em Apolo do que na cena atrás de mim. Ainda não consigo processar o que aconteceu. Isso...

Ouço Apolo falar ao telefone em voz baixa. Primeiro com Zeus, a quem explica a situação. A conversa transcorre tão bem quanto se poderia esperar. Depois de fazer um relato rápido, ele resmunga algumas coisas e se desculpa. Isso me enfurece. Apolo foi enviado para cá em uma missão que consistia em buscar informações e fatos. Ele não tinha como saber o que aconteceria. *Ninguém* sabia o que aconteceria.

Exceto Hermes.

Não posso pensar muito nisso agora. Sempre soube do que Hermes era capaz, mas saber em teoria e ver na prática são duas situações muito diferentes. Ela tentou me proteger à sua maneira, mas não sei se isso torna tudo melhor ou pior.

Eles vão ter uma chance de manter tudo em sigilo e, mesmo assim, não sei se vai ser possível. A situação não é como a que aconteceu com meus pais. Eles planejaram o assassinato sozinhos, os dois, e agiram sozinhos. *Eles* não tiveram a ajuda de um dos Treze.

Os Treze ainda vão tentar encobrir o que aconteceu. E isso significa mais sangue. Mais morte. Talvez um incêndio, e não um acidente de automóvel.

Uma risada interrompida escapa da minha garganta. Acho que tenho a resposta sobre o que Apolo teria feito se estivesse no posto quando meus pais tentaram assassinar Atena. Teseu foi mais longe do que meus pais, mas não obteve sucesso. Não completou o ritual necessário para acionar a cláusula.

Ainda estou pensando a respeito disso quando um gemido fraco me faz virar. Não acredito que Teseu vá ter condições de causar algum dano no futuro próximo, mas não vou correr riscos.

— Fique deitado.

Ele não está ensanguentado que nem Apolo. Olho para ele e sinto náusea, a cabeça encharcada de adrenalina. Ele abre um olho e me encara. Fico tensa.

— Não fale nada, nem uma palavra.

Teseu suspira, um som cheio de dor e ofegante.

— Eu reivindico o título de Hefesto por direito ao poder e pelas cláusulas criadas na fundação do Olimpo.

— Não — sussurro. Sei o que vem em seguida. Meus pais ensaiaram isso muitas vezes antes da tentativa frustrada de assassinato. — Não — repito, desta vez mais alto.

Ele me ignora.

— Cassandra... — Outro suspiro arfante. — Você vai ser minha testemunha.

A chave de roda cai dos meus dedos enfraquecidos.

33

APOLO

O pesadelo só piora com o passar do tempo. Zeus envia Ares. Nos trinta minutos que ela demora para chegar — devia estar por perto, porque era impossível chegar aqui vindo do centro da cidade em tão pouco tempo —, Minos e a família já tentaram entrar à força. Segurar a porta enquanto tenho de me esforçar para permanecer em pé... Bem, quanto menos for dito sobre isso, melhor.

Três SUVs pretas de marca e modelo idênticos às que estão atrás de mim sobem pela entrada da propriedade. Os automóveis freiam com um ruído agudo, tão perto que o Minotauro tem de recuar vários passos para não ser atingido por um para-choque.

Ares desce de uma delas, e vejo as linhas ameaçadoras em seu rosto bonito. Ela usa um terno de corte perfeito que seria a escolha ideal para uma sala de reuniões, não fosse pela cartucheira de ombro visível sob o paletó quando ela move um braço, chamando os ocupantes dos outros dois veículos.

Reconheço um de seus parceiros, Pátroclo. Ele é um dos melhores estrategistas da cidade, um homem alto e branco com cabelo escuro e bem curto, óculos de moldura quadrada, alguém que prefere jeans e camiseta aos ternos que os outros subordinados de Ares vestem. Foi gravemente ferido na competição pelo título de Ares, mas parece ter se recuperado por completo nas semanas depois do torneio. Houve boatos sobre Helena ter tido um romance com Pátroclo e Aquiles durante o torneio, mas eles enlouqueceram os fofoqueiros quando assumiram publicamente o relacionamento poliamoroso semanas depois de Helena ter se tornado Ares.

Zeus não gostou nada disso, mas não havia nada que pudesse fazer. Sua irmã o tinha superado naquele jogo. Com todo o Olimpo salivando para saber sobre o novo relacionamento de Ares, ele não poderia se envolver na história sem se preocupar com a *própria* reputação, já tão precária.

Ares se aproxima de Minos.

— Você. Saia do meu caminho.

— Com todo o devido respeito... — começo.

Helena ergue as sobrancelhas. Não vai me agradecer por fazer esta comparação, mas ela nunca esteve mais parecida com o pai do que neste momento, encarando um Minos hostil e o intimidando a ponto de obrigá-lo a dar dois grandes passos para trás, sem dizer uma palavra sequer. Depois de lançar um último olhar de desprezo na direção dele, Ares olha para mim.

— Onde ele está?

— Por aqui. — Cassandra não saiu do meu campo de visão, e não me atrevi a deixar a porta desprotegida, mas estou aflito para voltar para perto dela e tirá-la desse pesadelo. Jamais a teria convidado para vir se soubesse que as coisas se tornariam perigosas de verdade.

— Pátroclo — Ares chama, autoritária.

— Eu cuido da porta — Pátroclo diz e se posiciona, impedindo a entrada de Minos e sua família. Dois de seus agentes o acompanham, e outros dois nos seguem garagem adentro.

— Porra, que situação péssima — Ares murmura.

— Sim. — Não há outra resposta. — Teseu estava inconsciente quando saí, então, espero que ele não tenha... — Paro de falar quando vejo a cara de Cassandra. Ela mantém a boca fechada, comprimida, e está mais pálida do que o normal. Sigo a direção de seu olhar e vejo que Teseu se arrastou até uma SUV, em cujo pneu está encostado.

Ele olha para mim com um sorriso ensanguentado, e diz:

— Tarde demais.

— Ele reivindicou o título por direito ao poder — Cassandra sussurra. — E me declarou testemunha.

— *Caralho.* — Ares fecha os olhos por um longo momento. — Será que a gente não pode matar o cara e fingir que encontramos os dois sem vida?

Não sou de defender assassinato, mas não sei como explicar a substituição de Hefesto de um jeito que mantenha em sigilo a cláusula de assassinato. Se o restante da cidade descobrir como é relativamente fácil tomar o título de um dos Treze...

— Ares. — Uma das pessoas que estava guardando a porta se aproxima apressado, o rosto tenso. — A imprensa chegou.

— Aquele *filho da puta*.

Ela se vira para a porta, mas eu a contenho.

— Precisamos dar um jeito nisto aqui. Agora. É tarde demais para voltar atrás, mas podemos tentar fazer algum controle de danos. — Não sei como administrar isso, mas é nossa única chance de assumir o controle da situação.

Ela pressiona as têmporas com os dedos.

— Certo. Eu enfrento a imprensa e mando aquela baratinha para fora correndo. Pátroclo vai te ajudar aqui. — Ela olha para Teseu com uma expressão furiosa. — Aproveite seu tempo como Hefesto. Não vai durar muito.

Ele sorri.

— Esse título combina mais comigo do que o de Ares.

— Continue repetindo isso para si mesmo. Pelo menos *eu* ganhei o título honestamente.

Teseu dá de ombros.

— Não fui eu quem criei as leis do Olimpo. Vá reclamar com os fundadores.

— Seu filho de uma...

— Ares — eu a interrompo. — Não temos tempo para isso.

Ela se afasta sem se pronunciar mais. Seguro o braço de Cassandra e a levo mais para o fundo da garagem.

— Desculpe.

— Pare de falar isso. — A voz dela soa errada: tensa e vazia. — Testemunhamos um assassinato, Pan quase morreu, e você foi espancado com tanta violência que pensei que ele fosse te matar também. Sua vida é assim, Apolo? Você nem parece estar abalado.

Não tem nada que eu queira mais do que tirá-la deste lugar, porém, graças a Teseu, isso é impossível. Quando declarou que Cassandra é sua testemunha, ele a acorrentou ao Olimpo até tudo isso ser resolvido.

— Às vezes, ser um dos Treze significa se deparar com violência e fazer coisas de que não me orgulho. Eu sabia disso quando aceitei o título. Lamento que tenha sido envolvida.

— Nadando em águas tão profundas que podem me afogar... — Cassandra murmura. Ela toca meu queixo com a ponta dos dedos. — Somos pessoas realmente diferentes.

Odeio o lembrete. Odeio que ela esteja tremendo e que eu não possa voltar no tempo e poupá-la disso.

— Eu trouxe você para cá. Sei que pedir desculpas não ajuda, mas não consigo me impedir.

— *Eu* me trouxe para cá. — Cassandra balança a cabeça, e o olhar ganha um pouco mais de foco. — Pare de tentar se responsabilizar por mim, Apolo. No momento, estou me afogando um pouco, mas entrei nisso sabendo que a possibilidade existia.

— Não vou deixar você se afogar, amor. — Eu a puxo para perto, e ela cede sem resistir, entrando no abraço. Assim que a tenho nos braços, parece que respiro com um pouco mais de facilidade, apesar da dor nas costelas. — Você carrega um peso grande demais. Nunca pede ajuda. Eu *quero* te ajudar a carregar esses fardos, Cassandra. Não porque me sinto obrigado, mas porque isso significa que estou ao seu lado, e não tem outro lugar onde eu preferiria estar.

Ela apoia o rosto em meu peito e solta uma risada entrecortada.

— Só você consegue ser romântico a poucos metros de uma cena de assassinato.

Ela tem razão. É o momento errado, mas sempre foi o momento errado para nós. Mesmo que nunca a tivesse contratado, que nunca a tivesse trazido para cá, que nunca soubesse o quanto podia ser bom entre nós... ainda assim, eu circulo em um mundo com o qual ela não quer ter relação alguma. Não posso ir embora e ela não pode ficar. Não se não quiser se afogar.

— Se eu não disser as coisas agora, talvez nunca tenha outra chance.

Cassandra enlaça minha cintura com mais força. Quando fala, sua voz soa abafada pela minha camisa:

— Não devia ser assim.

— Eu sei.

Ela levanta a cabeça.

— Eu te amo. — Ela dá uma risada cortada por um soluço. — Deuses, como eu sou patética. Agora também preciso me desculpar. Eu...

Cubro seus lábios com um dedo.

— Não. Não retire o que disse. — Encosto a testa na dela. — Também te amo. E há muito tempo.

— Que situação horrível.

— Péssima.

— Não posso ficar.

Meu peito esvazia.

— Eu sei.

Ela respira fundo.

— Eu... Não podemos fazer isso agora. Estou presa aqui até o tribunal dos Treze. — De repente, ela fica tensa. — Ai, deuses, eu me esqueci de Atalanta.

— O que tem Atalanta?

Ela me encara.

— Minos a prendeu no porão. Queria mantê-la fora do caminho para poder... — Ela estremece. — Fazer o que fez.

— Pátroclo. — Transmito rapidamente a informação que ela me deu.

Pátroclo assente, mas está olhando para a cena na nossa frente.

— Ok. Vou mandar alguém tirá-la de lá.

Cassandra começa a se virar para observar para o cadáver, mas eu me viro para o outro lado e a levo comigo.

— Não. Isso não vai ajudar em nada. — Agora não vai demorar. Pátroclo orienta o pessoal de Ares a levar o cadáver para uma das SUVS. Levarão Hefesto de volta ao centro da cidade, onde ele vai passar por um exame rápido, e depois o corpo vai ser entregue à família.

Duvido que Ártemis me perdoe por não ter conseguido salvar o primo dela.

Não sei nem se eu vou me perdoar por isso.

Depois, as coisas acontecem rapidamente. Pátroclo manda dois subordinados resgatarem Atalanta, e outros dois para garantirem que Pan chegou mesmo ao hospital. Mais dois são encarregados do transporte do cadáver de Hefesto à cidade. Pátroclo se aproxima de nós.

— Hora de ir embora. Eu levo vocês. — Ameaço protestar, mas ele levanta a mão. — Não pode passar pela imprensa nesse estado. Vai provocar perguntas que não estamos preparados para responder.

Ele tem razão. Odeio que tenha razão. Tem pouco que eu possa fazer para consertar a situação agora — ou em qualquer momento —, mas muito que posso fazer para piorá-la. Se a imprensa pensar que tenho algo a ver com a substituição de Hefesto, vai ser como jogar sangue no meio de um tanque de tubarões: eles vão ficar frenéticos.

Olho para a porta. Ares deve estar com tudo sob controle, mas...

— Eles também tentaram matar Ártemis. Por mais que Ares seja capaz, não podemos deixá-la sozinha com Minos e seu pessoal.

Pátroclo contrai o maxilar.

— Aquiles vai chegar logo, mas Ares sabe se cuidar. Eles só atacaram Ártemis porque a pegaram desprevenida. — Depois de olhar para a porta pela última vez, ele gesticula para Cassandra e eu entrarmos no carro.

Se eu estivesse sozinho, poderia discutir, mas Cassandra precisa sair daqui, e ela não vai embora se eu não for junto. Percebo isso em sua expressão obstinada. Abro a porta de trás para ela entrar e a sigo.

Pátroclo assume o volante. Ele se aproxima da porta da garagem e mal espera que ela se abra completamente para sair de ré. A outra

SUV sai logo depois. Vejo várias vans na entrada e um grupo de pessoas e câmeras em torno de Ares quando passamos pela mulher em uma velocidade perfeitamente razoável. A movimentação atrai olhares, mas Ares sorri e fala alguma coisa que recupera a atenção do grupo.

Ela é boa no que faz. O título de Ares nunca foi mais amado do que agora. E ter Aquiles e Pátroclo como subordinados diretos garante que Helena não tenha pontos fracos. Foi tudo muito bem-feito.

É mais fácil pensar nisso do que no que vem a seguir. Afago a mão de Cassandra.

— Você precisa saber...

— Tenho de me apresentar ao tribunal e confirmar que Teseu acionou corretamente a cláusula de assassinato. Que matou com as próprias mãos e disse as palavras corretas diante de uma testemunha. — Cassandra olha pela janela. — Conheço os passos do processo.

Eu a pouparia disso se pudesse. Não deve ser uma experiência confortável para ninguém.

— Vou garantir que Zeus cumpra a parte dele no acordo.

Ela finalmente se volta para mim. Lágrimas transbordam de seus olhos, e ela parece mais exausta do que jamais a vi.

— Eu sei.

— Cassandra. — Olho para Pátroclo, que está fazendo o possível para fingir que não nos ouve, depois, para ela outra vez. — Por favor, fique em casa comigo. Pelo menos até resolvermos tudo isso.

Ela parece pronta para recusar a oferta, mas só assente.

— Fico.

Não falamos mais nada até Pátroclo parar a van na frente do meu prédio. Só então percebo que estamos em péssimas condições, e Cassandra não tem nada para vestir.

— Vou mandar alguém à sua casa para pegar suas coisas.

— Obrigada. — A ausência de protestos atesta o quanto está abalada. Assim como o fato de que ela mal olha em volta quando atravessamos o saguão e pegamos o elevador para a cobertura.

Todos os membros dos Treze que moram no centro da cidade — Zeus e Hera, Ares, Atena e eu — têm residências designadas. O título de Apolo é dono deste prédio inteiro; também herdei o salário e a cobertura quando assumi a posição. Estou tão acostumado a ver tudo isso que tento olhar para o ambiente do ponto de vista de Cassandra... mas estou exausto demais para fazer isso funcionar.

É excessivo. Isso define quase tudo. Cromo demais. Mármore demais. Dinheiro demais gasto em coisas que não têm importância além da estética. Mas é tão seguro quanto qualquer lugar no Olimpo, então, é minha casa.

Entramos pela porta da frente, e não paro no espaço aberto ocupado pela sala de estar e cozinha. Em vez disso, levo-a pelo corredor em direção ao meu quarto e ao escritório. Cassandra espera silenciosa conforme ligo o chuveiro, mas afasta minhas mãos quando tento abrir o zíper do vestido.

— Pode deixar.

— Cassandra, me deixe cuidar de você. Por favor.

Ela hesita, mas acaba concordando.

— Só se prometer que vai me deixar fazer os curativos em você depois que estivermos limpos.

Na verdade, não sei se tem algum ferimento precisando de curativo. Meu olho está inchado, e esse lado do rosto lateja a cada vez que meu coração bate. Teseu me acertou várias vezes nas costelas, e não tenho dúvidas de que minha pele virou um arco-íris de hematomas, mas estou me movimentando bem o suficiente para achar que tenho fraturas. Porém, se Cassandra for se sentir melhor examinando tudo com os próprios olhos, não sou eu quem vou negar.

— Combinado.

Tiro sua roupa devagar, deixando a presença dela amenizar o medo ainda pulsante dentro de mim. Cassandra está segura. A situação pode estar cheia de riscos, mas *ela* está segura. Nunca, nenhuma vez tinha posto meus sentimentos ou relacionamentos pessoais acima da cidade.

Fiz isso hoje.

Vou ter de viver com a culpa disso. Não sei se teria feito diferença, também não sei se não teria.

Cassandra tira a calcinha e me encara.

— Você não poderia ter feito nada.

— Agora lê pensamentos? — Tento sorrir, mas desisto em seguida.

— Não. — Ela balança a cabeça, séria. — Mas conheço você. Estávamos agindo com base nas informações que tínhamos no momento. Se Hermes não tivesse praticamente me convidado a ouvir a conversa, não teríamos conseguido salvar Ártemis. Mesmo com o ataque contra Pan e todas as nossas teorias, não tínhamos todos os fatos.

Racionalmente, sei que ela está certa, mas é quase impossível enxergar a situação sob qualquer ponto de vista positivo.

— Um homem morreu porque eu falhei.

— Um homem morreu porque Minos criou um plano para reunir vários membros dos Treze no mesmo lugar, e os filhos dele tentaram matar três dos Treze. — Ela me encara, séria. — Atribua a culpa a quem a tem, Apolo.

Ela desabotoa minha camisa devagar e a tira do meu corpo. Cassandra prende a respiração ao ver os hematomas que já começam a se espalhar pela pele.

— Prometa que não sente que pode haver algo mais grave que hematomas ou vou precisar te levar ao hospital agora mesmo.

Cubro as mãos dela com as minhas.

— Não tem nada além de hematomas. Amanhã vai estar dolorido, mas não sinto dores agudas ou dificuldade para respirar, nada que sugira algo mais sério.

Ela me encara por vários instantes e assente.

— Quero tomar um banho e depois...

Espero, mas ela não continua. Seguro seu queixo e, com todo o cuidado, a obrigo a fitar os meus olhos.

— E depois?

— Tudo bem se você me abraçar por um tempo? — Seu lábio inferior treme, e ela faz um esforço visível para controlar a reação. — Acho que não estou tão bem quanto finjo estar.

Meu coração fica apertado. Eu faria qualquer coisa para poupá-la dessa experiência, de testemunhar o mesmo ato que teve um impacto tão terrível em sua vida doze anos atrás.

— É claro, amor. Faço qualquer coisa por você.

34

CASSANDRA

Mal consigo encarar o corpo de Apolo sem sentir o medo do que poderia ter acontecido. A ideia de um mundo sem ele, um mundo frio e escuro, me impede de parar de tremer. Ele acha que estou abalada porque testemunhei um assassinato, e não vou fingir que estou tranquila com isso, nem de longe. Ou com a lembrança de que não é uma situação incomum na vida dele. Como Apolo consegue viver com isso? Ou qualquer um dos Treze?

Ser espancado nem o abalou; ele se dedicou imediatamente a fazer o que fosse preciso para o bem maior da cidade. Eu deveria me importar com a cidade. Tem muita gente inocente morando aqui.

Mas é a possibilidade de perder *Apolo* que me faz deitar embaixo desses lençóis ridiculamente caros e ajeitar meu corpo junto do dele. Não sei se posso tocá-lo sem causar dor, mas ele me puxa para mais perto mesmo assim, e não discuto.

Preciso disso.

Acho que nós dois precisamos.

Ficamos ali deitados por muito tempo. Permito que sua respiração lenta e as batidas cadenciadas do coração em meu ouvido me acalmem. Ele poderia ter se machucado muito mais... mas não se machucou. É o que importa. Ele está aqui. Comigo.

Só por mais alguns dias.

A lembrança dói. *Sempre* dói, mas agora é uma dor particularmente cruel e cortante. Estamos aqui há horas, e ninguém veio ver se Apolo está bem. Ah, a família não sabe o que aconteceu nem vai saber, a menos que ele decida contar, mas nem Zeus se interessou em saber como ele está. Já deve ter recebido de Ares um relatório preliminar sobre a situação e os ferimentos de Apolo. Ao que parece, as circunstâncias não mereceram nem um telefonema.

Quero implorar para ele ir embora comigo, deixar para trás a cidade que não se importa com ele, que pode feri-lo de um jeito do qual ele não vai poder se recuperar. A perda de um Apolo não seria mais que um breve inconveniente para o Olimpo, mas seria tudo para mim.

Só que ele não vai partir. Este é o seu mundo — o mundo que ele conhece desde quando nasceu —, e Apolo se sente responsável por todos na cidade. A preocupação autêntica é parte do motivo do meu amor por ele, mas não consigo me livrar da preocupação que me invade e ocupa todos os espaços.

Não sei quem se mexe primeiro. Se me aproximo mais ou se ele me puxa para perto. Talvez as duas coisas. Mas viro a cabeça para trás, e a boca de Apolo encontra a minha.

Desta vez, não tem requinte. Não tem preliminares nem taras. Nenhuma dinâmica de poder. Só um calor profundo que queima tudo, menos a necessidade de nos aproximarmos. Ele começa a me deitar de costas e se encolhe. Isso é tudo de que preciso para me afastar um pouco.

— Está machucado demais para isso.

— Cassandra. — Ele me segura pelo cabelo e me beija, um beijo ardente. — Preciso de você. — Ainda hesito, e ele se impacienta. — Prometo que aviso se alguma coisa doer muito.

É uma promessa mentirosa, e nós dois sabemos disso, mas meus pensamentos não estão organizados o bastante para irem além do desejo de ter certeza de que estamos aqui, ambos vivos, ambos em segurança. *Por ora.* Engulo em seco.

— Combinado.

Ele tenta me beijar de novo, mas já estou descendo por seu corpo. Ele segura meu cabelo com mais força.

— Não precisa fazer isso.

— Apolo. — Sustento seu olhar. — Quando foi que te dei alguma indicação de que ia fazer alguma coisa, sexual ou não, com que eu não estivesse inteiramente de acordo? — Não o espero responder para descer um pouco mais e beijar seu peitoral. Essa parte dele não tem hematomas.

— Nunca. — Sua resposta é quase hesitante.

Deuses, como eu amo esse homem. Amo tanto que parte de mim quer arrancar essa emoção do peito e atear fogo nela. Exorcizá-la, porque é complexa e tem implicações em que não suporto pensar agora. Lambo um mamilo.

— Estou *morrendo* de vontade de chupar seu pau de novo. Posso?

Apolo ri, mas é uma risada tensa e rouca.

— Fique à vontade, amor. Não se impeça por mim.

Tenho o cuidado de evitar a região das costelas. À luz fraca do anoitecer, os hematomas parecem ainda piores do que antes, no chuveiro. Se ele conseguir se mexer amanhã, vai ser um milagre.

Apolo abre as pernas para eu poder me ajoelhar entre elas. Uso o momento para memorizar cada detalhe da cena.

Esse homem que me irritou, me confundiu e me incentivou durante *anos*... Um integrante do grupo de pessoas que eu deveria odiar mais do que todas as outras. A pessoa mais bondosa que já conheci.

E que tem meu coração em suas mãos gentis e castigadas.

— Te amo. — Eu já disse isso antes, mas agora soa diferente. Não muda nada. Não *pode* mudar nada. Mas Apolo precisa saber que é verdade, que não é só sexo para mim. — Acho que te amo há muito tempo, mesmo que preferisse me atirar do Dodona Tower a admitir isso para alguém, muito menos para mim mesma.

O sorriso dele é agridoce.

— Percebi que te amava naquele dia da impressora.

Sei de imediato do que ele está falando. Não foi um bom dia. Era aniversário de morte dos meus pais, e minha irmã e eu tínhamos brigado à tarde, quando a levei para almoçar. As emoções ameaçavam me dominar, fervendo feias e amargas. Quando a impressora velha decidiu emperrar, perdi completamente o controle. Mas isso significa...

— Está brincando.

— Não estou.

— Apolo, isso aconteceu *há quatro anos.*

Não pode me amar há tanto tempo.

— Você era minha funcionária, e desde o início deixou bem claro o que pensava sobre os Treze e o Olimpo. — Ele dá de ombros e geme baixinho. — Eu não queria ser mais um egoísta na sua vida, não colocaria minhas necessidades e vontades acima das suas.

Lágrimas brotam no canto dos meus olhos.

— Naquele dia, bati com uma cadeira do escritório na impressora. Qualquer um teria me demitido.

— A impressora era velha. Fazia tempo que eu estava pensando em trocar, e você me deu uma desculpa para isso.

— Apolo...

O sorriso dele desaparece.

— Até aquele momento, você tinha sido muito cuidadosa comigo. Pisava em ovos. Depois disso, não se preocupou mais. Você me mostrou sua real versão. — Ele desliza o dedo por meu rosto. — Você é bonita, complicada e a pessoa mais inteligente que já conheci. Como eu poderia não te amar?

Se ele continuar falando desse jeito, vou começar a chorar e soluçar, e, se tenho pouco tempo com ele, estou determinada a preenchê-lo com todas as boas lembranças que eu puder. Viro e rosto e beijo sua mão.

— Agora, deite-se e seja um bom paciente. — Meu sorriso é malicioso, mas trêmulo. — A enfermeira Cassandra vai fazer você se sentir melhor.

Seguro o pau dele e me abaixo para colocá-lo na boca. O suspiro de Apolo me faz examinar sua expressão, mas não vejo dor nela. Só prazer. *Que bom.* Eu me entrego à experiência de saboreá-lo e provocá-lo, enfiando o membro inteiro na boca e, então, lambendo a ponta, contornando a cabeça com a língua. A intenção é tirar os pés dele do chão. Fazer Apolo se esquecer de si mesmo.

Quero criar um intervalo nas lembranças horrendas que nos atormentam. Uma pausa antes da dor inevitável do futuro.

Em dado momento, ele passa a mão pela minha cabeça e afasta meu cabelo do rosto, mas não tenta me guiar. Apolo me deixa assumir o comando.

Cuidar dele.

A cada vez que levanto o olhar, encontro o dele cravado em mim, febril e intenso como os sentimentos que pressionam meu peito. Saber que poderíamos nos amar, mas que somos temporários... isso ocupa muito espaço no quarto. Não há como fugir.

— Venha cá.

Tiro seu pau da boca e o encaro.

— Suas costelas.

— Vou ficar quieto. — Ele sorri com uma doçura surpreendente. — Prometo.

Hesito, mas a verdade é que também quero isso.

— Me avise se doer.

— Aviso. — Ele aponta para a mesa de cabeceira. — Preservativo.

Pego um na gaveta e abro a embalagem sem pressa, depois, coloco-o nele lentamente. Faço uma carícia preguiçosa.

— Apolo...

— Venha — ele repete.

Apolo está certo. Não há mais nada a dizer. Só nos resta isso. Monto com todo o cuidado em seu quadril e me sento no pau bem devagar. Mesmo excitada depois de chupá-lo, tenho de me esforçar para aceitar o membro inteiro. Adoro isso. Pego as mãos dele e as ponho no meu quadril ao descer mais um centímetro.

— Eu me sinto sua quando estamos assim. — Rebolo o quadril. — Pegue o que é seu.

— Não. — Ele me abaixa para completar a penetração. — *Você* está pegando o que é *seu.*

Uma das mãos toca minha coxa, e o polegar acaricia meu clitóris enquanto cavalgo. O único som no quarto é da nossa respiração ofegante e do encontro cadenciado dos corpos. Quero que isso dure para sempre. Quero que a gente fique aqui por tempo indeterminado, seguros, isolados e felizes.

Nada dura para sempre.

O orgasmo me pega de surpresa. Em um momento, estou me deliciando com o prazer que vai crescendo em um ritmo constante, no outro, estou gozando. Apolo me mantém em movimento em cima dele enquanto perco o controle, gritando seu nome em meio ao clímax. Consigo não desabar sobre seu tronco machucado, mas isso não importa. Ele se levanta e me beija, ao mesmo tempo que me faz continuar subindo e descendo no seu pau. Apolo me esfrega nele, provocando outra onda de prazer. Eu me agarro a ele e gozo de novo, e, desta vez, ele me acompanha com meu nome em seus lábios.

— Muito bom. Perfeito.

Saio de cima dele, e Apolo se levanta com cuidado e vai ao banheiro para descartar a camisinha. O telefone toca quando está voltando para a cama. Nós nos fitamos. Nada dura para sempre, mas isso não durou nem perto do suficiente. Não estou pronta para o fim. Não estou pronta para deixá-lo.

Não sei se algum dia vou estar pronta para deixá-lo.

Ele pega o celular e suspira.

— Vou atender na sala.

Estou abrindo a boca para dizer que não é necessário quando minha bolsa começa a tocar. O susto é tão grande que fico observando-a conforme meu cérebro tenta processar a informação. Apolo se aproxima da bolsa, pega meu telefone e o entrega a mim antes de sair do quarto a fim de atender a ligação dele.

A culpa desabrocha quando vejo o nome de minha irmã na tela. Nem pensei em mandar notícias para ela, mas por que pensaria? Tento evitar que os aspectos menos agradáveis da minha vida transbordem para a dela. Até o momento, esses aspectos incluíam a aversão a qualquer pessoa com um mínimo de poder, o estresse das contas a pagar e o ressentimento que sinto por nossos pais terem nos colocado nesta posição com seu egoísmo, mesmo durante o tempo em que chorava a morte deles.

Agora é diferente.

Respiro fundo e tento apagar a fadiga da voz.

— Oi, Alexandra.

— O que aconteceu?

— Como assim "o que aconteceu"?

— Cassandra. — A irritação dela praticamente transborda pela linha. — Está em todos os sites de fofoca. Hefesto morreu. E ele estava na mesma festa que você e Apolo esta semana. O que está acontecendo?

Abro a boca para dizer que ela devia se preocupar com a faculdade, não comigo, mas me contenho. Não quero envolver Alexandra no assunto, mas é bobagem fingir que a pergunta dela não é importante.

— Aconteceu uma coisa, mas é melhor você ficar de fora. Eu estou bem, e não quero que você se preocupe com coisas que não pode controlar.

— Cassandra, eu te amo, mas está falando um monte de merda.

— Oi?

Alexandra não parece zangada. Exausta, talvez. E isso é quase pior.

— Não sou mais criança. Não precisa me proteger das coisas ruins do mundo. Sei que elas existem. — Uma pausa marcada. — Seja honesta comigo. Uma vez, pelo menos.

Ela... está certa. Alexandra é adulta. O fato de eu querer protegê-la de tudo que é ruim tem muito mais a ver comigo do que com ela, e isso não é justo. Suspiro.

— Foi como aconteceu com nossos pais. Sabe a família nova que chegou à cidade? Os Vitalis? Teseu matou Hefesto e declarou direito de poder.

— *O quê?*

— Ele... — Respiro fundo. Honestidade tem limites. Não vou expor minha irmã ao nível de violência que testemunhei na festa. — Não importa. Nós vamos sair daqui. Tenho dinheiro suficiente para começarmos uma vida nova fora do Olimpo. Poseidon já concordou, ele vai tirar a gente daqui. — É mentira, mas, no panorama geral dos eventos, esse é um preço pequeno a se pagar. Protegi minha irmã de muita coisa. Não posso lhe contar o quanto quase me custou nossa fuga.

— O que foi que acabou de dizer?

Franzo a testa. Tem algo no tom de voz dela que não me agrada.

— Encontrei uma saída para nós. Uma vida nova. Era o que a gente queria, Alexandra. Este lugar é um veneno, e você tem se esforçado muito. Pode terminar o curso em qualquer universidade do país. Deuses, provavelmente, pode frequentar qualquer universidade do mundo.

— Cassandra. — A voz de minha irmã treme. — E Apolo?

Meu coração grita, e não consigo banir o tremor da voz.

— Nunca daria certo com ele.

— Por que não?

— Não importa.

Alexandra xinga.

— Para mim, importa. Você gosta dele. E faz muito tempo. É evidente que ele sente a mesma coisa. Por que deixaria isso para trás?

Começo a dizer que faria qualquer coisa por ela, mas tenho sido desonesta sobre muitas coisas. Não consigo lidar com isso agora.

— Somos muito diferentes.

— Como?

Franzo a testa.

— Você está sendo uma babaca.

— E *você* está bancando a mártir hipócrita. — Alexandra suspira lentamente. — Não critico sua vontade de sair daqui. Você não fala a respeito, mas não deve ter sido fácil assumir a responsabilidade de me criar enquanto perdíamos tudo. Não culpo você por odiar a cidade e os círculos superiores, mas... Cass, eu não sinto esse ódio. Meus amigos estão aqui. Adoro meu curso e, bem, eu ia contar no jantar da semana que vem, mas fui aceita como estagiária na empresa de Deméter. Cass, minha *vida* está aqui. Mas não estamos falando sobre mim agora. Estamos falando sobre você.

Tenho a sensação de que o mundo deu uma cambalhota e caiu na minha cabeça. Olho para os lençóis bagunçados na cama de Apolo.

— O que você está dizendo?

— Estou dizendo que, mesmo se eu quisesse sair da cidade, não faria diferença. Você já abriu mão de muita coisa, Cass. Não desista dele também.

— Não é tão fácil assim. — A verdade borbulha e traz à tona todos os medos que estive suportando desde que percebi o quão alta era a aposta. — É como reviver toda a história de nossos pais. Eles se sentiram confortáveis para assassinar alguém a fim de alcançar seus objetivos. Conheciam os riscos e não se importaram, e foram mortos por causa dessa ambição. Assim é o mundo em que eles circulavam. É o mundo em que *Apolo* circula. Ele está confortável nele. Eu nunca ficaria.

— Cass... — Alexandra hesita. — Se precisar sair do Olimpo, não vou te condenar por isso. Mas assegure-se de que está indo embora pelos motivos certos. Você pode dizer que não se sente confortável no mundo em que Apolo circula, mas é o braço direito dele há cinco anos. Você *já está* circulando nesse mundo.

— É diferente.

— Será que é? Você interage com os outros Treze e com as famílias herdeiras o tempo todo. Que diferença faria caso você e Apolo continuassem namorando? Caso decidissem se casar?

Pensar em ser casada com Apolo quase me desequilibra. Tenho de fechar os olhos e engolir em seco.

— Vou me afogar, Alex. São águas muito profundas.

— Então aprenda a nadar. Você é a pessoa mais inteligente que conheço. Se alguém pode fazer isso, esse alguém é você.

Não sei o que dizer. É algo muito grande, muito fácil, e nada é tão fácil assim. A violência que encontramos na festa de Minos me abalou de maneira profunda... mas, mesmo nos piores momentos, Apolo esteve ao meu lado. Recusou-se a sair de perto de mim. E me protegeu. E aceitou que eu fizesse o mesmo por ele.

— Tenho medo.

A voz de Alexandra ganha um tom mais afetuoso quando diz:

— E quando foi que isso te impediu de fazer alguma coisa que importava para você?

Alexandra... tem razão. Faz muito tempo que tenho medo. De falhar com ela. De deixar o legado de nossos pais nos destruir. De deixar alguém se aproximar. Minha garganta ameaça se fechar, mas engulo o bolo.

— Quando foi que ficou tão sensata?

— Minha brilhante irmã mais velha foi um excelente exemplo. Se quiser saber de quem é o mérito, é dela.

Deuses, agora vou chorar. Pisco várias vezes.

— Se mudar de ideia sobre ir embora… — comento.

— Nesse caso, a escolha é minha — ela me interrompe com uma voz mansa. — E eu cuido disso. Chega de você fazer mais sacrifícios por mim. Está na hora de eu cuidar de mim mesma, Cass. Você me ensinou a fazer isso. Confie em mim e na minha capacidade.

— Tudo bem. — Enxugo os olhos. Não sei nem como processar isso tudo, mas não tenho tempo. Ainda não. A crise que começou na festa não acabou. Não está nem perto disso. — O que mais estão postando nos sites de fofoca?

Mais uma pausa, desta vez, mais longa.

— Que Hefesto foi morto por causa de uma brecha legal sobre a qual ninguém nunca ouviu falar. Que um novo Hefesto vai ser empossado, embora ninguém saiba ainda que é Teseu Vitalis. A especulação não termina por aí, estão focando na cláusula. De algum jeito, alguém sabia exatamente onde procurar para encontrar a cláusula específica, e é sobre isso que todos estão falando.

Eles sabem.

A cidade inteira sabe o segredo que os Treze guardam há gerações.

É irônico que Apolo tenha se preocupado com Minos como possível ameaça. Ele é apenas um único homem. E a ameaça de a cidade se voltar contra os Treze? É incompreensível. Eles não conseguiriam atravessar a rua sem se preocupar com a possibilidade de cada pessoa ter uma faca para enfiar em suas costas.

Alguns vão ser mais ameaçados do que os outros. Tenho certeza de que Ares, Afrodite e Zeus vão ficar bem. Hermes é esperta demais para ser pega de surpresa. Ártemis já foi surpreendida uma vez, não vai acontecer de novo.

Mas Apolo?

Quem vai cuidar da retaguarda de Apolo? A família dele é imprestável para esse tipo de coisa. Ele pode ser aliado de Ares e Atena, mas elas vão estar ocupadas tentando evitar uma rebelião.

Sem mencionar que nada impede Minos de tentar de novo.

Engulo em seco.

— Desculpe se fui controladora demais.

— Você não precisa se desculpar. Sei que estava fazendo o que achava melhor. Isso é tudo que você sempre fez. — Um ruído do outro lado sugere que Alexandra está ajeitando o telefone na orelha. — Por favor, respeite a minha vontade desta vez. E pense em você primeiro, Cass, pela primeira vez. Você merece.

— Está bem. Cuide-se.

— Você também, Cass.

Desligo e continuo na cama. É muita informação em pouco tempo. Não sei como não percebi que Alexandra estava feliz no Olimpo. Atribuí o que via à sua personalidade naturalmente animada e projetei minhas questões nela. Estou tão acostumada a cuidar da minha irmã que é estranho mudar de lado. Talvez Alexandra tenha razão. Talvez seja hora de dar um salto de fé e aprender a voar até pousar no chão. De fazer esse esforço por aqueles com quem me importo.

Alexandra. Apolo.

Posso fingir que são as duas únicas pessoas no Olimpo que eu levaria para um lugar seguro e distante se pudesse, mas agora, neste momento, admito que não é bem assim. Apesar do que ela fez, ainda gosto de Hermes. Sem mencionar Dionísio e Helena — Ares —, que sempre foram muito gentis comigo. Até Éris — Afrodite —, que é uma víbora cruel, tem sido uma amiga ao seu modo.

Estou realmente preparada para abandonar as pessoas de quem gosto em uma cidade assassina? Estou preparada para deixar que enfrentem a possível ameaça que vem da fronteira desabando aos poucos?

O caos não vai acontecer de imediato. O choque da informação vai garantir que um grande número de pessoas não acredite nela. Entretanto, com o passar do tempo, em dado momento, alguém vai tentar a sorte, porque os sites de fofoca vão relatar o episódio e causar comoção, incentivando outros a tentarem também.

Se eu fosse um inimigo à espera na fronteira, daria à cidade tempo suficiente para mergulhar na violência. Depois, entraria e asseguraria minha vitória, promovendo um golpe certeiro com os Treze divididos e sob ataque.

Não sei o que posso fazer para impedir tudo isso. Não sei se *existe* alguma coisa a ser feita. Contudo, se eu for embora agora, a cidade que minha irmã ama vai pegar fogo.

Se eu for embora agora, o homem que amo vai se tornar um baluarte isolado, sem uma única pessoa com quem contar.

Eu... preciso ficar.

Preciso aprender a nadar em águas profundas.

35

APOLO

Encontro Cassandra sentada na beirada da cama com um olhar perdido. Odeio saber que vou contribuir com esse estresse. Deixo o celular sobre a cômoda e suspiro.

— Adoraria te dar uma noite de descanso, mas Zeus nos convocou. O tribunal para lidar oficialmente com Teseu acontece esta noite.

Ela olha para mim com ar confuso.

— Lidar com Teseu.

— Sim. — Zeus não gritou, mas sua fúria praticamente congelou meu telefone. Até agora, normalmente eu tinha conseguido antecipar seus pensamentos, todavia, para ser honesto, não sei o que ele vai fazer. Com exceção da maldita cláusula ultrapassada, assassinato pode ser crime, mas, se ele fuzilar Teseu em uma sala ocupada pelos outros membros dos Treze, quem deporia contra ele? — Não tenho certeza do que Zeus pretende fazer.

Cassandra encara o próprio telefone.

— É tarde demais. Os sites de fofoca conseguiram a informação e estão especulando. Mesmo que ele jogue Teseu de cima de um prédio, o segredo que os Treze tentam manter há tanto tempo foi descoberto. Nenhum de vocês está seguro.

Abro o navegador do celular e acesso o DeOlhoNaMusa. Eles têm sido uma bênção e uma maldição em doses iguais durante meu tempo como Apolo, e o relato estrondoso na página os coloca na coluna da maldição desta vez.

TESEU VITALIS CHEGA AO CORAÇÃO
DOS TREZE COMETENDO ASSASSINATO!

— Merda — murmuro.

— É grave.

O Apolo anterior teve de se desdobrar para não deixar vazar a informação sobre os pais de Cassandra, mas o timing da divulgação da notícia é muito suspeito.

— Minos está por trás do vazamento.

— Sem dúvida. — Ela se levanta e recolhe o vestido do chão. — Temos tempo para passar na minha casa? Quero trocar de roupa.

Quase digo que sim, mas então penso em outra coisa.

— Posso deixar você lá, se quiser, porém, com essa informação circulando, o tribunal deixou de ser necessário. Não vai precisar passar por todo o processo se não quiser. Se Teseu desaparecer, Minos vai jogar o povo contra Zeus. Temos de empossá-lo como Hefesto. Não temos mais escolha.

— Por que não matar Teseu e toda a família dele? Acusá-los de traição. Agir como se a cláusula de assassinato não existisse. — Ela fala de um jeito tão hesitante que me aproximo para abraçá-la.

— Mesmo se estivéssemos dispostos a tudo isso, e não estou, é tarde demais, amor. A cláusula existe, por mais que tenhamos tentado escondê-la. Se as pessoas souberem como procurá-la, vão encontrá-la. A informação está circulando, não temos mais como pará-la.

— Eu já imaginava. Mas não custava nada sugerir, pelo menos. — Seus ombros caem. — Não estou feliz com essa situação tão desgraçada. Não estou feliz por saber que, agora, você está em perigo por causa do que eles fizeram. — Cassandra eleva a cabeça e me encara. — Mas não acredito que Ariadne tenha alguma coisa a ver com esse esquema. Ela tentou nos ajudar.

É verdade, mas poderíamos ter evitado todo esse pesadelo se ela tivesse falado com franqueza. Ela não se manifestou, e isso a torna cúmplice.

Sob o ponto de vista dos Treze, pelo menos.

Ajeito o cabelo de Cassandra.

— Depois da reunião, vou fazer com que Zeus cumpra o lado dele do acordo. O dinheiro vai estar na sua conta amanhã. A passagem para fora da cidade vai estar à disposição para quando você quiser. — Dói dizer isso. Cada palavra me faz sentir como se estivesse arrancando pedaços de mim com minhas mãos. — Você vai ter tudo que queria, Cassandra. Eu garanto.

Ela abre a boca como se fosse rebater, mas meu telefone toca de novo. Beijo sua testa e a solto.

— Termine de se vestir. A gente precisa ir. — Atendo a ligação de Zeus a caminho do closet. — O que foi?

— Ártemis acabou de chegar ao Dodona Tower. Está pedindo a cabeça de Teseu, e estou propenso a atender ao pedido.

Visto a calça enquanto seguro o telefone entre o ombro e a orelha.

— É tarde demais. Minos vazou a informação para o DeOlho-NaMusa. A cidade inteira está de olho em nós agora.

— Caralho. — Pela primeira vez desde que essa coisa toda começou, Zeus ergue a voz. — *Caralho.* Isso muda tudo.

— Sim. — Os únicos títulos imunes a essa cláusula específica são os de Hades, Zeus, Poseidon e Hera, que é esposa de Zeus. Mas nem isso é garantia de que não serão atacados. — Estou indo para aí. Tenho de deixar Cassandra na casa dela antes.

Há uma pausa.

— Vou cumprir o acordo, mas agora ela está no fim da minha lista de prioridades. Ela vai precisar me dar um tempo até eu resolver tudo isso.

Visto a camisa e a abotoo.

— Você vai transferir o dinheiro para ela agora, Zeus. Cassandra não tem culpa desse desfecho horroroso, e não vou permitir que seja punida por isso.

— Tudo bem. — Ele resmunga um palavrão. — O dinheiro vai estar na conta dela quando você chegar aqui. Venha logo.

Quando termino de me vestir, a tela do celular acende. Rolo as mensagens rapidamente, mas paro quando vejo uma de Heitor.

Heitor: Vi as notícias. Desculpe, não encontrei a informação a tempo. Você e Cass estão bem?

Eu: Sim. Não se desculpe. Não teria feito diferença. As coisas já estavam acontecendo.

Eu: Algum progresso com os e-mails?

Heitor: Pouco. Mandei o que descobri até agora para o seu e-mail.

Eu: Obrigado. Agora, durma um pouco. Precisamos nos reunir de manhã e informar todo mundo.

Uma verificação rápida e encontro conversas entre Minos e Hermes, confirmando os relatos de Cassandra. Os dois estavam em contato meses antes de Minos aparecer no Olimpo. Mas não tem nada de novo nisso. Ele fez contato primeiro, mas Hermes não o afastou.

Não sei em que Heitor está pensando, mas não tem nada aqui que faça ligação com os verdadeiros planos de Minos.

Cassandra está vestida. Sinto vontade de tentar convencê-la a permanecer aqui, porém, quanto mais tempo passar comigo, mais difícil vai ser eu desistir dela. E *vou* deixar Cassandra livre. É o que ela quer, e foi o que prometi quando isso tudo começou. Não vou voltar atrás, por mais que seja agonizante pensar em um futuro sem ela.

— Está pronta?

— Sim.

O trajeto até o apartamento dela é rápido. Cassandra está distraída, e só volta ao presente quando paro perto do meio-fio. Olho para a calçada vazia.

— Quer que eu suba?

— Não, tudo bem. — Ela segura minha mão. — Tome cuidado. Por favor.

Cassandra entende as implicações do que está por vir. É impossível imaginar o tamanho da reação pública. Não espero que aconteça da noite para o dia, mas a ambição é um rio que corre no Olimpo, e vai haver quem considere a notícia como um jeito de saltar degraus na corrida ao topo.

Sem mencionar a tal benfeitora de Minos. Eles vão criar o cenário para nos desestabilizar, preparando a cidade para ser dominada no instante que a fronteira cair.

Atena e Ares vão ter muito trabalho.

Todos nós vamos ter muito trabalho.

— Vou ser cuidadoso. Prometo. — Tento sorrir. — Vou mandar buscar suas coisas na casa de Minos, alguém vai deixá-las aqui amanhã.

Ela assente uma vez e desce do carro, saindo da minha vida sem olhar para trás. Fico ali, parado, por muito tempo depois que ela desaparece além da porta. Cassandra não vai continuar aqui por muito tempo, mas decido procurar o proprietário e insistir para que a porta seja substituída, para que o novo inquilino não tenha de enfrentar os mesmos problemas que ela.

Sigo para o Dodona Tower. É tarde, e faço o trajeto em pouco tempo com as ruas vazias. Faz pouco mais de uma semana que estive aqui pela última vez, mas é estranho sair do elevador para o corredor cheio de portas que leva ao salão de baile. Mas não é para lá que vou agora. Não, estou caminhando em direção à sala de reuniões que raramente é usada. O último Zeus preferia manter os Treze afastados, mas o atual tem um objetivo diferente, mais unificado para o grupo.

Sou o último a chegar. Já estão acomodados em volta da mesa. Todos, menos Hefesto. A culpa me invade. Eu não gostava do homem; ele era um empecilho constante para as tentativas do nosso Zeus atual de transformar os Treze em uma aliança equilibrada. Mas isso não significa que ele merecia ser assassinado.

Sento-me na cadeira entre Ares e Poseidon, um homem branco e enorme com cabelo e barba vermelhos e uma expressão permanentemente furiosa no rosto brutal. Ele odeia essas reuniões mais que todo mundo, preferindo ficar em seu estaleiro supervisionando as importações e exportações do Olimpo.

Zeus está na ponta da mesa, com Afrodite à esquerda e Atena à direita. Atena é uma linda mulher negra com cabelos cacheados, curto nas laterais e mais longo no alto da cabeça, um estilo que faz as pessoas notarem sua presença quando ela entra nos lugares. É tão implacável quanto brilhante. Ela olha para mim e vê os hematomas no rosto.

— Estou vendo que teve de sujar as mãos, Apolo.

— Mais ou menos.

Deméter está sentada do outro lado de Poseidon. Ela é a imagem das três filhas, porém mais velha, uma mulher branca de cinquenta e poucos anos que dá a impressão de estar sempre pronta para ser maternal com quem se aproximar dela. Só um idiota a subestimaria.

Dionísio parece totalmente sóbrio, uma novidade, e puxou a cadeira para se afastar um pouco de Hermes. Mas ela não demonstra preocupação, mantendo a cadeira equilibrada nas duas pernas de trás, as mãos atrás da cabeça e o olhar voltado para o teto. Se Ártemis me encarasse com *aquela* cara, eu não me sentiria tão relaxado.

Hades e Hera ocupam a outra ponta da mesa, na frente de Zeus. A dupla se tornou outro grande pé no saco de Zeus, embora sejam mais sutis em como o enfrentam e desafiam. Hades é um homem branco e carrancudo com cabelo escuro e barba aparada, e está sempre vestido de preto, como o terno que usa hoje. Ambos mantêm expressões indiferentes.

Zeus pigarreia.

— Eu esperava ter me antecipado a isso, mas não teve jeito. Teseu matou Hefesto e declarou direito de poder. O título é dele.

— É claro que não, caralho. — Ártemis se levanta. — Ser membro dos Treze não o torna intocável. Vou matar o desgraçado pelo que fez com meu primo.

— Você não vai fazer nada disso. — Zeus não levanta a voz, mas a dureza em suas palavras parece dobrar os joelhos dela, e Ártemis se senta. — A imprensa já tem a história.

— Que estranho — Hermes murmura.

Presumi que Minos fosse o responsável pelo vazamento, mas...

— Devemos agradecer a você por isso também?

— Quem, eu? — Ela endireita a cadeira e me encara. — Tudo que faço é pelo Olimpo.

— Não consigo acreditar nisso — Ártemis declara. Ela está tão furiosa que praticamente vibra. — Sei que você contou sobre a cláusula de assassinato para aquele filho da mãe. Como isso favorece o Olimpo?

Hermes encara todos à mesa.

— Minos não veio para cá sozinho. Ele está subordinado a alguém com mais poder.

Zeus parece querer pressionar as têmporas com os dedos, mas resiste ao impulso.

— Essa informação teria sido útil várias semanas atrás. Por que não falou nada antes de concedermos cidadania a ele? Por que deu a Minos informações que o permitiram se infiltrar em nosso mais alto corpo de poder? — A voz dele é tão fria que a temperatura na sala parece cair vários graus.

— Mantenha seus amigos próximos e os inimigos ainda mais próximos.

— Isso é conversa mole, Hermes. — Ares se vira para fitá-la diretamente. — Com um movimento, ele conseguiu desestabilizar a cidade inteira.

— Isso é o que veremos. — Hermes dá de ombros. — Precisamos quebrar uns ovos para fazer uma omelete.

— Hermes. — A voz de Hades é grave, um pouco rouca. Ele raramente fala nessas reuniões, mas já vi como comanda seu território. É um bom líder. A cidade inferior é indiscutivelmente melhor que a superior em relação à qualidade de vida dos cidadãos. — Você sabe que não tenho amor pelo restante dos Treze. — Ele olha em volta. — Mas é impulsivo demais até para você.

— Se você diz...

Zeus se encosta na cadeira lentamente, chamando atenção para si.

— Nenhuma lei foi quebrada, portanto, não podemos entrar com recursos. Seguiremos adiante com isso, porque não temos alternativa, mas precisamos conter o novo Hefesto e cuidar da contenção de danos. Se a cidade tiver outro assunto para comentar, talvez possamos reverter a onda de especulação sobre a melhor maneira de matar alguém nesta sala.

Ártemis ainda treme, enquanto indaga:

— E como pretende fazer isso?

— Estou aberto a sugestões.

— Um casamento — diz Afrodite. — Já vimos isso antes: nada distrai mais o bom povo do Olimpo do que uma união escandalosa.

Ares endireita as costas.

— Ah, nem fodendo. De novo isso? Não. Já venci na arena; não vou me casar com aquele filho da mãe assassino.

— Não você. — Afrodite exibe um sorriso sutil, mas os olhos são lascas de gelo. — Eu.

36

CASSANDRA

Faço a mala sem pressa. Não tenho motivo para correr, embora não pretenda passar a noite no meu apartamento. É estranho estar aqui de novo, depois do luxo dos últimos dias, e dobrar minhas roupas práticas, em vez das peças caras que usei recentemente.

Se eu fizer isso, minha vida vai mudar de forma dramática.

Sempre esteve fadada a mudar dramaticamente, mas isso não fazia parte do plano. Estava preparada para aprender como as coisas funcionam fora do Olimpo e apoiar Alexandra nessa jornada.

Ficar significaria aprender a circular justamente nos círculos de que me afastei. Significaria aprender a nadar neles, em vez de assistir tudo de fora. Significaria me abrir para a possibilidade de mais dor.

Vale a pena.

Termino de fazer a mala e a arrasto para perto da porta, xingando a rodinha quebrada. Vou ter de chamar um carro antes de descer. Apolo vai ficar furioso se souber que peguei minhas coisas e fui esperar na calçada. O bairro é seguro, mas ele sempre se preocupa. Meu sorriso é contido.

Estou tão distraída que quase não percebo que não estou sozinha.

Quase.

Levanto a cabeça e olho para minha ex.

— O que está fazendo aqui?

— A reunião acabou cedo e com uma bomba. — Hermes anda por minha cozinha, mexendo em tudo. — Mas Apolo vai demorar muito para voltar para casa, se for isso que está te preocupando. Zeus convocou Afrodite, Atena, Ares e ele para um conselho de guerra. A situação é muito dramática.

— Hermes.

Ela suspira lentamente.

— Desculpe. Eu deveria ter imaginado que Apolo superaria o elevado padrão moral de que ele tanto se orgulha e te levar para a festa se fosse convidado. Não antecipei isso, e você sofreu. Não era o que eu queria, Cassandra.

— Eu não sofri — minto.

Ela me encara com uma expressão eloquente.

— Você testemunhou um assassinato, meu bem. E outras duas tentativas. Isso é sofrido. Honestamente, pensei que, se me ouvisse conversando com Minos sobre os detalhes sórdidos, você iria embora. Não esperava que tivesse um surto de heroísmo. — Ela faz uma careta. — Esse negócio está te contaminando.

Passo as mãos pelo rosto. Aqueles foram os dias mais longos que já vivi, e não estou no meu melhor momento. Houve um tempo em que não me preocupava com esse tipo de coisa com Hermes, mas, depois das últimas vinte e quatro horas...

— Como teve coragem? Um homem *morreu* por causa da informação que você deu a Minos.

Hermes se apoia no balcão e cruza os braços.

— Se você tivesse todas as informações, saberia que era a única coisa que eu poderia fazer.

— Então me dê todas as informações — retruco, mesmo sabendo que ela não vai falar.

Hermes confirma minha suspeita ao balançar a cabeça em um sinal negativo.

— Se tudo correr bem, nada disso vai ter importância, mas teremos passado há muito do perigo.

Não entendo. Como o que aconteceu poderia ser o menor dos males? Mas sei que não adianta perguntar. Ela já evidenciou que não vai revelar nada.

— Vão te odiar por isso.

— Talvez. — Hermes dá de ombros. — Ou talvez acabem me agradecendo no final. — Ela se dirige à porta, parando no caminho para afagar meu braço. — Estou feliz por você, Cassandra. Apolo é o melhor de nós, e ele vai te tratar como você merece ser tratada: como uma rainha.

Engulo em seco.

— Eu não falei que ficaria com ele.

— Não? — Ela me encara com um sorriso agridoce. — Tente não me odiar demais. Vou ficar triste se não for convidada para o casamento.

— Também não disse que vamos nos casar.

— Mas vão. E vão ser muito felizes, e vão ter meia dúzia de filhos. Ah, aliás, eu adoraria ser madrinha de um deles. — Hermes passa por mim a caminho da porta. — Chamei um carro para você. Já deve ter chegado. As coisas não vão ser tão seguras quanto antes na cidade, pelo menos por um tempo.

Quase nem espero Hermes sair e fechar a porta antes de correr e abri-la de novo. Tenho milhares de perguntas a fazer, mas é claro que ela desapareceu.

— Odeio quando ela faz isso...

As palavras giram na minha cabeça e ameaçam me distrair, mas não há muito que eu possa fazer sobre o maior problema do Olimpo neste momento. O que posso fazer é dar o primeiro passo no caminho que vai me levar à felicidade. Passei muito tempo com medo de tomar essa atitude.

Tal como Hermes antecipou, há um carro me esperando na frente do prédio. É só quando me sento no banco de trás e instruo o motorista a me levar ao prédio de Apolo que penso que pode ser uma armadilha. Mas a viagem transcorre sem problemas. E isso só confirma minha crença de que Hermes nunca quis *me* prejudicar. A conclusão torna ainda mais conflituosos meus sentimentos em relação a tudo.

Atravesso o saguão elegante, esperando que alguém me diga que não tenho autorização para entrar, mas ninguém me para. As pessoas mal dispensam atenção a mim.

Lá em cima, uso a chave que Apolo me deu anos atrás para entrar na cobertura. Depois de pensar um pouco, troco as roupas por uma camiseta grande e velha, tão desbotada que nem sei o que está escrito nela, guardo a mala no closet e vou para a cama. Pretendo ficar acordada até ele chegar, mas meu corpo tem outras ideias.

Acordo assustada quando o colchão cede sob o peso de alguém que se deita ao meu lado. Abro os olhos e vejo Apolo olhando para mim como se tivesse encontrado o melhor presente embaixo da árvore de Natal, mas tem medo de não ser para ele.

Ele estende o braço, mas faz uma pausa antes de me tocar e apoia a mão na própria perna.

— O que está fazendo aqui, Cassandra? — A pergunta não é ríspida. É... esperançosa.

— Não devia dar cópias da sua chave para ninguém. A cidade vai ficar perigosa por um tempo, e você pode chegar em casa e encontrar um estranho na sua cama.

— Você não é uma estranha. — Ele não se contém e passa a mão no meu quadril num gesto carinhoso. — Você voltou.

— Eu te amo. — Não é uma resposta, e nós dois sabemos disso. Eu me sento e me arrasto para trás para me encostar na cabeceira da cama. — Apolo, eu... — Deuses, isso é mais difícil do que deveria ser. — Quando meus pais morreram por causa da ambição deles, prometi a mim mesma que nunca seria como os dois. Nunca buscaria poder, prestígio ou qualquer coisa do tipo, só me esforçaria para garantir a segurança de minha irmã e sair desta porra de cidade. Eu me fechei para tudo. E, bem, odiava praticamente todo mundo. Menos você, e juro que tentei.

Ele me estuda com uma expressão séria.

— E agora?

— Agora, com as probabilidades mudando de um jeito tão dramático, tudo ficou nítido para mim. — Respiro fundo e continuo: — Existem pessoas que gostam de mim, mesmo que eu não tenha sido a melhor amiga para elas. Minha irmã é feliz aqui, e eu estava tão obcecada com o objetivo de ir embora que só me dei conta disso hoje.

— Cassandra...

— Eu não acabei. — Respiro fundo mais uma vez. — As coisas vão ficar perigosas na cidade. Nós dois sabemos que vão. Não vou deixar o orgulho ditar minhas escolhas, não vou embora só porque essa parece ser a única opção. Não é. Eu posso ajudar, Apolo. Você mesmo disse. Sou uma ferramenta valiosa, e você vai precisar de todo mundo que puder ao seu lado.

Ele fica parado.

— Por isso escolheu ficar.

— Também por isso. — Seguro a mão dele. — Mas estou desesperadamente apaixonada por meu chefe há anos, e ele é incrível comigo, o melhor homem que já conheci. Eu seria uma idiota se me afastasse dele. — Afago sua mão. — Quero construir uma vida com você. Sei que sou uma babaca mal-humorada e que vou causar atrito nos círculos em que você circula, digo, depois que eu aprender como circular por eles também, mas...

Apolo toca meus lábios com um dedo.

— Eu escolho você, Cassandra. A opinião das pessoas nesses círculos nunca teve muita importância para mim, e com certeza nunca teve o mesmo peso que a *sua* opinião. Eu te amo. Se houvesse a mínima esperança de eu ouvir um sim, eu faria o pedido de casamento agora.

Sorrio sob seu dedo.

— Guarde para daqui a poucos meses. — Já sei o que vou responder, mas, mesmo depois de conhecer Apolo e trabalhar com ele por cinco anos, não tenho dúvidas que vamos ter arestas para aparar no período de namoro.

— Vou guardar. — Ele abaixa a mão. — O que eu mais queria era pedir para você ficar, mas não seria justo. Quase nem consigo acreditar que você está aqui. — Ele sorri. — Que está me escolhendo.

— Estou escolhendo você — confirmo. Inclino o corpo e beijo sua boca com cuidado. — Venha se deitar, Apolo. Nosso felizes para sempre começa agora.

AGRADECIMENTOS

Nunca vou superar o choque e a gratidão pelo apoio impressionante que os leitores deram a esta série. Não teríamos chegado ao livro quatro sem vocês, e espero que tenham gostado de uma reviravolta um pouco mais suave no Olimpo. Só vou dizer que daremos uma acelerada no próximo livro!

Um grande obrigada a todos os bibliotecários e livreiros que defenderam a série desde o início!

Esse livro não seria o que é sem os comentários editoriais de Mary Altman e Christa Désir. Vocês me ajudaram a ajustar — e, claro, elevar! — as coisas, e este livro saiu do banho-maria com a sua ajuda!

Da capa ao design, das vendas à produção e todo o restante, agradeço à equipe da Sourcebooks por todo o apoio à série, incluindo (mas definitivamente não só): Dominique Raccah e Todd Stocke; Rachel Gilmer, Jocelyn Travis e Susie Benton; Pam Jaffee e Katie Stutz; Heather Hall; Stephanie Gafron e Dawn Adams; Brian Grogan, Sean Murray e Elizabeth Otte.

Tenho as melhores pessoas ao meu lado e dedico todo o meu amor e gratidão a Jenny Nordbak, Nisha Sharma, Andie J Christopher, Piper J Drake, Asa Maria Bradley e RM Virtues!

Por último, mas nunca menos importante, registro o meu profundo e duradouro amor por Tim. Você é o vento que sustenta minhas asas e a rocha que me mantém ancorada. Eu não seria capaz de fazer metade das loucuras que faço sem você ao meu lado! E um agradecimento especial aos meus filhos sempre pacientes que acompanham minhas ideias malucas!

Famílias governantes no

OLIMPO

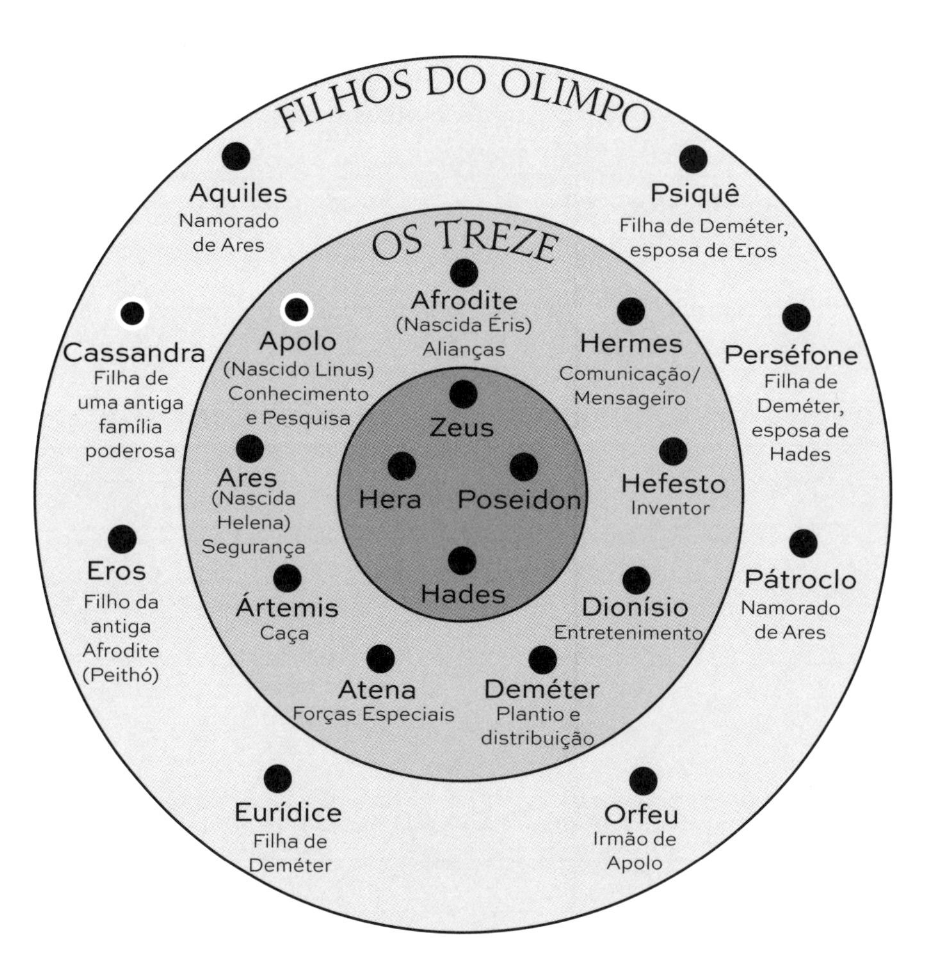

O CÍRCULO INTERNO

Zeus (nascido Perseu): líder da cidade superior e dos Treze.
Hera (nascida Calisto): esposa do atual Zeus, protetora das mulheres.
Poseidon: líder do porto que dá acesso à barreira para o mundo exterior; Importação/ Exportação.
Hades: líder da cidade inferior.

Primeira edição (junho/2025)
Papel de miolo Ivory bulk 58g
Tipografia Calluna e Jupiter Pro
Gráfica Ricargraf